Agatha Christie

O Natal de Poirot

Tradução de Jorge Ritter

www.lpm.com.br

L&PM POCKET

Coleção **L&PM** POCKET, vol. 899

Texto de acordo com a nova ortografia.
Título original: *Hercule Poirot's Christmas*

Primeira edição na Coleção **L&PM** POCKET: novembro de 2010
Esta reimpressão: setembro de 2022

Tradução: Jorge Ritter
Capa: designedbydavid.co.uk © HarperCollins/Agatha Christie Ltd 2008
Preparação: Patrícia Rocha
Revisão: Jó Saldanha

CIP-Brasil. Catalogação na Fonte
Sindicato Nacional dos Editores de Livros, RJ.

C479n

Christie, Agatha, 1890-1976
   O Natal de Poirot / Agatha Christie; tradução de Jorge Ritter. – Porto Alegre, RS: L&PM, 2022.
   256p. – 18 cm   (Coleção L&PM POCKET; 899)

   Tradução de: *Hercule Poirot's Christmas*
   ISBN 978-85-254-2082-4

   1. Romance inglês. I. Ritter, Jorge. II. Título. III. Série.

10-4693.   CDD: 823
                            CDU: 821.111-3

Hercule Poirot's Christmas Copyright © 1938 Agatha Christie Limited. All rights reserved.
AGATHA CHRISTIE, POIROT and the Agatha Christie Signature are registered trade marks of Agatha Christie Limited in the UK and/or elsewhere. All rights reserved.
The Agatha Christie Roundel Copyright © 2013 Agatha Christie Limited. Used by permission.

Todos os direitos desta edição reservados a L&PM Editores
Rua Comendador Coruja, 314, loja 9 – Floresta – 90220-180
Porto Alegre – RS – Brasil / Fone: 51.3225.5777

Pedidos & Depto. Comercial: vendas@lpm.com.br
Fale conosco: info@lpm.com.br
www.lpm.com.br

Impresso no Brasil
Primavera de 2022

Agatha Christie
(1890-1976)

AGATHA CHRISTIE é a autora mais publicada de todos os tempos, superada apenas por Shakespeare e pela Bíblia. Em uma carreira que durou mais de cinquenta anos, escreveu 66 romances de mistério, 163 contos, dezenove peças, uma série de poemas, dois livros autobiográficos, além de seis romances sob o pseudônimo de Mary Westmacott. Dois dos personagens que criou, o engenhoso detetive belga Hercule Poirot e a irrepreensível e implacável Miss Jane Marple, tornaram-se mundialmente famosos. Os livros da autora venderam mais de dois bilhões de exemplares em inglês, e sua obra foi traduzida para mais de cinquenta línguas. Grande parte da sua produção literária foi adaptada com sucesso para o teatro, o cinema e a tevê. *A ratoeira*, de sua autoria, é a peça que mais tempo ficou em cartaz, desde sua estreia, em Londres, em 1952. A autora colecionou diversos prêmios ainda em vida, e sua obra conquistou uma imensa legião de fãs. Ela é a única escritora de mistério a alcançar também fama internacional como dramaturga e foi a primeira pessoa a ser homenageada com o Grandmaster Award, em 1954, concedido pela prestigiosa associação Mystery Writers of America. Em 1971, recebeu o título de Dama da Ordem do Império Britânico.

Agatha Mary Clarissa Miller nasceu em 15 de setembro de 1890 em Torquay, Inglaterra. Seu pai, Frederick, era um americano extrovertido que trabalhava como corretor da Bolsa, e sua mãe, Clara, era uma inglesa tímida. Agatha, a caçula de três irmãos, estudou basicamente em casa, com tutores. Também teve aulas de canto e piano, mas devido ao temperamento introvertido não seguiu carreira artística. O pai de Agatha morreu quando ela tinha onze anos, o que a aproximou da mãe, com quem fez várias viagens. A paixão por conhecer o mundo acompanharia a escritora até o final da vida.

Em 1912, Agatha conheceu Archibald Christie, seu primeiro esposo, um aviador. Eles se casaram na véspera do Natal de 1914 e tiveram uma única filha, Rosalind, em 1919. A carreira literária de Agatha – uma fã dos livros de suspense do escritor inglês Graham Greene – começou depois que sua irmã a desafiou a escrever um romance. Passaram-se alguns anos até que o primeiro livro da escritora fosse publicado. *O misterioso caso de Styles* (1920), escrito próximo ao fim da Primeira Guerra Mundial, teve uma boa acolhida da crítica. Nesse romance aconteceu a primeira aparição de Hercule Poirot, o detetive que estava destinado a se tornar o personagem mais popular da ficção policial desde Sherlock Holmes. Protagonista de 33 romances e mais de cinquenta contos da autora, o detetive belga foi o único personagem a ter o obituário publicado pelo *The New York Times*.

Em 1926, dois acontecimentos marcaram a vida de Agatha Christie: a sua mãe morreu, e Archie a deixou por outra mulher. É dessa época também um dos fatos mais nebulosos da biografia da autora: logo depois da separação, ela ficou desaparecida durante onze dias. Entre as hipóteses figuram um surto de amnésia, um choque nervoso e até uma grande jogada publicitária. Também em 1926, a autora escreveu sua obra-prima, *O assassinato de Roger Ackroyd*. Este foi seu primeiro livro a ser adaptado para o teatro – sob o nome *Álibi* – e a fazer um estrondoso sucesso nos teatros ingleses. Em 1927, Miss Marple estreou como personagem no conto "The Tuesday Night Club".

Em uma de suas viagens ao Oriente Médio, Agatha conheceu o arqueólogo Max Mallowan, com quem se casou em 1930. A escritora passou a acompanhar o marido em expedições arqueológicas e nessas viagens colheu material para seus livros, muitas vezes ambientados em cenários exóticos. Após uma carreira de sucesso, Agatha Christie morreu em 12 de janeiro de 1976.

Meu caro James,

Você sempre foi um dos meus leitores mais fiéis e gentis, por isso senti-me seriamente incomodada quando você me fez uma crítica.

Você reclamou de meus assassinatos, que estavam se tornando muito refinados – anêmicos, na realidade. Você ansiava por um "bom assassinato, violento, com bastante sangue". Um que não deixasse dúvidas sobre ser um assassinato!

Então, esta é sua história especial – escrita para você. Espero que o agrade.

Com carinho de sua cunhada,

Agatha

SUMÁRIO

Parte 1 – 22 de dezembro 9
Parte 2 – 23 de dezembro 43
Parte 3 – 24 de dezembro 60
Parte 4 – 25 de dezembro 151
Parte 5 – 26 de dezembro 174
Parte 6 – 27 de dezembro 200
Parte 7 – 28 de dezembro 247

Parte I

22 de dezembro

I

Stephen levantou a gola do casaco, enquanto caminhava a passos rápidos pela plataforma. Do alto vinha uma névoa densa que cobria a estação. Grandes locomotivas sibilavam soberbamente, lançando nuvens de vapor no ar frio e úmido. Tudo estava sujo e coberto de fuligem.

"Que país imundo, que cidade imunda!", pensou Stephen, com desgosto.

O entusiasmo que sentira ao ver Londres pela primeira vez, com suas lojas, seus restaurantes, mulheres bem-vestidas e atraentes, havia desaparecido. Agora via a cidade como um cintilante diamante falso, engastado em uma joia encardida.

E se ele estivesse de volta à África do Sul agora... Stephen sentiu uma pontada de saudades. Sol, céu azul, jardins de límpidas flores azuis, sebes de magnólias, ipomeias azuis agarradas às paredes das choupanas.

E aqui, sujeira, fuligem e multidões interminéveis e incessantes movendo-se apressadas e acotovelando-se. Formigas operárias correndo diligentes em torno de seu formigueiro.

Por um momento ele pensou: "Gostaria de não ter vindo...".

Então Stephen se lembrou do seu propósito, e seus lábios cerraram-se em uma linha de determinação. Não, com os diabos, ele seguiria em frente! Ele havia planejado isso por anos. Sempre quisera fazer o que iria fazer. Sim, ele seguiria em frente!

Aquela relutância momentânea, aquele súbito questionamento: "Por quê? Vale a pena? Por que remexer no passado? Por que não esquecer a coisa toda?". Tudo isso era apenas fraqueza. Ele não era um garoto para ser jogado de um lado para o outro por caprichos passageiros. Era um homem de quarenta anos, seguro, resoluto. Seguiria em frente. Faria o que tinha vindo à Inglaterra para fazer.

Stephen embarcou no trem e seguiu pelo corredor, procurando por um lugar. Ele havia dispensado um carregador e estava levando sua própria mala de couro cru. Procurou de vagão em vagão. O trem estava cheio. Faltavam apenas três dias para o Natal. Stephen Farr olhou com desagrado para os vagões lotados.

Pessoas! Incessantes, inumeráveis pessoas! E todas tão... tão... Qual era a palavra?... Tão *enfadonhas*! Tão parecidas, tão terrivelmente parecidas! "Aquelas que não tinham rostos de ovelhas, tinham rostos de coelhos", ele pensou. Algumas conversavam e se alvoroçavam. Alguns homens pesados de meia-idade grunhiam. Esses mais pareciam porcos. Mesmo as garotas, esbeltas, de rostos ovais e lábios escarlate, eram de uma uniformidade desanimadora.

Ele pensou, com súbita nostalgia, na savana aberta, solitária e queimada pelo sol...

Ao olhar para dentro de mais um vagão, Stephen de repente perdeu o fôlego. Aquela garota era diferente. Cabelo escuro, uma palidez leitosa e luzidia, e olhos com a profundidade e a escuridão da noite. Os olhos orgulhosos e tristes do Sul... Não era certo aquela garota sentada naquele trem entre pessoas enfadonhas e sem graça, não era certo que ela estivesse a caminho do melancólico interior da Inglaterra. Ela deveria estar em uma sacada, com uma rosa entre os lábios, um xale de renda negra enfeitando sua cabeça orgulhosa, e deveria haver poeira, calor e o cheiro de sangue no ar, o cheiro da praça de touros... Ela deveria estar em um lugar esplêndido, e não apertada no canto de um vagão da terceira classe.

Stephen era um homem observador. Ele não deixou de notar o mau estado de seu casaquinho e de sua saia pretos, a má qualidade das luvas de pano, os sapatos baratos e a nota dissonante de uma bolsa vermelho-fogo. Mesmo assim, esplendor era a qualidade que ele associava a ela. Ela *era* esplêndida, fina, exótica...

Que diabos estaria fazendo no país dos nevoeiros e dos dias gelados, das formigas diligentes e apressadas?

"Tenho de descobrir quem ela é e o que está fazendo aqui... Tenho de descobrir...", ele pensou.

II

Pilar estava sentada espremida contra a janela e pensava em como era esquisito o cheiro dos ingleses... Era o que mais a impressionara até aquele momento na Inglaterra: a diferença de cheiro. Não havia alho nem poeira, e muito pouco perfume. Naquele vagão havia um cheiro frio e sufocante, o cheiro de enxofre dos trens, o cheiro de sabonete e outro cheiro muito desagradável, que ela achava que vinha da gola de pele da mulher robusta sentada ao lado. Pilar farejou com delicadeza, inalando relutante o odor de naftalina. "Que perfume estranho para se usar", ela pensou.

Um apito soou, uma voz estentórea gritou algo, e o trem, em lentos solavancos, deixou a estação. Haviam partido. Ela estava a caminho...

Seu coração bateu um pouco mais rápido. Daria tudo certo? Ela seria capaz de realizar o que pretendia? Certamente, certamente. Ela havia planejado com tanto cuidado... Estava preparada para qualquer eventualidade. Sim, ela conseguiria... ela tinha de conseguir...

A curva da boca vermelha de Pilar virou-se para cima. Tornou-se cruel de súbito, aquela boca. Cruel e gananciosa como a boca de uma criança ou de um gatinho, uma boca que sabia apenas de seus próprios desejos e que ainda não conhecia o sentimento de pena.

Ela olhou à sua volta com a curiosidade franca de uma criança. Todas aquelas pessoas, sete delas. Que engraçados eram os ingleses! Pareciam todos tão ricos, tão prósperos, suas roupas, suas botas. Ah! Sem dúvida a Inglaterra era um país muito rico, como ela sempre ouvira falar. Mas eles não eram nem um pouco alegres, não, decididamente, não eram alegres.

Aquele homem parado no corredor era muito bonito... Pilar achou-o muito bonito. Ela gostou de seu rosto bronzeado, de seu nariz reto e de seus ombros largos. Mais rápida do que qualquer garota inglesa, Pilar percebera que o homem a admirava. Ela não havia olhado de maneira direta para ele nenhuma vez, mas sabia muito bem com que frequência e de que modo ele a estivera olhando.

Registrou os fatos sem muito interesse ou emoção. Pilar vinha de um país onde os homens tinham o hábito de olhar para as mulheres e não faziam questão de esconder isso. Ela se perguntou se ele era inglês e se convenceu de que não era.

"Ele é vivo demais, real demais para ser inglês", concluiu Pilar. "E, no entanto, ele é louro. Talvez seja americano." Ele era, ela pensou, parecido com os atores que vira nos filmes do velho Oeste.

Um funcionário abriu caminho pelo corredor.

– Almoço, por favor. Almoço! Ocupem seus lugares para o almoço.

Os sete ocupantes do compartimento de Pilar tinham bilhetes para o almoço. Levantaram-se todos ao mesmo tempo, e o compartimento tornou-se subitamente deserto e tranquilo.

Pilar fechou depressa a janela, que havia sido aberta alguns centímetros na parte de cima por uma senhora de cabelos grisalhos e aparência de brigona que ocupava um lugar no canto oposto. Então ela se recostou confortavelmente no assento e espiou pela janela os subúrbios da região norte de Londres. Pilar não se voltou ao ouvir o ruído da porta deslizando. Era o homem do corredor, e Pilar sabia, é claro, que ele entrara no compartimento para falar com ela.

Ela continuou a olhar pela janela, pensativa.
Stephen Farr disse:
— Você não gostaria que eu abrisse a janela?
Pilar respondeu de maneira recatada.
— Pelo contrário. Eu a fechei agora mesmo.
Ela falava um inglês perfeito, mas com um ligeiro sotaque.

Durante a pausa que se seguiu, Stephen pensou:
"Uma voz deliciosa, ensolarada... Quente como uma noite de verão..."

Pilar pensou:
"Gosto da voz dele. É forte e potente. Ele é atraente... sim, ele é atraente."

Stephen disse:
— O trem está muito cheio.
— Ah, sim, é verdade. Suponho que as pessoas fujam de Londres por que lá é muito escuro.

Pilar não fora criada para acreditar que era crime falar com homens estranhos em trens. Ela podia tomar conta de si mesma como qualquer garota, mas não tinha tabus rígidos.

Se Stephen tivesse sido educado na Inglaterra, poderia ter se sentido pouco à vontade ao iniciar uma conversa com uma jovem. Mas Stephen era uma alma amigável, que achava muito natural falar com quem ele tivesse vontade.

Ele sorriu sem qualquer embaraço e disse:
– Londres é um lugar terrível, não é?
– Ah, sim. Não gosto nem um pouco da cidade.
– Nem eu.
Pilar disse:
– Você não é inglês, é?
– Sou britânico, mas da África do Sul.
– Ah, compreendo, é por isso.
– Você chegou há pouco do exterior?
Pilar assentiu.
– Vim da Espanha.
Stephen estava interessado.
– Da Espanha, é mesmo? Você é espanhola, então?
– Sou meio espanhola. Minha mãe era inglesa. É por isso que falo inglês tão bem.
– E essa história de guerra? – perguntou Stephen.
– É muito ruim, sim, muito triste. Houve muitos estragos, é verdade.
– De que lado você está?
A opinião política de Pilar parecia um tanto vaga. Ela explicou que, no vilarejo de onde vinha, ninguém prestara muita atenção na guerra.
– Veja bem, ela não estava próxima de nós. O prefeito, é claro, é um funcionário do governo, e por isso o apoia, e o padre apoia o general Franco, mas a maioria das pessoas está ocupada com as videiras e a terra e não tem tempo para entrar nessas questões.
– Mas não ocorreu nenhuma batalha na sua região?
Pilar disse que não.
– Mas depois – ela explicou –, eu percorri todo o país de carro, e havia muita destruição. Vi uma bomba cair e explodir um carro, e outra destruiu uma casa. Foi emocionante!
Stephen Farr deu um sorriso um pouco torto.
– E essa foi a impressão que você teve?

– Foi uma incomodação também – explicou Pilar. – Porque eu queria seguir em frente, mas o motorista do meu carro foi morto.

Stephen perguntou enquanto a observava:

– Isso não a perturbou?

Os grandes olhos negros de Pilar arregalaram-se:

– Todos vamos morrer! Não é? Se vier ligeiro do céu, de uma hora para outra, bum, é o mesmo que morrer de qualquer outra maneira. Vive-se por algum tempo, sim, e depois se morre. É o que acontece neste mundo.

Stephen Farr riu.

– Não creio que você seja uma pacifista.

– Você não crê que eu seja o quê? – Pilar parecia perplexa com uma palavra que ainda não havia entrado em seu vocabulário.

– Você perdoa seus inimigos, *senõrita*?

Pilar balançou a cabeça.

– Não tenho inimigos. Mas se tivesse...

– Bem?

Ele a estava observando, fascinado mais uma vez pela boca doce e cruel curvada para cima.

Pilar disse seriamente:

– Se eu tivesse um inimigo, se uma pessoa me odiasse e eu a odiasse, então eu cortaria a garganta dela *assim*...

Ela fez um gesto inconfundível.

E foi tão rápido e grosseiro que Stephen Farr ficou pasmo por um momento. Ele disse:

– Você é uma jovem sanguinária!

Pilar perguntou, impassível:

– O que você faria com seu inimigo?

Ele começou a falar, mas parou e a encarou, e riu alto.

– Boa pergunta... – disse ele. – Boa pergunta!

Pilar disse de maneira reprovadora:

– Mas com certeza você sabe.

Stephen parou de rir, respirou fundo e disse em voz baixa:
– Sim, eu sei...

Então, com uma rápida mudança de modos, ele perguntou:
– O que a fez vir à Inglaterra?

Pilar respondeu com certa reserva.
– Vou ficar com parentes, meus parentes ingleses.
– Compreendo.

Ele se recostou no assento, estudando-a, imaginando como seriam esses parentes ingleses de quem ela falava, imaginando o que pensariam dessa espanhola desconhecida... Tentava imaginá-la em meio a uma sisuda família inglesa na época de Natal.

Pilar perguntou:
– É bonita a África do Sul, não é?

Ele começou a contar sobre a África do Sul. Pilar escutava com a atenção satisfeita de uma criança ouvindo uma história. Ele gostou das perguntas dela, ingênuas, porém astutas, e se divertiu inventando um conto de fadas exagerado.

O retorno dos verdadeiros ocupantes do compartimento colocou fim nessa diversão. Stephen se levantou, sorriu olhando-a nos olhos e tomou o caminho de volta para o corredor.

Enquanto Stephen esperava por um instante no vão da porta para que uma senhora idosa entrasse, seus olhos caíram sobre a etiqueta da obviamente estrangeira maleta de palha de Pilar. Ele leu o nome com interesse: *Srta. Pilar Estravados*. Mas, quando viu o endereço, seus olhos se arregalaram de incredulidade e de outro sentimento: *Mansão Gorston, Longdale, Addelsfield*.

Voltou-se um pouco, encarando a garota com uma nova expressão: perplexa, ofendida, desconfiada... Stephen saiu para o corredor e ficou ali fumando um cigarro e franzindo o cenho...

III

Na grande sala de estar azul e dourada da mansão Gorston, Alfred Lee e Lydia, sua esposa, discutiam seus planos para o Natal. Alfred era um homem de meia-idade e forte, com um rosto afável e suaves olhos castanho-claros. Sua voz era baixa e precisa, com uma dicção bastante clara. Sua cabeça era afundada nos ombros, e ele dava uma curiosa impressão de letargia. Lydia, sua esposa, era uma mulher ágil e esguia como um galgo. Ela era magra ao extremo, mas todos os seus movimentos demonstravam uma elegância veloz e sobressaltada.

Não havia beleza em seu rosto descuidado e esquálido, mas ele tinha distinção. Sua voz era encantadora.

Alfred disse:

– Meu pai insiste! Não há nada a ser feito.

Lydia controlou um súbito movimento de impaciência. Ela disse:

– Você tem sempre de ceder a ele?

– Ele é muito velho, querida...

– Ah, eu sei... eu sei!

– Ele espera que as coisas sejam feitas à maneira dele.

Lydia disse secamente:

– É natural, já que sempre foram feitas assim! Mas cedo ou tarde, Alfred, você terá de se impor.

– O que você quer dizer com isso, Lydia?

Ele a encarou, incomodado e sobressaltado de modo tão evidente que, por um momento, ela mordeu o lábio e pareceu em dúvida sobre continuar o que dizia.

Alfred Lee repetiu:

– O que você quer dizer com isso, Lydia?

Ela meneou seus ombros magros e graciosos e disse, tentando escolher as palavras com cuidado:

– Seu pai é... tende a ser... tirânico...

– Ele está velho.
– E ficará mais velho. E, em consequência disso, mais tirânico. Onde isso vai terminar? Ele já dita nossas vidas completamente. Não podemos fazer um plano que seja nosso! Se o fazemos, sempre há o risco de contrariá-lo.

Alfred disse:
– Papai espera vir em primeiro lugar. Lembre-se de que ele é muito bom para nós.
– Ah! Bom para nós.
– *Muito* bom para nós. – Alfred falou, um tanto carrancudo.

Lydia disse com calma:
– Você quer dizer em termos financeiros?
– Sim. As necessidades dele são muito simples. Mas ele não é mesquinho com dinheiro. Você pode gastar o que quiser com roupas e com esta casa, e as contas são pagas sem um pio. Somente na semana passada, ganhamos dele um carro novo.
– Em relação a dinheiro, admito que seu pai seja muito generoso – disse Lydia. – Mas em troca ele espera que nos comportemos como escravos.
– Escravos?
– Foi isso mesmo que eu disse. Você *é* escravo dele, Alfred. Se planejamos uma viagem e seu pai de repente não quer que a façamos, você cancela os preparativos e fica sem dizer nada! Se, por capricho, ele decide nos mandar para longe, nós vamos... Não temos vida própria, não temos independência.

O marido disse angustiado:
– Eu gostaria que você não falasse assim, Lydia. É muito ingrato. Meu pai faz tudo por nós...

Ela mordeu os lábios para conter uma resposta. Lydia meneou os ombros magros e graciosos mais uma vez.

Alfred disse:
– Sabe, Lydia, o velho gosta muito de você...

Sua esposa disse clara e distintamente:

– Eu não gosto nem um pouco dele.

– Lydia, me incomoda ouvi-la dizer essas coisas. É tão rude...

– Talvez. Mas, às vezes, nos sentimos compelidos a dizer a verdade.

– Se papai soubesse...

– Seu pai sabe muito bem que não gosto dele! Acho que isso o diverte.

– Ora, Lydia, tenho certeza de que você está errada nisso. Ele já me falou muitas vezes de como você é encantadora com ele.

– É claro que sempre fui educada. E sempre serei. Só quero que você saiba quais são meus verdadeiros sentimentos. Não gosto do seu pai, Alfred. Acho que ele é um velho tirânico e maldoso. Ele oprime você e se aproveita de seu afeto por ele. Você deveria tê-lo enfrentado anos atrás.

Alfred disse bruscamente:

– Chega, Lydia. Por favor, não diga mais nada.

Ela suspirou.

– Desculpe-me. Talvez eu esteja errada... Vamos falar dos nossos planos para o Natal. Você acha que seu irmão David virá mesmo?

– Por que não?

Ela balançou a cabeça, em dúvida.

– David é... esquisito. Lembre-se de que ele não entra nesta casa há anos. Ele era tão devotado à mãe, por certo tem mágoas em relação a este lugar.

– David sempre deixou o nosso pai nervoso – disse Alfred – com sua música e seu jeito sonhador. Papai foi, talvez, um pouco duro com ele em algumas ocasiões. Mas acho que David e Hilda virão, sim. Afinal, é época de Natal.

– Paz e boa vontade – disse Lydia. Sua boca delicada curvou-se com ironia. – Está bem! George e Magdalene virão. É provável que cheguem amanhã, pelo que disseram. Temo que Magdalene fique terrivelmente entediada.

Alfred disse com um ligeiro aborrecimento:

– Não consigo imaginar por que meu irmão George casou-se com uma garota vinte anos mais jovem do que ele! George sempre foi um idiota!

– Ele é muito bem-sucedido na sua carreira – disse Lydia. – Os eleitores gostam dele. Creio que Magdalene o ajude bastante na política.

Alfred disse devagar:

– Acho que não gosto muito dela. Ela é muito bonita, mas às vezes penso que seja como aquelas peras bonitas que se compram em certos lugares: são rosadas, macias e têm aparência lustrosa... – Ele balançou a cabeça.

– E estão estragadas por dentro? – disse Lydia. – Que engraçado você dizer isso, Alfred!

– Por que engraçado?

Ela respondeu:

– Porque você costuma ser uma pessoa tão gentil. É difícil você dizer algo rude a respeito de alguém. Irrito-me às vezes porque você não é... Como direi? Desconfiado o suficiente, não é vivido o bastante!

O marido sorriu.

– Sempre acreditei que o mundo é o que se faz dele.

Lydia disse bruscamente:

– Não! O mal não está apenas na mente. O mal existe! *Você* parece não ter consciência do mal no mundo. Eu tenho. Posso senti-lo. Sempre senti... Aqui nesta casa... – Ela mordeu o lábio e virou o rosto.

Alfred disse:

– Lydia...

Mas ela ergueu a mão em advertência, olhando por sobre o ombro de Alfred, para algo atrás dele. Este se voltou.

Um homem moreno de rosto suave estava parado ali de maneira respeitosa.

Lydia disse com severidade:

– O que é, Horbury?

A voz de Horbury era baixa, um mero murmúrio respeitoso.

– É o sr. Lee, madame. Ele pediu para avisá-la que haverá mais dois hóspedes para o Natal e para perguntar se a senhora poderia preparar dois quartos para eles.

Lydia disse:

– Dois hóspedes a mais?

Horbury respondeu com suavidade:

– Sim, madame, outro cavalheiro e uma jovem.

Alfred perguntou espantado:

– Uma jovem?

– Foi o que o sr. Lee disse, senhor.

Lydia disse rápido:

– Vou subir para falar com ele...

Horbury deu um pequeno passo. Foi uma mera sombra de movimento, mas parou o rápido progresso de Lydia automaticamente.

– Perdão, madame, mas o sr. Lee está dormindo seu sono da tarde. Ele determinou que não deve ser incomodado.

– Compreendo – disse Alfred. – É claro que não vamos incomodá-lo.

– Obrigado, senhor. – Horbury se retirou.

Lydia disse com veemência:

– Como eu odeio este homem! Ele se esgueira pela casa como um gato! Nunca se ouve quando ele chega ou sai.

– Também não gosto muito dele. Mas ele domina seu trabalho. Não é fácil conseguir um bom enfermeiro. E papai gosta dele, isso é o principal.

– Sim, isso é o principal, como você diz. Alfred, que conversa é esta sobre uma jovem? Que jovem?

O marido balançou a cabeça.

– Não faço ideia. Não consigo nem pensar em quem poderia ser.

Eles se encararam. Então Lydia disse, com um súbito esgar da sua boca expressiva:

– Sabe o que acho, Alfred?

– O quê?

– Acho que seu pai tem se entediado ultimamente. Acho que está planejando uma pequena diversão de Natal para ele mesmo.

– Trazendo dois estranhos a uma reunião familiar?

– Não sei dos detalhes, mas imagino que seu pai esteja se preparando para se divertir.

– Espero que ele consiga *algum* prazer com isso – disse Alfred, sério. – Pobre velho, entrevado, um inválido após a vida cheia de aventuras que levou.

Lydia disse devagar:

– Após a vida... cheia de aventuras que ele levou.

A pausa que ela fez antes de terminar a frase deu a ela algum significado especial, embora obscuro. Alfred pareceu senti-lo. Ele corou e pareceu infeliz.

Lydia exclamou de repente:

– Não consigo imaginar como ele teve um filho como você! Vocês são dois polos opostos. E ele fascina você... você o adora!

Alfred disse com um traço de embaraço:

– Você não está indo um pouco longe, Lydia? É natural, eu diria, que um filho ame o pai. Seria antinatural não amá-lo.

Lydia disse:

– Nesse caso, a maioria dos membros desta família é... antinatural! Ah, não vamos discutir! Desculpe. Magoei você, eu sei. Acredite-me, Alfred, não foi mesmo minha intenção. Tenho enorme admiração por sua... sua... *fidelidade*. A lealdade é uma virtude tão rara hoje em dia. Digamos que estou com ciúme, pode ser? Se as mulheres costumam ter ciúme de suas sogras, por que não de seus sogros?

Ele colocou um braço carinhoso em torno dela.

– Você sempre diz coisas impensadas, Lydia. Não há razão para você ter ciúme.

Ela deu um beijo rápido e arrependido nele, um carinho delicado na ponta da sua orelha.

– Eu sei. Mesmo assim, Alfred, não creio que tivesse o menor ciúme de sua mãe. Gostaria de tê-la conhecido.

– Ela era uma pobre criatura – disse ele.

Sua esposa olhou para ele de maneira interessada.

– Então era assim que você a via... como uma pobre criatura... Isso é interessante.

Ele disse, em devaneio:

– Lembro-me de ela estar quase sempre doente... Muitas vezes em lágrimas... – Ele balançou a cabeça. – Ela não tinha vida.

Ainda o encarando, Lydia murmurou bem baixinho:
– Que estranho...

Mas quando ele lançou a ela um olhar questionador, Lydia balançou a cabeça e mudou de assunto.

– Já que não temos o direito de saber quem são nossos convidados misteriosos, vou lá fora terminar meu jardim.

– Está muito frio, querida, um vento cortante.

– Vou me agasalhar bem.

Ela deixou a sala. Alfred Lee, encontrando-se sozinho, ficou imóvel por alguns minutos, com o cenho um pouco franzido, e foi até a janela grande no fim da sala. Lá fora havia um terraço que acompanhava toda a extensão da casa. Ali, após alguns minutos, ele viu Lydia aparecer carregando uma cesta rasa. Ela vestia um casaco comprido de lã. Lydia largou a cesta no chão e começou a trabalhar em um vaso de pedra quadrado ligeiramente erguido acima do nível do chão.

Seu marido a observou por algum tempo. Por fim, saiu da sala, apanhou para si um casaco e um cachecol e emergiu no terraço por uma porta lateral. Enquanto caminhava por ali, passou por vários outros vasos de pedra arranjados como jardins em miniatura, todos obras dos dedos ágeis de Lydia.

Um deles representava uma paisagem do deserto com areia fina e amarela, um pequeno capão de palmeiras de zinco pintado e uma procissão de camelos com um ou dois arabezinhos. Algumas casas de barro primitivas haviam sido construídas com massa de modelar. Havia um jardim italiano com terraços e canteiros simétricos com flores de cera colorida. Havia um vaso ártico também, com montes de vidro verde imitando icebergs, e um pequeno grupo de pinguins. Adiante havia um jardim japonês com dois belos bonsais, um espelho representando água e pontes feitas de massa de modelar.

Ele parou, por fim, ao lado de Lydia, que trabalhava em mais um vaso. Ela havia estendido papel azul sobre ele e coberto tudo com vidro. Em torno desse arranjo havia pedras empilhadas. Agora ela espalhava cascalhos tirados de um saquinho e com eles formava uma praia. Entre as pedras havia alguns cactos pequenos.

Lydia murmurava para si mesma:

– Sim, é isso mesmo... Exatamente o que quero.

Alfred disse:

– O que é esta nova obra de arte?

Ela se sobressaltou, pois não havia notado a presença dele.

– Isto? Ah, é o Mar Morto, Alfred. Você gostou?

Ele disse:

– Está um tanto árido, não é? Não deveria haver mais vegetação?

Ela balançou a cabeça.

– É a minha ideia do Mar Morto. Ele *está* morto, compreende...

– Não é tão agradável quanto alguns dos outros.
– Foi feito para não ser muito agradável.

Passos soaram no terraço. Um mordomo idoso, de cabelos brancos e um pouco curvado, estava vindo na direção deles.

– A sra. George Lee ao telefone, madame. Ela pergunta se seria conveniente que ela e o sr. George chegassem no trem das 17h20 amanhã?

– Sim, diga a ela que estará bem.
– Obrigado, madame.

O mordomo afastou-se apressado. Lydia o acompanhou com uma expressão enternecida no rosto.

– Bom e velho Tressilian. Como é fiel! Não consigo imaginar o que faríamos sem ele.

Alfred concordou.

– Ele é um criado à moda antiga. Está conosco há quase quarenta anos e é muito dedicado a todos nós.

Lydia assentiu.

– Sim. Ele é como os vassalos leais das histórias. Creio que ele seria capaz de mentir pelos cotovelos, se isso fosse necessário para proteger alguém da família.

Alfred disse:

– Acredito que sim... De fato acredito.

Lydia ajeitou um último pedaço de seixo.

– Pronto – disse ela. – Terminei a tempo.
– A tempo? – Alfred parecia surpreso.

Ela riu.

– Para o Natal, bobo! Para este Natal familiar e sentimental que teremos.

IV

David estava lendo a carta. Antes a havia amassado e jogado longe. Agora, depois de apanhá-la e alisá-la, a lia outra vez

Com calma, sem dizer nada, sua esposa, Hilda, o observava. Ela notou a veia que saltava na sua têmpora, o ligeiro tremor das longas mãos delicadas, os movimentos nervosos e espasmódicos do seu corpo inteiro. Quando ele empurrou para o lado a franja de cabelo louro que sempre tendia a cair-lhe sobre a testa e olhou para ela com olhos azuis suplicantes, ela estava preparada.

– Hilda, o que faremos?

Hilda hesitou por um minuto antes de falar. Ela ouvira a súplica na voz dele e sabia como ele era dependente dela; sempre fora, e, desde que se casaram, sabia que poderia influenciar a decisão dele de maneira definitiva. No entanto, por essa mesma razão, ela tinha o cuidado de não dizer nada decisivo.

Ela respondeu, e sua voz tinha a qualidade lenta e calmante que pode ser ouvida na voz de uma enfermeira experiente em um berçário:

– Depende de como você se sente a respeito, David.

Uma mulher grande, Hilda, não bela, mas com certo magnetismo. Algo nela era como uma pintura holandesa. Algo generoso e cativante no som da sua voz. Algo forte, a secreta força vital que atrai a fraqueza. Uma mulher de meia-idade robusta e atarracada. Não inteligente, não brilhante, mas *algo* nela era impossível ignorar. Força! Hilda Lee tinha força!

David levantou-se e começou a caminhar de um lado para outro. Seu cabelo não tinha quase nenhum fio grisalho. Ele tinha uma estranha aparência jovial. Seu rosto tinha a qualidade meiga de um cavaleiro de Burne Jones. Não era, por assim dizer, muito real...

Ele disse com sua voz melancólica:

– Você sabe como me sinto a respeito, Hilda. Você tem de saber.

– Não tenho certeza.

– Mas eu disse a você, reiteradas vezes! Como eu odeio tudo aquilo, a casa, o campo em volta e tudo mais!

Só me faz lembrar de sofrimento. Eu odiei cada momento que passei ali! Quando penso nisso, em tudo o que *ela* sofreu, minha mãe...

Sua esposa anuiu em simpatia.

– Ela era tão doce, Hilda, tão paciente. Deitada ali, muitas vezes sofrendo de dores, mas suportando-as, suportando tudo. E quando penso em meu pai – uma sombra passou por seu rosto – provocando todo aquele sofrimento na vida dela, humilhando-a, gabando-se de seus casos amorosos, sempre infiel a ela, sem nunca preocupar-se em esconder o fato.

Hilda Lee disse:

– Ela não deveria ter aceitado a situação. Deveria tê-lo deixado.

Ele disse com um toque de reprovação:

– Ela era boa demais para isso. Achou que era seu dever ficar com ele. Além disso, aquele era seu lar, para onde mais ela iria?

– Poderia ter construído uma vida para ela.

David disse, irritado:

– Não naquela época! Você não compreende. Mulheres não se comportavam desse jeito. Elas aceitavam as coisas. Suportavam pacientemente. Minha mãe tinha de pensar em nós. Mesmo que ela se divorciasse do meu pai, o que teria acontecido? Talvez ele se casasse outra vez. Poderia haver uma segunda família. *Nossos* interesses poderiam ser negligenciados. Ela tinha de pensar em todas essas possibilidades.

Hilda não respondeu.

David continuou:

– Não, ela fez bem. Era uma santa! Suportou até o fim, sem queixas.

Hilda disse:

– Não de todo sem queixas, ou você não saberia tanto, David!

Ele disse com suavidade e um brilho no rosto:

– Sim, ela me contou coisas... Ela sabia o quanto eu a amava. Quando ela morreu...

Ele parou e passou as mãos pelos cabelos.

– Hilda, foi um horror, terrível! A desolação! Ela ainda era bastante jovem, não *precisava* ter morrido. *Ele* a matou, meu pai! Ele foi responsável pela morte dela. Ele partiu o coração dela. Decidi então que não continuaria vivendo sob seu teto. Escapei, fugi de tudo aquilo.

Hilda anuiu.

– Você foi muito inteligente – disse ela. – Era a coisa certa a ser feita.

David disse:

– Papai queria que eu fosse trabalhar com ele. Isso significaria viver em casa. Eu não teria aguentado. Não sei como Alfred aguenta, como aguentou todos esses anos.

– Ele nunca se rebelou? – perguntou Hilda com algum interesse. – Acho que você me contou algo sobre ele haver abandonado outra carreira.

David assentiu com a cabeça.

– Alfred ingressaria no exército. Papai já tinha planejado tudo. Alfred, o mais velho, entraria para algum regimento de cavalaria, Harry o ajudaria no escritório, assim como eu. George entraria para a política.

– E o plano não funcionou?

David balançou a cabeça.

– Harry estragou tudo! Ele sempre foi bastante independente. Contraiu dívidas e toda sorte de outros problemas. Por fim ele fugiu um dia com centenas de libras que não lhe pertenciam, deixando para trás um bilhete que dizia que uma cadeira de escritório não combinava com ele e que estava partindo para ver o mundo.

– E vocês nunca mais ouviram falar dele?

– Ah, sim, ouvimos! – David riu. – Ouvimos com muita frequência! Ele sempre mandava telegramas pedindo dinheiro, de todas as partes do mundo. E quase sempre o conseguia!

– E Alfred?
– Papai mandou que ele esquecesse o exército e voltasse para o escritório.
– Ele se importou?
– Muito, no começo. Ele odiava o trabalho. Mas Alfred sempre foi um fantoche do pai. Creio que viva até hoje sob o jugo dele.
– E você... escapou! – disse Hilda.
– Sim. Fui para Londres e estudei pintura. Papai me disse com clareza que, se eu cometesse uma tolice dessas, receberia dele uma pequena mesada durante sua vida e nada quando ele morresse. Eu disse que não me importava. Ele me chamou de jovem idiota, e foi tudo! Nunca mais o vi desde então.

Hilda disse com carinho:
– E você não se arrependeu?
– Na verdade, não. Sei que não vou a lugar algum com minha arte. Nunca serei um grande artista, mas nós vivemos felizes neste chalé, temos tudo o que queremos, todas as coisas essenciais. E se eu morrer, bem, você recebe meu seguro.

Ele fez uma pausa e disse:
– E agora... *isso!*
Ele bateu na carta com a mão aberta.
– Lamento que seu pai tenha escrito essa carta, se ela o incomoda tanto – disse Hilda.

David prosseguiu como se não a tivesse ouvido.
– Ele pede que eu traga minha esposa para o Natal e espera que possamos estar todos juntos nesta data; uma família unida! Com que intenção?

Hilda disse:
– É preciso que haja outra intenção além da que está escrita?
Ele a olhou de maneira questionadora.
– Quero dizer – disse ela, sorrindo – que seu pai está ficando velho. Ele está começando a ficar emotivo a respeito de vínculos familiares. Isso acontece, sabe.

– Imagino que aconteça – disse David devagar.
– Ele é velho e está solitário.
Ele lançou-lhe um olhar rápido.
– Você quer que eu vá, não é, Hilda?
Ela disse devagar:
– Acho uma pena não responder a um apelo. Eu reconheço que sou antiquada, mas por que não ter paz e boa vontade na época do Natal?
– Depois de tudo que lhe contei?
– Eu sei, querido, eu sei. Mas isso tudo está no *passado*. Está tudo feito e acabado.
– Não para mim.
– Não *porque você não deixa o passado morrer*. Você o mantém vivo em sua própria cabeça.
– Não consigo esquecer.
– Você *não quer* esquecer, é isso que você quer dizer, David.
Sua boca cerrou-se em uma linha firme.
– Nós, os Lee, somos assim. Lembramo-nos das coisas por anos, remoemos, mantemos a memória viva.
Hilda disse com um toque de impaciência:
– Isso é algo de que se orgulhar? Não creio!
Ele a olhou, pensativo, com um toque de reserva no seu jeito, e disse:
– Você não dá muito valor à lealdade, então, lealdade a uma lembrança?
Hilda disse:
– Acredito que o presente importa, não o passado! O passado deve terminar. Acredito que, se buscamos manter o passado vivo, terminamos por distorcê-lo. Nós o vemos em termos exagerados, com uma falsa perspectiva.
– Tenho a lembrança exata de cada palavra e cada incidente daqueles dias – disse David com paixão.
– Sim, mas *não deveria*, querido! Não é natural fazê-lo! Você está submetendo aquela época ao julgamento de

um menino, em vez de rememorá-la sob o ponto de vista mais comedido de um homem.

– Que diferença isso faria? – exigiu David.

Hilda hesitou. Ela sabia que era insensato prosseguir e, no entanto, havia coisas que ela queria muito dizer.

– Acho – disse ela – que você está vendo seu pai como um *bicho-papão*! Talvez, se você fosse vê-lo agora, perceberia que ele era apenas um homem muito comum; um homem que se deixou, quem sabe, levar por suas paixões, um homem cuja vida esteve longe de ser imaculada, mas, mesmo assim, um simples *homem*, não um monstro desumano!

– Você não compreende! O modo como ele tratava minha mãe...

Hilda disse com gravidade:

– Há certo tipo de docilidade, de submissão, que faz vir à tona o que há de pior em um homem. Entretanto o mesmo homem, se enfrentado com coragem e determinação, pode tornar-se uma criatura diferente!

– Então você diz que foi culpa dela...

Hilda o interrompeu.

– Não, é claro que não! Não tenho dúvida de que seu pai tratou sua mãe muitíssimo mal, mas um casamento é algo extraordinário, e não creio que qualquer pessoa de fora, mesmo um filho, tenha o direito de julgá-lo. Além disso, todo esse ressentimento não pode ajudar sua mãe, agora. Tudo já *passou*, ficou para trás! O que resta agora é um velho de saúde frágil, convidando seu filho para visitá-lo no Natal.

– E você quer que eu vá?

Hilda hesitou e de súbito tomou uma decisão.

– Sim – disse ela. – Quero. Quero que você vá e deixe de acreditar nesse bicho-papão, de uma vez por todas.

V

Gcorge Lee, deputado por Westeringham, era um cavalheiro um tanto corpulento, de 41 anos. Seus olhos eram azul-pálido e um pouco proeminentes, com uma expressão desconfiada. Ele tinha um queixo pesado e uma fala lenta, pedante.

Ele dizia agora, de maneira ponderada:

– Eu já disse a você, Magdalene, que acho que é meu *dever* ir.

Sua esposa meneou os ombros com impaciência.

Ela era uma figura esguia, uma loura platinada com sobrancelhas modeladas e um rosto liso em formato de ovo. Às vezes, ele podia parecer bastante vazio e destituído de qualquer expressão. Ela tinha essa aparência agora.

– Querido – disse ela –, será uma ocasião deprimente, tenho certeza disso.

– Além disso – disse George Lee, e seu rosto iluminou-se ao ocorrer-lhe uma ideia interessante –, teremos a chance de fazer uma economia considerável. O Natal é sempre uma época cara. Podemos pagar aos criados somente as despesas básicas.

– Está bem! – disse Magdalene. – Afinal de contas, o Natal é bastante deprimente em qualquer lugar!

– Imagino que eles esperem uma ceia de Natal, não é? – disse George, seguindo a mesma linha de pensamento. – Um bom bife, talvez, em vez de peru.

– Quem? Os criados? Ah, George, não se preocupe tanto. Você está sempre se preocupando com dinheiro.

– Alguém tem de se preocupar – disse George.

– Sim, mas é absurdo economizar essas ninharias. Por que você não faz seu pai lhe dar um pouco mais de dinheiro?

– Ele já me dá uma mesada bastante polpuda.

– É terrível ser dependente do pai, como você é! Ele deveria ter-lhe dado parte da herança logo no início.

– Não é assim que ele faz as coisas.

Magdalene olhou para ele. Seus olhos cor de avelã estavam de repente concentrados e atentos. O rosto de ovo sem expressão demonstrou uma súbita intenção.

– Ele é riquíssimo, não é, George? Uma espécie de milionário, não é?

– Duas vezes milionário, creio eu.

Magdalene soltou um suspiro de inveja.

– Como ele conseguiu tudo isso? Na África do Sul, não foi?

– Sim, ele fez uma grande fortuna lá, quando era jovem. Principalmente com diamantes.

– Que emocionante! – disse Magdalene.

– Então ele veio para a Inglaterra, se lançou nos negócios e sua fortuna dobrou ou triplicou, creio eu.

– O que acontecerá quando ele morrer? – perguntou Magdalene.

– Papai nunca falou muito sobre o assunto. É claro que não se pode fazer uma pergunta direta. Imagino que a maior parte do dinheiro venha para Alfred e para mim. Alfred, é claro, ficará com a parte maior.

– Você tem outros irmãos, não tem?

– Sim, há meu irmão David. Creio que *ele* não ganhará muito. Ele saiu de casa para fazer arte ou alguma tolice do gênero. Acho que o pai avisou-o que iria tirá-lo do testamento, e David disse que não se importava.

– Que bobagem! – disse Magdalene com desdém.

– Havia também minha irmã Jennifer. Ela fugiu com um estrangeiro, um artista espanhol, um dos amigos de David. Mas ela morreu há pouco mais de um ano. Deixou uma filha, creio eu. Papai talvez deixe algum dinheiro para ela, mas não muito. E, é claro, há Harry...

Ele parou, um pouco constrangido.

– Harry? – disse Magdalene, surpresa. – Quem é Harry?

– Ah... hum... meu irmão.

– Eu não sabia que você tinha outro irmão.

– Querida, ele não era... como direi... confiável para nós. Não o mencionamos. Seu comportamento foi vergonhoso. Já faz alguns anos que não ouvimos falar dele. É provável que esteja morto.

Magdalene riu subitamente.

– O que é? Do que você está rindo?

Magdalene disse:

– Eu só estava pensando como é engraçado que você, *você*, George, tenha um irmão mal-afamado! Você é tão respeitável.

– Assim espero – disse George com frieza.

Seus olhos se estreitaram.

– Seu pai não é muito respeitável, George.

– Ora, Magdalene!

– Às vezes as coisas que ele diz deixam-me constrangida.

George disse:

– De fato, Magdalene, você me surpreende. Lydia... hum... também sente-se assim?

– Ele não diz as mesmas coisas a Lydia – disse Magdalene. Ela acrescentou de maneira irada: – *Não*, ele nunca as diz a Lydia. Não consigo imaginar por que não.

George olhou rápido para ela e desviou o olhar.

– Ah, bem – disse ele de modo vago. – É preciso fazer concessões. Na idade do papai... e com a má saúde dele...

Ele fez uma pausa. Sua esposa perguntou:

– Ele está mesmo muito doente?

– Ah, eu não diria *isso*. Ele tem uma resistência notável. De qualquer modo, já que ele quer ter a família à sua volta no Natal, acho que devemos ir. Pode ser seu último Natal.

Ela disse bruscamente:

– Isso é o que você diz, George, mas pode ser que ele viva ainda muitos anos, não é?

Um pouco surpreso, o marido gaguejou:
– Sim... sim, é claro que pode ser.
Magdalene desviou o olhar.
– Ah, bem – disse ela –, imagino que estejamos fazendo a coisa certa em ir.
– Não tenho dúvidas.
– Mas eu odeio a ideia! Alfred é tão chato, e Lydia é arrogante comigo.
– Bobagem.
– Ela é sim. E odeio aquele criado nojento.
– O velho Tressilian?
– Não, Horbury. Espreitando como um gato, com aquele sorriso insolente.
– Ora, Magdalene, não vejo como Horbury possa afetá-la de qualquer jeito.
– Ele me dá nos nervos, só isso. Mas não vamos nos incomodar. Compreendo que tenhamos de ir. Não vale a pena ofender o velho.
– Não, não vale, esse é o motivo exato. Sobre a ceia de Natal dos empregados...
– Agora não, George, outra hora. Vou telefonar para Lydia e dizer a ela que chegaremos no trem das 17h20, amanhã.

Magdalene deixou a sala com pressa. Após telefonar, subiu para seu quarto e sentou-se à frente da escrivaninha. Então baixou a tampa e remexeu os vários escaninhos. Cascatas de contas vieram abaixo. Magdalene as separou, tentando dar a elas alguma espécie de ordem. Afinal, com um suspiro impaciente, empilhou-as e enfiou de volta no escaninho de onde haviam caído. Magdalene passou a mão por sua cabeça lisa e platinada.

– E agora o que farei? – ela murmurou.

VI

No primeiro andar da mansão Gorston, um longo corredor levava a uma grande sala, que dava para o acesso frontal da casa. Era uma sala mobiliada nos estilos mais extravagantes e antiquados. Papel de parede com brocados, vistosas poltronas de couro, grandes vasos ornamentados com dragões, esculturas em bronze... Tudo nela era magnífico, caro e sólido.

Em uma poltrona grande e antiga, a maior e mais imponente de todas, sentava-se a figura magra e extenuada de um velho. Suas mãos longas como garras descansavam sobre os braços da poltrona. Uma bengala com castão de ouro estava ao seu lado. Ele vestia um roupão azul velho e gasto. Nos pés, calçava pantufas. Seu cabelo era branco, e a pele do rosto, amarela.

Uma figura maltrapilha e insignificante, se poderia pensar. Mas o nariz, aquilino e orgulhoso, e os olhos, escuros e intensamente vivos, poderiam fazer com que um observador mudasse de opinião. Ali havia fogo, vida e vigor.

O velho Simeon Lee gargalhou para ele mesmo, uma gargalhada súbita e aguda de diversão.

Ele disse:

– Você deu meu recado à sra. Alfred, hum?

Horbury estava parado ao lado da cadeira. Ele respondeu com sua voz baixa e respeitosa:

– Sim, senhor.

– Com as exatas palavras que mandei você dizer? Exatas, veja bem.

– Sim, senhor. Não cometi erro algum, senhor.

– Não, você não comete erros. E é melhor que não os cometa, ou vai se arrepender! E o que ela disse, Horbury? O que o sr. Alfred disse?

Calmo e impassível, Horbury repetiu o que havia ocorrido. O velho gargalhou de novo e esfregou as mãos.

– Esplêndido... De primeira classe... Eles devem ter pensado e imaginado coisas durante a tarde inteira! Esplêndido! Vou recebê-los agora. Vá buscá-los.

– Sim, senhor.

Horbury atravessou a sala em silêncio e saiu.

– E, Horbury...

O velho olhou à sua volta e praguejou.

– O sujeito move-se como um gato. Nunca sei onde ele está.

Ele ficou imóvel na cadeira, acariciando o queixo com os dedos, até ouvir uma batida na porta, e Alfred e Lydia entraram.

– Ah, aí estão vocês, aí estão vocês. Sente-se aqui, Lydia querida, perto de mim. Que belo rubor você tem.

– Estive lá fora, no frio. Faz o rosto corar depois.

Alfred disse:

– Como o senhor vai, papai, descansou bem esta tarde?

– Um descanso de primeira... de primeira. Sonhei com os velhos tempos! Antes de me estabelecer e tornar-me um pilar da sociedade.

Ele gargalhou subitamente.

Sua nora permaneceu em silêncio, sorrindo com atenção cortês.

Alfred disse:

– Que história é essa, papai, de recebermos mais duas pessoas para o Natal?

– Ah, isso! Sim, tenho de contar-lhe. Meu Natal, este ano, será grandioso, um Natal grandioso. Deixe-me ver... George está vindo, e Magdalene...

Lydia disse:

– Sim, eles chegam amanhã, no trem das 17h20...

O velho Simeon disse:

– Pobre, George! Não passa de um falastrão! Mesmo assim, é meu filho.

Alfred disse:

– Seus eleitores gostam dele.

Simeon gargalhou de novo.

– Eles por certo acham que ele é honesto. Honesto! Até hoje nunca houve um Lee honesto.

– Por favor, pai.

– Calma, meu rapaz. Exceto você.

– E David? – perguntou Lydia.

– Ah, sim, David. Estou curioso em ver o garoto, após esses anos todos. Ele era um jovem sem fibra. Como será a esposa dele? Pelo menos *ele* não se casou com uma garota vinte anos mais jovem, como aquele idiota do George!

– Hilda escreveu uma carta muito simpática – disse Lydia. – Há pouco recebi um telegrama dela confirmando sua vinda e dizendo que chegariam amanhã, com certeza.

O sogro de Lydia lançou-lhe um olhar agudo, penetrante.

Ele riu.

– Jamais consigo superar Lydia – disse ele. – Devo reconhecer isto, Lydia: você é uma mulher bem-criada. Uma boa educação faz diferença. Bem o sei. A hereditariedade é uma coisa engraçada, no entanto. Só um de vocês se parece comigo, só um, de toda ninhada.

Seus olhos dançaram.

– Agora, adivinhem quem vem para o Natal. Darei três chances e aposto cinco libras que vocês não acertarão.

Ele olhou de um para outro. Alfred disse, franzindo o cenho:

– Horbury disse que o senhor está esperando uma jovem.

– O que o deixou intrigado, sim, atrevo-me a dizer que sim. Pilar chegará a qualquer minuto. Ordenei ao motorista que fosse buscá-la.

Alfred disse bruscamente:

– *Pilar?*

Simeon disse:

– Pilar Estravados. Filha de Jennifer. Minha neta. Pergunto-me como será ela.

Alfred exclamou:

– Meu Deus, pai, o senhor nunca me contou...

O velho abriu um largo sorriso.

– Não, achei melhor manter segredo! Pedi a Charlton que escrevesse a ela e tomasse todas as providências.

Alfred repetiu, em tom magoado e reprovador:

– O senhor nunca me contou...

O pai disse, ainda rindo com malícia:

– Teria estragado a surpresa! Como será ter outra vez sangue jovem debaixo deste teto? Não conheci Estravados. Será que a garota puxou à mãe ou ao pai?

– O senhor acha mesmo que isso é sensato, pai? – começou Alfred. – Levando-se tudo em consideração...

O velho o interrompeu.

– Segurança... segurança... você sempre busca a saída mais segura, Alfred! Sempre! Eu não ajo assim! Faça o que quer e dane-se o resto! É o que digo! A garota é minha neta, a única neta na família! Não me importa quem foi seu pai ou o que ele fez! Ela é sangue do meu sangue! E ela está vindo para viver aqui, em minha casa.

Lydia disse bruscamente:

– Ela está vindo para *morar* aqui?

Ele lançou-lhe um olhar rápido.

– Você tem alguma objeção?

– Eu não poderia ter qualquer objeção a que o senhor convide alguém à sua própria casa, poderia? Estava pensando... nela.

– Pensando nela... o que você quer dizer com isso?

– Se ela seria feliz aqui.

O velho Simeon ergueu a cabeça.

– Ela não tem um centavo. Deve estar agradecida!

Lydia deu de ombros.

Simeon voltou-se para Alfred:

– Você está vendo? Será um Natal grandioso! *Todos* os meus filhos à minha volta. Todos os meus filhos! Aí está, Alfred, essa é a sua pista. Agora adivinhe quem é o outro visitante.

Alfred o encarou.

– Todos os meus filhos! Adivinhe, garoto! *Harry*, é claro! Seu irmão Harry!

Alfred ficou muito pálido e gaguejou:

– Harry... não Harry...

– Harry em pessoa!

– Mas nós achávamos que ele estava morto!

– Não!

– O senhor... o senhor vai recebê-lo de volta aqui! Depois de tudo?

– O filho pródigo, hum? Você está certo. O novilho cevado! Temos de abater o novilho cevado, Alfred! Temos de dar a Harry esplêndidas boas-vindas.

Alfred disse:

– Ele tratou o senhor... todos nós... vergonhosamente. Ele...

– Não é necessário enumerar os crimes dele! É uma longa lista. Mas o Natal, não esqueça, é a época do perdão! Daremos boas-vindas ao filho pródigo que retorna.

Alfred se levantou e murmurou:

– Esse foi... um enorme choque. Nunca sonhei que Harry voltaria a pôr os pés nesta casa.

Simeon inclinou-se para frente.

– Você nunca gostou de Harry, não é? – disse ele com suavidade.

– Depois da maneira como ele agiu com o senhor...

Simeon deu uma gargalhada e disse:

– Ah, águas passadas não movem moinhos. Esse é o espírito do Natal, não é, Lydia?

Lydia também empalidecera. Ela disse sem rodeios:

– Vejo que o senhor pensou bastante no Natal deste ano.

— Quero minha família em torno de mim. Paz e boa vontade. Sou um velho. Você já vai, minha cara?

Alfred apressara-se para fora da sala. Lydia parou por um momento, antes de segui-lo.

Simeon assentiu com a cabeça na direção da figura que se afastava.

— Alfred aborreceu-se. Ele e Harry nunca se deram bem. Harry costumava caçoar dele. Chamava-o de Velho Matungo.

Os lábios de Lydia se abriram. Ela estava prestes a falar, quando viu a expressão ansiosa dele e se conteve. O autocontrole dela, Lydia percebeu, desapontava o velho. Essa percepção permitiu-lhe dizer:

— A lebre e a tartaruga. Ah, bem, a tartaruga vence a corrida.

— Nem sempre — disse Simeon. — Nem sempre, minha querida Lydia.

Ela disse, ainda sorrindo:

— Com licença, preciso ver como está Alfred. Emoções súbitas sempre o incomodam.

Simeon gargalhou.

— Sim, Alfred não gosta de mudanças. Ele sempre foi um modelo de seriedade.

Lydia disse:

— Alfred é muito devotado ao *senhor*.

— E isso lhe parece estranho, não é?

— Às vezes, sim — disse Lydia.

Ela deixou a sala. Simeon a acompanhou com o olhar.

Ele riu baixinho e esfregou as mãos.

— Muito divertido — disse ele. — Muito divertido mesmo. Apreciarei este Natal.

Com esforço ele levantou-se e, com a ajuda da bengala, atravessou a sala arrastando os pés.

Simeon foi até um cofre grande que ficava no canto da sala. Ele girou a combinação. A porta se abriu e, com dedos trêmulos, ele apalpou o espaço interno.

Tirou dali uma pequena sacola de couro desbotado e a abriu, deixando passar-lhe entre os dedos uma torrente de diamantes brutos.

– Bem, meus adorados, bem... Ainda os mesmos, ainda meus velhos amigos. Aqueles foram dias e tanto... dias e tanto... Ninguém os cortará ou lapidará, meus amigos. Vocês *não* ficarão em torno dos pescoços das mulheres, presos nos seus dedos ou pendurados em suas orelhas. Vocês são *meus*! Velhos amigos! Aprendemos alguns truques, vocês e eu. Eu estou velho, é o que dizem, e doente, mas não estou acabado! Ainda há muita vida no velho cão. E ainda há alguma diversão para se tirar da vida. Ainda alguma diversão...

PARTE 2

23 de dezembro

I

Tressilian foi atender a campainha da porta. Ela fora tocada com agressividade incomum, e agora, antes que ele terminasse seu lento avanço até o outro lado da sala, a campainha soara outra vez.

Tressilian corou. Que modo mal-educado e impaciente de se tocar a campainha na casa de um cavalheiro! Se fosse mais um daqueles corais natalinos, ouviriam umas boas verdades.

Através do gelo que cobria a vidraça na parte de cima da porta ele viu uma silhueta – um homem grande vestindo um chapéu de abas caídas. Ele abriu a porta. Como havia imaginado, tratava-se de um estranho extravagante; que terno sórdido e espalhafatoso ele trajava! Algum mendigo insolente!

– Por Deus, se não é Tressilian – disse o estranho. – Como vai, Tressilian?

Tressilian o encarou, respirou fundo e o encarou novamente. Aquele queixo duro e arrogante, o nariz proeminente, o olhar folgazão. Sim, eram os mesmos de anos atrás. Menos evidentes, na época...

Ele disse ofegante:
– Sr. Harry!

Harry Lee riu.
– Parece que lhe causei um belo choque. Por quê? Fui convidado, não fui?

– Sim, é claro, senhor. Com certeza, senhor.

– Então por que a surpresa? – Harry recuou um pouco e ergueu o olhar para ver a casa, uma boa massa sólida de tijolos vermelhos, prosaica, mas sólida. – A velha mansão feia de sempre – ele observou. – Ainda em pé, no entanto, e isso é o principal. Como vai meu pai, Tressilian?

– Ele está quase inválido, senhor. Permanece no quarto e não pode andar muito. Mas está excelente, apesar de tudo.

– O velho safado!

Harry Lee entrou na mansão, deixou que Tressilian tirasse seu cachecol e lhe tomasse o chapéu um pouco teatral.

– Como está meu caro irmão Alfred, Tressilian?

– Está muito bem, senhor.

Harry abriu um largo sorriso.

– Ansioso em me ver?

– Creio que sim, senhor.

– Eu não! Bem ao contrário. Aposto que minha vinda causou-lhe um desgosto e tanto! Alfred e eu nunca nos demos bem. Você lê a Bíblia, Tressilian?

– Ora, sim, senhor, às vezes, senhor.

– Lembra-se da história do filho pródigo? O bom irmão não gostou, lembra-se? Não gostou mesmo! Aposto que o bom e velho caseiro Alfred não gosta também.

Tressilian permaneceu em silêncio, olhando para o chão. Suas costas tensas expressavam protesto. Harry deu-lhe uma palmada no ombro.

– Mostre-me o caminho, meu velho – disse ele. – O novilho cevado me espera! Leve-me direto a ele.

Tressilian murmurou:

– Se não se importar, acompanhe-me até a sala de estar, senhor. Não tenho muita certeza de onde todos estão... Não puderam mandar ninguém à estação para buscá-lo, senhor, já que não sabiam o horário da sua chegada.

Harry assentiu. Ele seguiu Tressilian pelo corredor, movendo a cabeça para olhar à sua volta enquanto avançava.

– Vejo que todas as velhas peças de museu continuam em seus lugares – ele observou. – Não acredito que nada tenha mudado desde que parti, há vinte anos.

Ele seguiu Tressilian até a sala de estar. O velho murmurou:

– Verei se posso encontrar o sr. ou a sra. Alfred – e saiu apressado.

Harry Lee havia marchado sala adentro e então parado, encarando a figura sentada em um dos peitoris das janelas. Incrédulos, seus olhos percorreram o cabelo preto e a palidez leitosa e exótica.

– Meu Deus! – disse ele. – Você é a sétima e mais bela esposa de meu pai?

Pilar desceu do peitoril e veio na direção dele.

– Sou Pilar Estravados – ela anunciou. – E você deve ser meu tio Harry, irmão de minha mãe.

Harry disse, olhando para ela:

– Quer dizer que você é a filha de Jenny!

Pilar disse:

– Por que você me perguntou se eu era a sétima esposa do seu pai? Ele teve mesmo seis esposas?

Harry riu.

– Não, creio que ele teve somente uma, oficial. Bem... Pil... qual é seu nome?

– Pilar, sim.

– Bem, Pilar, é uma verdadeira novidade ver algo como você florescendo neste mausoléu.

– Este... maus... como?

– Este museu de bonecos empalhados! Sempre achei esta casa péssima! Agora que a vejo de novo, acho-a pior do que nunca!

Pilar disse chocada:

– Ah, não, é muito bonito aqui! Os móveis são bons e há tapetes grossos por toda parte e muitos ornamentos. Tudo é de ótima qualidade e muito, muito rico!

– Neste ponto você está certa – disse Harry, rindo. Ele olhou para ela com deleite. – Você sabe, não consigo evitar a satisfação de vê-la em meio...

Ele parou de falar quando Lydia entrou rápido na sala.

Ela foi de imediato até ele.

– Como você vai, Harry? Sou Lydia, esposa de Alfred.

– Como está, Lydia? – Ele a cumprimentou, examinando com um olhar ligeiro o rosto expressivo e inteligente dela, e aprovando mentalmente a maneira como ela caminhava; poucas pessoas moviam-se bem.

Lydia, por sua vez, também avaliou-o de imediato.

Ela pensou: "Ele parece um durão terrível, embora atraente. Eu não confiaria nem um pouco nele...".

Ela disse sorrindo:

– Como lhe parece a casa após todos esses anos? Muito diferente, ou a mesma de sempre?

– Eu diria que a mesma. – Ele olhou à sua volta. – Esta sala foi reformada.

– Ah, muitas vezes.

Ele disse:

– Por você, quero dizer. Você a deixou... diferente.

– Sim, espero que sim.

Ele sorriu para ela, um sorriso súbito e travesso que a fez se lembrar, com um sobressalto, do velho no andar de cima.

– Ela tem mais classe agora! Lembro-me de ouvir falar que o velho Alfred havia se casado com uma garota cuja família veio na época da Conquista.

– Acredito que tenha vindo. Mas decaiu muito, desde então.

Harry disse:

– Como está o velho Alfred? O mesmo bendito cabeça-dura de sempre?

– Não sei se você vai achá-lo mudado ou não.

– Como estão os outros? Espalhados por toda a Inglaterra?

– Não, estão todos aqui para o Natal, veja você.

Os olhos de Harry arregalaram-se.

– Um típico Natal em família? O que há com o velho? Ele costumava não dar a mínima para questões sentimentais. Não me lembro de ele se importar muito com a família, também. Ele deve ter mudado!

– Talvez.

A voz de Lydia era seca. Pilar a encarava, seus olhos grandes bem abertos e interessados. Harry disse:

– Como está o velho George? Ainda o mesmo sovina? Como ele costumava uivar se tivesse que gastar meio centavo do seu dinheirinho!

Lydia disse:

– O George está no Parlamento. Ele é deputado por Westeringham.

– O quê? Popeye no Parlamento? Meu Deus, que ótimo.

Harry jogou a cabeça para trás e riu.

Era uma risada estentórea e penetrante. Soava descontrolada e brutal no espaço confinado da sala. Pilar arquejou de espanto. Lydia encolheu-se um pouco.

Então, um movimento atrás dele fez com que Harry parasse de rir e se voltasse bruscamente. Ele não ouvira ninguém entrar na sala, mas Alfred estava ali parado, em silêncio. Ele olhava para Harry com uma expressão peculiar no rosto.

Harry deixou passar um minuto, e um lento sorriso se formou nos seus lábios. Ele deu um passo à frente.

– Ora – disse ele –, é Alfred!

Alfred anuiu.

– Olá, Harry – disse ele.

Eles ficaram parados entreolhando-se. Lydia tomou fôlego e pensou:

"Que absurdo! Como dois cães... olhando um para o outro..."

O olhar de Pilar arregalou-se mais ainda. Ela pensou consigo mesma:

"Que ridículo, eles estão parados ali... Por que não se abraçam? Não, é claro que os ingleses não fazem isso. Mas eles poderiam *dizer* alguma coisa. Por que eles só ficam se *olhando*?"

Harry disse por fim:

– Bem, bem. É estranho estar de volta!

– Imagino que sim... Faz uns bons anos desde que você... partiu.

Harry ergueu a cabeça e passou o dedo pela linha do queixo. Era um gesto habitual dele e expressava beligerância.

– Sim – disse ele. – Estou feliz por ter voltado para – ele fez uma pausa para dar maior significado à palavra – *casa*...

II

– Creio que fui um homem muito mau... – disse Simeon Lee.

Ele estava recostado na cadeira. Seu queixo estava erguido e com um dedo ele o acariciava de maneira pensativa. À sua frente um grande fogo brilhava e dançava. Ao lado da lareira sentava-se Pilar, segurando uma pequena tela de papel machê com a qual protegia seu rosto do calor mais intenso. De vez em quando a usava para se abanar, com um movimento hábil de seu pulso. Simeon olhou para ela com satisfação.

Ele continuou falando, talvez mais para si mesmo do que para a garota, estimulado pela presença dela.

– Sim – disse ele. – Fui um homem mau. O que você acha disso, Pilar?

Pilar meneou os ombros e disse:

– Todos os homens são maus. É o que dizem as freiras. É por isso que se deve orar por eles.

– Ah, mas eu fui pior do que a maioria. – Simeon riu. – Sabe, não me arrependo. Não, não me arrependo de nada. Aproveitei a vida... cada minuto! Dizem que você se arrepende quando fica velho. Isso é conversa fiada. Não me arrependo. Digo a você que fiz quase tudo... todos os bons e velhos pecados! Traí, roubei e menti... Deus, sim! E mulheres, sempre mulheres! Alguém me falou certo dia de um xeique árabe que tinha uma escolta de quarenta dos seus filhos, todos mais ou menos da mesma idade! Aha! Quarenta! Talvez não fossem quarenta, mas aposto que eu poderia formar uma boa escolta se saísse por aí procurando os pirralhos! Ei, Pilar, o que você acha disso? Chocada?

Pilar o encarou.

– Não, por que deveria estar? Os homens sempre desejam as mulheres. Meu pai também. Por isso as esposas são tão infelizes e por isso elas vão à igreja rezar.

O velho Simeon franzia o cenho.

– Eu fiz de Adelaide uma mulher infeliz – disse ele. Ele falava quase sussurrando, para si mesmo. – Deus, que mulher! Jovem, viçosa e bela como ninguém, quando me casei com ela! E depois? Sempre lamentando e choramingando. Uma mulher que não para de chorar desperta o diabo em um homem... Ela não tinha coragem, este era o problema com Adelaide. Se ao menos ela tivesse me enfrentado! Mas ela nunca o fez, nem uma vez. Acreditava que, ao casar-me com ela, conseguiria tomar juízo, criar uma família, livrar-me dos velhos hábitos...

Sua voz extinguiu-se. Seus olhos estavam fixos no coração incandescente do fogo.

– Criar uma família... Por Deus, que família! – Ele deu uma risadinha esganiçada e raivosa. – Olhe para eles... olhe para eles! Nenhum deles com capacidade de levar as coisas adiante! O que há de errado com eles? Não têm nada de meu sangue nas veias? Nem mesmo um entre eles, legítimo ou ilegítimo. Alfred, por exemplo, meu Deus, como me aborreço com Alfred! Olhando para mim com seu olhar canino. Pronto para fazer qualquer coisa que eu peça. Céus, que idiota! Mas há a esposa, Lydia, eu gosto de Lydia. Ela tem espírito. Ela não gosta de mim, no entanto. Não, ela não gosta de mim. Mas tem de me aguentar, por causa daquele paspalho do Alfred. – Ele olhou para a garota junto ao fogo. – Pilar, lembre-se, nada é mais enfadonho do que a devoção.

Ela sorriu para ele. Simeon prosseguiu, estimulado pela presença da juventude e da forte feminilidade dela.

– George? O que é George? Um estorvo! Um bacalhau empalhado! Um falastrão pomposo sem cérebro e sem coragem, e também mesquinho com dinheiro! David? David sempre foi um idiota, um idiota e um sonhador. O garoto da mamãe, é o que David sempre foi. A única coisa sensata que ele fez na vida foi casar-se com aquela mulher sólida e confiável. – Bateu sonoramente com a mão na beirada da cadeira. – Harry é o melhor de todos! Pobre e velho Harry, sempre errado. Mas, de qualquer modo, está *vivo*!

Pilar concordou.

– Sim, ele é encantador. Ele ri, ri alto, e joga a cabeça para trás. Ah, sim, gosto muito dele.

O velho olhou para ela.

– Você gosta, mesmo, Pilar? Harry sempre teve jeito com as garotas. Puxou ao pai. – Ele começou a rir, uma risadinha lenta, sibilante. – Tive uma boa vida, uma vida muito boa. Tive muito de tudo.

Pilar disse:

– Na Espanha temos um provérbio. É assim: *Tome o que você quiser e pague por isso, assim diz Deus.*

Simeon bateu uma mão compreensiva no braço da cadeira.

– Isso é bom. É isso mesmo. Tome o que você quiser... eu fiz isso, toda minha vida, tomei o que quis...

Pilar disse, com a voz aguda e clara, que de súbito exigia atenção:

– E o senhor pagou por isso?

Simeon parou de rir para si mesmo. Ele endireitou-se, a encarou e disse:

– O que foi que você falou?

– Eu disse: e o senhor pagou por isso, vovô?

Simeon Lee respondeu devagar:

– Eu... não sei...

Então, batendo com o punho no braço da cadeira, ele exclamou, com ira repentina:

– Por que você diz isso, garota? Por que você diz isso?

Pilar disse:

– Eu... só estava pensando.

A mão que segurava a tela parou de se mover. Seus olhos estavam escuros e misteriosos. Estava ali sentada, com a cabeça inclinada para trás, consciente de si mesma, de sua feminilidade.

Simeon disse:

– Sua diabinha.

Ela disse suavemente:

– Mas o senhor gosta de mim, vovô. O senhor gosta que eu fique aqui com você.

Simeon disse:

– Sim, eu gosto. Faz muito tempo desde que vi algo tão jovem e belo... Faz-me bem, aquece meus ossos velhos... E você é sangue do meu sangue... Bom para Jennifer, ela acabou sendo a melhor de todo o bando, no fim das contas!

Pilar ficou ali sorrindo.

– Saiba que você não me engana – disse Simeon. – Sei por que você fica aí sentada, ouvindo tão paciente minha tagarelice monótona. É o dinheiro... é somente o dinheiro... Ou você finge amar seu velho avô?

Pilar disse:

– Não, não o amo. Mas gosto do senhor. Gosto muito. O senhor tem de acreditar nisso, pois é verdade. Acho que o senhor foi mau, mas gosto disso também. O senhor é mais sincero do que as outras pessoas nesta casa. E o senhor tem coisas interessantes para dizer. O senhor viajou e levou uma vida de aventuras. Se eu fosse homem seria assim também.

Simeon anuiu.

– Sim, acredito que seria... Temos sangue cigano em nós, é o que sempre se disse. Ele não apareceu muito nos meus filhos, exceto em Harry, mas acho que ele resultou em você. Veja bem, eu posso ser paciente, quando necessário. Esperei uma vez quinze anos para acertar as contas com um homem que me havia lesado. Essa é outra característica dos Lee: eles não esquecem! Eles vingarão uma afronta mesmo que tenham de esperar anos para fazê-lo. Um homem me trapaceou. Esperei quinze anos até que vi a oportunidade e então ataquei. Eu o arruinei. Deixei-o limpo!

Ele riu baixinho.

Pilar disse:

– Foi na África do Sul?

– Sim. Um grande país.

– O senhor voltou para lá alguma vez?

– Voltei, cinco anos depois de casado. Foi a última vez.

– Mas, e antes? O senhor esteve lá por muitos anos?

– Sim.

– Conte-me a respeito.

Ele começou a falar. Pilar, protegendo o rosto, ouvia. Sua voz ficou mais lenta, cansada. Ele disse:

– Espere, vou mostrar-lhe algo.

Simeon colocou-se em pé com cuidado. Com sua bengala, mancou lentamente pela sala. Ele abriu o cofre grande. Voltando-se, acenou para que ela se aproximasse.

– Olhe aqui. Sinta-os, deixe que corram por entre seus dedos.

Ele olhou para o rosto espantado dela e riu.

– Você sabe o que são? Diamantes, garota, diamantes.

Os olhos de Pilar se abriram. Ela disse enquanto se inclinava para frente:

– Mas eles parecem pequenas pedras, só isso.

Simeon riu.

– São diamantes brutos. É assim que são achados, desse jeito.

Pilar perguntou, incrédula:

– E se eles fossem lapidados, seriam diamantes de verdade?

– Com certeza.

– Eles reluziriam e brilhariam?

– Reluziriam e brilhariam.

Pilar disse de maneira infantil:

– Ah, não posso acreditar!

Ela estava impressionada.

– É a mais absoluta verdade.

– Eles são valiosos?

– Bastante valiosos. Difícil dizer antes de serem lapidados. De qualquer maneira, este pequeno lote vale alguns milhares de libras.

Pilar disse, com um espaço entre cada palavra:

– Alguns... milhares... de... libras?

– Digamos que nove ou dez mil libras... Veja bem, elas são pedras grandes.

Pilar perguntou, os olhos se abrindo:
– Mas por que o senhor não os vende, afinal?
– Por que gosto de tê-los aqui.
– Mas e todo esse dinheiro?
– Não preciso do dinheiro.
– Compreendo.
Pilar pareceu impressionada e disse:
– Mas por que o senhor não os manda lapidar para deixá-los lindos?

– Porque os prefiro desse jeito. – Seu rosto assumiu uma expressão severa. Simeon virou-se para o lado e começou a falar consigo mesmo. – Eles me levam de volta... o toque deles, a sensação deles escorrendo por entre meus dedos... Tudo volta para mim, o sol, o cheiro da savana, os bois... o velho Eb... todos os rapazes... as noites...

Houve uma batida suave na porta.
Simeon disse:
– Coloque-os de volta no cofre e feche-o.
Então ele disse, levantando a voz:
– Entre.
Horbury entrou, silencioso e submisso.
Ele disse:
– O chá está pronto no andar de baixo.

III

Hilda disse:
– Aí está você, David. Estive procurando por você em toda parte. Vamos sair desta sala, é tão gélida.

David não respondeu imediatamente. Estava parado olhando para uma cadeira, uma cadeira baixa forrada de cetim esmaecido. E disse de súbito:
– Aquela é a cadeira dela... a cadeira em que ela sempre se sentou... do mesmo jeito... está do mesmo jeito. Apenas gasta, é claro.

Um pequeno vinco apareceu na testa de Hilda. Ela disse:

– Estou vendo. Vamos sair daqui, David. Faz um frio terrível.

David não prestou atenção. Olhando à sua volta, ele disse:

– Na maioria das vezes, ela ficava aqui. Lembro-me de sentar naquele banco enquanto ela lia para mim. *João e o pé de feijão*, era isso, *João e o pé de feijão*. Eu devia ter uns seis anos então.

Hilda pousou uma mão firme no braço dele.

– Volte para a sala de estar, querido. Não há aquecimento nesta sala.

Ele voltou-se, obediente, mas ela sentiu um pequeno arrepio passar pelo corpo dele.

– Está do mesmo jeito – ele murmurou. – Está do mesmo jeito. Como se o tempo houvesse parado.

Hilda parecia preocupada e disse com voz alegre e determinada:

– Onde estarão os outros? Deve ser quase hora do chá.

David desvencilhou seu braço e abriu outra porta.

– Havia um piano aqui... Ah, sim, lá está ele! A dúvida é se está afinado.

Ele sentou-se, abriu a tampa e correu de leve os dedos sobre as teclas.

– Sim, está claro que foi mantido afinado.

Ele começou a tocar. Seu toque era bom, a melodia fluía de seus dedos.

Hilda perguntou:

– O que é isso? Parece que conheço, mas não consigo lembrar bem.

Ele disse:

– Não a toco há anos. Ela costumava tocá-la. Uma das *Canções sem palavras* de Mendelssohn.

A melodia doce, doce demais, encheu a sala. Hilda disse:

– Toque algo de Mozart, vamos.

David balançou a cabeça e começou outro Mendelssohn.

Então largou de repente as mãos sobre as teclas, produzindo uma dissonância ruidosa. Ele levantou-se. Seu corpo inteiro tremia. Hilda foi até ele.

Ela disse:

– David... David...

Ele disse:

– Não é nada... não é nada...

IV

A campainha soou de maneira agressiva. Tressilian levantou da sua cadeira na copa e caminhou devagar em direção à porta.

A campainha soou outra vez. Tressilian franziu o cenho. Através do gelo na vidraça da porta ele viu a silhueta de um homem vestindo um chapéu de abas caídas. Tressilian passou a mão pela testa. Algo o preocupava. Era como se tudo estivesse acontecendo duas vezes.

Certamente isso já havia acontecido antes. Certamente...

Ele puxou a tranca e abriu a porta.

O feitiço se desfez. O homem ali parado disse:

– É aqui que mora o sr. Simeon Lee?

– Sim, senhor.

– Eu gostaria de vê-lo, por favor.

Um ligeiro eco de memória despertou em Tressilian. Era um tom de voz de que ele se lembrava, dos velhos tempos, quando o sr. Lee estivera pela primeira vez na Inglaterra.

Tressilian balançou a cabeça, em dúvida.

– O sr. Lee é um inválido, senhor. Ele não vê mais muitas pessoas hoje em dia. Se o senhor...

O estranho o interrompeu. Ele sacou um envelope e estendeu-o ao mordomo.

– Por favor, dê isto ao sr. Lee.

– Sim, senhor.

V

Simeon Lee tomou o envelope e retirou dele a única folha de papel que continha. Ele pareceu surpreso. Suas sobrancelhas se ergueram, mas ele sorriu.

– Mas que coisa extraordinária! – ele disse.

Então, para o mordomo:

– Diga ao sr. Farr para subir, Tressilian.

– Sim, senhor.

Simeon disse:

– Eu estava agora mesmo pensando no velho Ebezener Farr. Ele foi meu sócio lá em Kimberley. Agora me aparece o seu filho!

Tressilian reapareceu. Ele anunciou:

– Sr. Farr.

Stephen Farr entrou na sala com um traço de nervosismo. Ele o disfarçava com uma dose um pouco maior de arrogância. Com um sotaque sul-africano mais acentuado do que o normal, especial para a ocasião, ele disse:

– Sr. Lee?

– Prazer em vê-lo. Então você é o filho de Eb?

Stephen Farr sorriu de maneira um tanto acanhada e disse:

– Minha primeira visita à velha pátria. Papai sempre me dizia para procurá-lo, se eu viesse para cá.

– Muito bem. – O velho olhou à sua volta. – Esta é minha neta, Pilar Estravados.

– Como vai? – disse Pilar, recatada.

Stephen Farr pensou com um toque de admiração: "Que criaturinha fria. Ela ficou surpresa em me ver, mas o demonstrou somente por um instante".

Ele disse, um tanto atrapalhado:

– É um grande prazer conhecê-la, srta. Estravados.

Simeon Lee disse:

– Sente-se e conte-me tudo. Você pretende ficar na Inglaterra por muito tempo?

– Ah, agora que enfim consegui chegar, não vejo por que ter pressa em voltar!

Ele riu, jogando a cabeça para trás.

Simeon Lee disse:

– Muito bem. Você ficará aqui conosco por algum tempo.

– Ah, por favor, senhor. Não posso me intrometer desse jeito. Só faltam dois dias para o Natal.

– Você tem de passar o Natal conosco. A não ser que tenha outros planos.

– Bem, não tenho, mas não gostaria de...

Simeon disse:

– Está decidido. – Ele virou a cabeça. – Pilar?

– Sim, vovô?

– Vá dizer a Lydia que teremos outro convidado. Peça a ela para subir.

Pilar deixou a sala. Os olhos de Stephen a seguiram. Simeon notou o fato com divertimento.

Ele disse:

– Você veio direto da África do Sul?

– Pode-se dizer que sim.

Eles começaram a falar daquele país.

Alguns minutos depois, Lydia entrou.

Simeon disse:

– Este é Stephen Farr, filho de meu velho amigo e sócio, Ebenezer Farr. Ele vai passar o Natal conosco, se você puder encontrar um quarto para ele.

Lydia sorriu.

– É claro. – Seus olhos avaliaram a aparência do estranho. Seu rosto bronzeado, olhos azuis e o meneio fácil de sua cabeça.

– Minha nora – disse Simeon.

Stephen disse:

– Sinto-me um pouco envergonhado... Intrometendo-me dessa forma em uma festa familiar.

– Você é da família, meu jovem – disse Simeon. – Considere-se assim.

– O senhor é muito generoso.

Pilar entrou novamente na sala, sentou-se em silêncio junto ao fogo e apanhou a tela. Ela a usou como leque, movendo lentamente o pulso para frente e para trás. Seus olhos estavam baixos e reservados.

Parte 3

24 de dezembro

I

— O senhor quer mesmo que eu fique aqui, pai? — perguntou Harry. Ele inclinou a cabeça para trás. — Sabe, estou mexendo em um ninho de vespas.

— O que você quer dizer com isso? — perguntou Simeon bruscamente.

— Meu irmão Alfred — disse Harry. — Meu bom irmão Alfred! Ele, se me permite dizer, ressente-se de minha presença aqui.

— Aos diabos com ele! — disparou Simeon. — Sou o dono desta casa.

— De qualquer forma, imagino que o senhor esteja bastante dependente de Alfred. Não quero incomodar...

— Você vai fazer o que mando — disparou seu pai.

Harry bocejou.

— Não sei se conseguirei me adaptar a esta vida caseira. É sufocante para um sujeito que está acostumado a perambular pelo mundo.

Seu pai disse:

— É melhor você se casar e sossegar de uma vez.

Harry disse:

— Com quem eu vou me casar? Pena que não se pode casar com a própria sobrinha. A jovem Pilar é atraente.

— Você notou?

— Falando em sossegar, o gordo George saiu-se muito bem, em termos de beleza. Quem era ela?

Simeon deu de ombros.

– Como eu saberia? Creio que George a apanhou em um desfile de modelos. Ela diz que seu pai era um oficial reformado da marinha.

Harry disse:

– Provavelmente o segundo-oficial de um vapor costeiro. George terá problemas com ela, se não tomar cuidado.

– George – disse Simeon Lee – é um idiota.

Harry disse:

– Por que ela se casou com ele? Por dinheiro?

Simeon deu de ombros.

Harry disse:

– Bem, o senhor acha que pode dar um jeito em Alfred?

– Logo resolveremos isso – disse Simeon, de modo sinistro.

Ele tocou uma sineta que estava sobre a mesa ao seu lado.

Horbury apareceu de imediato. Simeon disse:

– Peça ao sr. Alfred que venha até aqui.

Horbury saiu, e Harry resmungou:

– Esse sujeito ouve atrás das portas!

Simeon deu de ombros.

– É provável.

Alfred entrou apressado. Seu rosto se contraiu quando viu o irmão. Ignorando Harry, ele disse, enfático:

– O senhor queria me ver, papai?

– Sim, sente-se. Estive pensando ainda há pouco que precisamos reorganizar as coisas, agora que temos duas pessoas a mais morando aqui.

– *Duas?*

– Pilar fará desta casa seu lar, é claro. E Harry veio para ficar.

Alfred disse:

– Harry vai morar aqui?

– Por que não, meu velho? – disse Harry.

Alfred voltou-se bruscamente para Harry.

– Acho que você deveria saber.

– Bem, desculpe-me... mas não sei.

– Depois de tudo o que aconteceu? A maneira vergonhosa como você agiu. O escândalo...

Harry o interrompeu com um gesto indolente.

– Tudo isso é passado, meu velho.

– Seu comportamento com papai foi abominável, depois de tudo que ele fez por você...

– Olhe aqui, Alfred, parece-me que o problema é do pai, não seu. Se ele está disposto a perdoar e esquecer...

– Estou disposto – disse Simeon. – Você bem sabe, Alfred, que Harry é meu filho, afinal de contas.

– Sim, mas... isso me deixa indignado... pelo papai.

Simeon disse:

– Harry vai morar aqui! É meu desejo. – Ele pousou a mão com suavidade sobre o ombro deste. – Gosto muito de Harry.

Alfred levantou-se e deixou a sala. Seu rosto estava pálido. Harry também levantou-se e seguiu-o, rindo.

Simeon ficou rindo consigo mesmo. De repente teve um sobressalto e olhou à sua volta.

– Quem diabos está aí? Ah, é você, Horbury. Não seja tão furtivo.

– Perdão, senhor.

– Esqueça. Ouça, tenho algumas ordens para você. Quero que todos venham até aqui depois do almoço. *Todos.*

– Sim, senhor.

– Há algo mais. Quando eles vierem, você vem com eles. E quando você chegar à metade do corredor, levante a *voz para que eu possa ouvi-lo*. Qualquer pretexto servirá. Compreendeu?

– Sim, senhor.

Horbury desceu para o andar de baixo e disse a Tressilian:

— Se quiser saber minha opinião, acho que *teremos* um Natal feliz.

Tressilian disse bruscamente:

— O que quer dizer com isso?

— Espere e verá, sr. Tressilian. Hoje é véspera de Natal, e o espírito natalino está por toda parte... será mesmo?

II

Eles entraram na sala e pararam à porta.

Simeon estava falando ao telefone. Ele acenou-lhes.

— Sentem-se, todos vocês. Não levarei um minuto.

E continuou falando ao telefone.

— Alô, Charlton, Hodgkins & Bruce? É você, Charlton? Aqui é Simeon Lee. Sim, não é?... Sim... Não, quero fazer um novo testamento... Sim, já faz algum tempo que fiz o outro... As circunstâncias se alteraram... Ah não, não se apresse. Não quero estragar seu Natal. Digamos que no *Boxing Day** ou no dia seguinte. Venha para cá e direi a você o que quero que seja feito. Não, assim está bom. Ainda não estou morrendo.

Ele pôs o fone no gancho e olhou à sua volta, para os oito membros de sua família. Simeon deu uma risadinha e disse:

— Vocês todos parecem muito abatidos. Qual o problema?

Alfred disse:

— O senhor mandou-nos chamar...

Simeon, rápido, disse:

— Ah, desculpe... Não é nada extraordinário. Vocês acharam que era um conselho familiar? Não, apenas estou

---

* 26 de dezembro, feriado na Inglaterra. (N.T.)

muito cansado hoje, só isso. Nenhum de vocês precisa aparecer depois do jantar. Irei para a cama. Quero estar bem-disposto para o dia do Natal.

Ele riu para eles. George disse sério:

– É claro... é claro...

Simeon disse:

– Formidável e antiga instituição, o Natal. Promove a comunhão do sentimento familiar. O que *você* acha, minha cara Magdalene?

Magdalene deu um salto. Sua boquinha tola abriu-se e logo se fechou. Ela disse:

– Ah... ah, *sim*!

Simeon disse:

– Deixe-me ver, você viveu com um oficial reformado da marinha... – Ele fez uma pausa. – Seu *pai*. Não creio que você desse grande importância para o Natal. É preciso uma família grande para isso!

– Bem... bem, sim, talvez seja preciso.

Os olhos de Simeon desviaram-se dela.

– Não quero falar de nada desagradável nesta época do ano, mas sabe, George, temo que tenha de cortar um pouco sua mesada. Minha vida aqui custará um pouco mais no futuro.

George ficou muito vermelho.

– Mas papai, o senhor não pode fazer isso!

Simeon disse com suavidade:

– Será que não posso? Minhas despesas já são muito altas. Altas demais. Assim como está, não sei como pagarei as contas. Será preciso fazer uma economia rigorosíssima.

"Que sua esposa economize um pouco mais, então – disse Simeon. – As mulheres são boas nessas coisas. Elas muitas vezes pensam em economias que um homem jamais teria sonhado. E uma mulher talentosa pode fazer suas próprias roupas. Lembro que minha esposa era talentosa com a agulha. Seu único talento, uma boa mulher, mas burra de matar..."

David levantou-se com um salto. O pai disse:
– Sente-se garoto, você vai terminar derrubando algo...

David disse:
– Minha mãe...

Simeon continuou:
– Sua mãe tinha um cérebro de galinha! E parece que ela o transmitiu aos filhos. – Ele alterou-se de repente. Um ponto vermelho apareceu em cada face. Sua voz saiu aguda e esganiçada. – Vocês não valem um centavo, nenhum de vocês! Estou cansado de todos! Vocês não são *homens*! São uns pusilânimes, um bando de maricas pusilânimes. Pilar vale mais do que dois de vocês juntos! Juro por Deus que tenho um filho melhor do que qualquer um de vocês em algum lugar no mundo, mesmo que tenha nascido ilegítimo!

– Vamos, pai, acalme-se – exclamou Harry.

Ele havia se levantado de um salto e parado ali, com a reprovação estampada em seu rosto quase sempre bem-humorado. Simeon disparou:

– O mesmo vale para *você*! O que *você* já fez na vida? Implorava-me por dinheiro de qualquer lugar do mundo onde estivesse! Fico doente só de ver as caras de vocês todos! Saiam daqui!

Recostou-se na cadeira, um pouco ofegante.

Devagar, um a um, a família saiu. George estava vermelho e indignado. Magdalene parecia assustada. David estava pálido e trêmulo. Harry saiu esbravejando da sala. Alfred permaneceu com se estivesse sonhando. Apenas Hilda parou à porta e voltou lentamente.

Ela parou na frente dele, e Simeon teve um sobressalto quando abriu os olhos e a viu parada ali. Havia algo ameaçador na solidez de sua absoluta imobilidade.

Ele disse irritado:
– O que é?
Hilda respondeu:

– Quando sua carta chegou, eu acreditei no que o senhor disse, que queria reunir sua família para o Natal. Convenci David a vir.

Simeon disse:

– Bem, e daí?

Hilda disse devagar:

– O senhor queria reunir sua família, mas não com a intenção que dizia ter! O senhor os queria aqui para poder brigar com eles, não é? Deus o ajude, mas essa é sua ideia de *diversão*!

Simeon deu uma risadinha e disse:

– Eu sempre tive um senso de humor muito particular. Não espero que ninguém mais entenda a piada. *Eu* estou rindo dela!

Hilda não disse nada. Um vago sentimento de apreensão tomou conta de Simeon Lee. Ele disse de súbito:

– No que você está pensando?

Hilda Lee respondeu devagar:

– Tenho medo...

Simeon disse:

– Você está com medo de mim?

Ela disse:

– Não de você. Temo *por* você!

Como um juiz que declarou uma sentença, ela deu-lhe as costas. Hilda caminhou lenta e pesadamente para fora da sala...

Simeon ficou com o olhar fixo para a porta.

Então, ele se levantou e avançou até o cofre. Murmurou:

– Vamos dar uma olhada nas minhas belezas.

III

A campainha da porta tocou, em torno de quinze para as oito.

Tressilian foi atendê-la. Ele voltou à copa e encontrou Horbury ali, tirando as xícaras de café da bandeja e verificando suas marcas.

– Quem era? – perguntou Horbury.

– O superintendente de polícia... sr. Sugden... cuidado com o que você está fazendo!

Horbury deixou cair uma das xícaras, que se quebrou.

– E agora isso – lamentou Tressilian. – Há onze anos que as lavo e nunca quebrei nenhuma, e vem você e começa a mexer em coisas que não deve, e veja o que acontece!

– Desculpe, sr. Tressilian. Sinto muito – o outro respondeu. Seu rosto estava coberto de suor. – Não sei como aconteceu. O senhor disse que o superintendente de polícia esteve aqui?

– Sim, o sr. Sugden.

O criado passou a língua sobre os lábios pálidos.

– O quê... o que ele queria?

– Doações para o orfanato da polícia.

– Ah! – Horbury endireitou os ombros. Com uma voz mais natural, disse: – Ele conseguiu alguma coisa?

– Eu levei o livro de registros até o velho sr. Lee, e ele mandou-me trazer o superintendente para cima e colocar o xerez na mesa.

– Nada além de mendicância, nesta época do ano – disse Horbury. – O velho diabo é generoso, devo admitir, apesar de seus outros defeitos.

Tressilian disse com dignidade:

– O sr. Lee sempre foi um cavalheiro generoso.

Horbury assentiu.

– É o que há de melhor nele! Bem, estou indo agora.

– Você vai ao cinema?

– É o que pretendo. Até mais, sr. Tressilian.

Ele saiu pela porta que levava ao vestíbulo dos empregados.

Tressilian ergueu os olhos para o relógio pendurado na parede.

Ele foi até a sala de jantar e colocou os guardanapos nos suportes. Então, após assegurar-se de que tudo estava como deveria, ele soou o gongo no hall.

O superintendente de polícia desceu a escada enquanto a última nota cessava de soar. O superintendente Sugden era um homem grande e elegante. Ele vestia um paletó azul bem-abotoado e movia-se com consciência da própria importância.

Ele disse afavelmente:

– Creio que teremos muito frio hoje à noite. Isso é bom, o clima dos últimos dias não tem combinado com a estação.

Tressilian disse, balançando a cabeça:

– A umidade afeta meu reumatismo.

O superintendente comentou que o reumatismo era um mal doloroso, e Tressilian abriu-lhe a porta da frente.

O velho mordomo trancou outra vez a porta e voltou devagar à sala. Esfregou os olhos e suspirou. Logo se empertigou, ao ver Lydia passar para a sala de estar. George Lee descia as escadas naquele mesmo instante.

Tressilian estava pronto, na expectativa. Quando a última convidada, Magdalene, entrou na sala de estar, ele fez sua própria aparição, murmurando:

– O jantar está servido.

À sua maneira, Tressilian era um perito em vestuário feminino. Ele sempre notava e criticava os vestidos das mulheres, enquanto circulava em torno da mesa com a jarra de vinho em punho.

A sra. Alfred, ele observou, estava usando seu novo tafetá preto e branco com estampas florais. Um modelo ousado, que causava forte impressão, mas ela o vestia bem, ao contrário de outras senhoras. O vestido da sra. George era feito sob medida, Tressilian tinha certeza. Devia ter custado muito caro. Ele se perguntou o que o sr. George achava de pagá-lo! O sr. George não gostava de gastar dinheiro, nunca gostara. E a sra. David? Ora, uma senhora simpática, mas não tinha a menor ideia de como se vestir. Para o formato de seu corpo, um simples veludo preto teria sido melhor. Veludo estampado, e ainda por cima escarlate, era uma má escolha. Quanto à srta. Pilar, não importava o que vestisse, com seu corpo e seus cabelos ela ficava bem com qualquer coisa. Mas o que dizer daquele vestidinho branco, barato e frívolo! Bem, o sr. Lee logo consertaria isso! Ele estava encantado por ela. Era sempre assim com cavalheiros idosos. Um rosto jovem podia fazer qualquer coisa com eles!

– Vinho do Reno ou clarete? – sussurrou Tressilian com deferência junto ao ouvido da sra. George. Com o rabo do olho ele viu que Walter, o criado da cozinha, estava novamente servindo os vegetais antes do molho. Depois de tudo que Tressilian havia-lhe ensinado!

Tressilian foi à cozinha e voltou com o suflê. Ocorria-lhe agora que seu interesse pelos trajes das senhoras e suas apreensões quanto às deficiências de Walter eram coisas do passado, que todos estavam muito calados esta noite. Talvez o termo exato não fosse *calados*: o sr. Harry estava falando por vinte pessoas – não, não o sr. Harry, o cavalheiro sul-africano. E os outros também falavam, mas somente, por assim dizer, em espasmos. Havia algo estranho neles.

O sr. Alfred, por exemplo, parecia muito doente. Como se tivesse tomado um choque ou algo parecido. Ele parecia um tanto atordoado e remexia na comida em seu prato sem comê-la. Sua esposa estava preocupada com ele. Tressilian podia perceber. Ela não parava de olhar para ele, do outro lado da mesa. Com discrição, é claro, nada perceptível. O sr. George tinha o rosto bastante vermelho e devorava sua comida sem saboreá-la. Ele terá um derrame um dia se não tomar cuidado. A sra. George não estava comendo. Dieta, talvez. A srta. Pilar, que parecia apreciar bastante a comida, ria e conversava com o cavalheiro sul-africano. Ele estava devidamente arrebatado por ela. Eles pareciam não ter nenhuma preocupação!

O sr. David? Tressilian preocupava-se com o sr. David. Ele lembrava muito a mãe. E era notável como ainda parecia jovem. Mas nervoso; veja, ele havia derrubado sua taça.

Tressilian recolheu-a sem demora e secou com perícia o líquido derramado. O problema fora resolvido. O sr. David parecia mal perceber o que fizera, apenas permanecia sentado, com seu rosto pálido, olhando para frente.

A propósito de rostos pálidos, havia sido estranha a expressão de Horbury há pouco na copa, quando ele ouvira que um oficial de polícia esteve na casa... quase como se...

A mente de Tressilian parou com um solavanco. Walter deixara cair uma pera do prato que estava servindo. Criados de cozinha não prestam hoje em dia! Do jeito que trabalham, poderiam ser cavalariços!

Ele trouxe o vinho do Porto. O sr. Harry parecia um pouco distraído nesta noite. Não tirava os olhos do sr. Alfred. Nunca houvera muito amor entre esses dois, nem mesmo na infância. O sr. Harry, é claro, sempre fora o favorito do seu pai, e isso tinha amargurado o sr. Alfred. O sr. Lee nunca se importara muito com o sr. Alfred. Uma pena, já que o sr. Alfred sempre parecera tão dedicado ao pai.

Veja, a sra. Alfred está se levantando agora. Ela deu a volta na mesa. Muito bonita aquela estampa no tafetá; aquela capa lhe cai bem. Uma dama muito elegante.

Ele retirou-se para a copa e fechou a porta da sala de estar, deixando os cavalheiros a sós com seu vinho do Porto.

Tressilian levou a bandeja de café para a sala de estar. As quatro damas estavam um tanto desconfortáveis ali, ele pensou. Não conversavam. Ele serviu o café em silêncio.

Ele saiu novamente. Enquanto entrava na copa, ouviu a porta da sala de jantar abrir-se. David Lee saiu e caminhou pelo corredor, na direção da sala de estar.

Tressilian voltou para a copa e aplicou uma reprimenda em Walter. Ele era quase, se não de fato, impertinente!

Tressilian, sozinho em sua copa, sentou-se, bastante cansado. Ele sentia-se deprimido. Véspera de Natal, e todo esse empenho e tensão... Ele não gostava disso!

Com esforço levantou-se e foi até sala de estar recolher as xícaras de café. A sala estava vazia exceto por Lydia, que estava meio escondida pela cortina da janela no canto mais distante da sala. Ela estava olhando a noite lá fora.

Da porta ao lado se ouvia o piano.

O sr. David estava tocando. Mas por que, perguntou-se Tressilian, a *Marcha dos mortos*? Pois era isso o que o sr. David tocava agora. Tudo ia mesmo muito mal.

Ele atravessou devagar o corredor, de volta a sua copa.

Foi então que Tressilian ouviu primeiro o ruído lá em cima; porcelana quebrando-se, móveis derrubados, uma série de estalos e batidas.

"Meu Deus!", pensou Tressilian. "O que o patrão está fazendo? O que está acontecendo lá em cima?"

Depois, alto e claro, veio um grito – um grito agudo, terrível e lamentoso, que morreu em um engasgo ou um ruído gutural.

Tressilian ficou paralisado por um instante, correu para o hall e subiu a larga escada. Outros estavam com ele. Aquele grito havia sido ouvido em toda a casa.

Eles correram escada acima, fazendo a curva e passando por um nicho no qual havia estátuas que emitiam um brilho pálido e sobrenatural, e continuaram pelo corredor estreito que levava à porta de Simeon Lee. O sr. Farr já estava lá, assim como a sra. David. Ela estava encostada à parede, e ele virava a maçaneta da porta.

– A porta está trancada – ele dizia. – A porta está trancada!

Harry Lee veio de encontro ao sr. Farr e arrancou-lhe a maçaneta das mãos. Ele também a virou e torceu.

– Papai – ele gritou. – Papai, deixe-nos entrar.

Ele ergueu a mão, e, em silêncio, todos tentaram ouvir algo. Não houve resposta. Nenhum ruído veio do quarto.

A campainha da porta da frente soou, mas ninguém lhe deu atenção.

Stephen Farr disse:

– Temos de arrombar a porta. É a única maneira.

Harry disse:

– Será difícil. Estas portas são sólidas. Vamos, Alfred.

Eles tentaram com todas as forças. Por fim, apanharam um banco de carvalho e o usaram como aríete. A porta afinal cedeu. Suas dobradiças se espatifaram, e ela caiu dos batentes com um estrondo.

Por um minuto eles amontoaram-se ali, olhando para dentro. O que viram, nenhum deles jamais esqueceu...

Com certeza ocorrera uma luta terrível. Móveis pesados haviam sido tombados. Vasos de porcelana estavam estilhaçados no chão. No meio do tapete da lareira, em frente às chamas altas, jazia Simeon Lee em uma grande poça de sangue... Havia sangue respingado por toda parte. O lugar lembrava um matadouro.

Houve um longo suspiro horrorizado, e então duas vozes alternaram-se. Estranhamente, ambas as frases ditas foram citações.

David Lee disse:

– *Os moinhos de Deus moem devagar...* *

A voz de Lydia saiu como um sussurro trêmulo:

– *Quem poderia adivinhar que o velho tinha tanto sangue dentro das veias?* **

IV

O superintendente Sugden havia tocado a campainha três vezes. Enfim, em desespero, ele bateu na aldrava.

Depois de muito tempo, Walter, assustado, abriu a porta.

– Ufa... – disse ele. Seu rosto expressou alívio. – Eu estava agora mesmo ligando para a polícia.

– Para quê? – disse o superintendente Sugden bruscamente. – O que está acontecendo aqui?

Walter sussurrou:

– É o velho sr. Lee. *Alguém o matou.*

O superintendente empurrou Walter para o lado e correu escada acima. Ele entrou no quarto sem que ninguém o percebesse e viu Pilar inclinar-se para frente e apanhar algo do chão, enquanto David Lee estava parado com as mãos sobre os olhos.

Ele viu os outros amontoados em um pequeno grupo. Apenas Alfred Lee havia se aproximado do corpo de seu pai. Ele estava agora bastante próximo, olhando para baixo. Sua expressão era vazia...

George Lee dizia, com gravidade:

– Nada deve ser tocado, lembrem-se, nada até a polícia chegar. Isso é o *mais* importante!

– Com licença – disse Sugden.

---

* "Though the mills of God grind slowly; Yet they grind exceeding small; Though with patience he stands waiting; With exactness grinds he all." Poema de Henry W. Longfellow. (N.T.)

** Shakespeare, *Macbeth*, ato 5, cena 1. Tradução de Beatriz Viégas-Faria. (N.T.)

Ele abriu caminho, empurrando com cortesia as damas para o lado.

Alfred Lee o reconheceu.

– Ah – disse ele. – É o senhor, superintendente Sugden. O senhor chegou aqui muito rápido.

– Sim, sr. Lee – o superintendente Sugden não perdia tempo com explicações.

– O que é tudo isso?

– Meu pai – disse Alfred Lee – foi morto... *assassinado*...

Sua voz sumiu. Magdalene, histérica, irrompeu em soluços.

O superintendente Sugden ergueu sua grande mão em um gesto oficial. Ele disse com autoridade:

– Por favor, saiam todos do quarto, com exceção do sr. Lee e... hum... sr. George Lee?

Eles caminharam devagar até a porta, relutantes como ovelhas. O superintendente Sugden interceptou Pilar de súbito.

– Com licença, senhorita – disse ele com educação. – Nada deve ser tocado ou movido.

Ela o encarou. Stephen Farr disse, impaciente:

– É claro que não. Ela sabe disso.

O superintendente Sugden disse, ainda da mesma maneira agradável:

– Você não apanhou alguma coisa do chão agora mesmo?

Os olhos de Pilar se arregalaram. Ela o encarou e disse, sem acreditar:

– *Eu* peguei?

O superintendente Sugden permaneceu gentil. Somente sua voz estava um pouco mais firme.

– Sim, eu a vi...

– Ah!

– Então, por favor, entregue a mim. Está em sua mão agora.

Lentamente Pilar abriu a mão. Em sua palma havia um pedaço de borracha e um pequeno objeto feito de madeira. O superintendente Sugden tomou-os, fechou-os em um envelope e guardou-os no bolso interno de seu paletó. Ele disse:

– Obrigado – e deu as costas. Apenas por um minuto os olhos de Stephen Farr deixaram transparecer um respeito surpreso. Era como se ele houvesse subestimado o grande e elegante superintendente.

Eles saíram aos poucos do quarto. Atrás deles, ouviram a voz oficial do superintendente:

– E agora, se não se importarem...

V

– Nada como um fogo de lenha – disse o coronel Johnson enquanto jogava mais uma tora e então trazia sua cadeira para mais perto das chamas. – Sirva-se à vontade – ele acrescentou com hospitalidade, chamando a atenção para o carrinho de bebidas e o sifão que estavam próximos de seu convidado.

O convidado recusou com um aceno cortês de mão. Com cuidado, ele aproximou sua própria cadeira da lenha em chamas, embora acreditasse que a possibilidade de torrar as solas dos próprios pés (como algum tipo de tortura medieval) não compensaria a corrente fria que circulava às suas costas.

O coronel Johnson, chefe de polícia de Middleshire, poderia ser da opinião que nada podia ser melhor do que um fogo de lenha, mas Hercule Poirot era da opinião que o aquecimento central podia e era sempre melhor!

– Que história incrível, aquele caso Cartwright – observou o anfitrião entregando-se a reminiscências. – Um homem maravilhoso! Modos encantadores. Ora, quando ele esteve aqui com o senhor, teve-nos completamente nas mãos.

Ele balançou a cabeça.

– Nós nunca mais teremos nada como aquele caso! – disse ele. – Um envenenamento por nicotina é algo raro, felizmente.

– Houve uma época em que se considerava todo envenenamento como um ato indigno de um inglês – sugeriu Hercule Poirot. – Um expediente usado por estrangeiros! Sem espírito esportivo!

– Não creio que pudéssemos afirmá-lo – disse o chefe de polícia. – Sempre houve muitos envenenamentos por arsênico, talvez bem mais do que se suspeitava.

– Sim, é possível.

– Todos os casos de envenenamento são complicados – disse Johnson. – Testemunhos conflitantes dos peritos... os médicos, em geral, têm extremo cuidado com o que dizem. Sempre são casos difíceis de se levar ao júri. Não, se é *preciso* haver assassinato (que Deus não permita!), que seja um caso claro. Algo sem ambiguidades quanto à causa da morte.

Poirot assentiu.

– O ferimento a bala, a garganta cortada, o crânio esmigalhado? É aí que está sua preferência?

– Ah, não a chame de uma preferência, caro amigo. Não alimente a ideia de que *gosto* de casos de assassinato! Espero nunca ter mais um. De qualquer forma, deveremos estar seguros o suficiente durante sua visita.

Poirot começou de maneira modesta:

– Minha reputação...

Mas Johnson havia seguido em frente.

– Época de Natal – disse ele. – Paz, boa vontade e todo esse tipo de coisa. Boa vontade por toda parte.

Hercule Poirot se recostou na cadeira. Ele encostou as pontas dos dedos umas nas outras. Estudou seu anfitrião pensativamente e murmurou:

– É sua opinião, portanto, que a época do Natal é um período do ano improvável para o crime?

– Foi isso que eu disse.
– Por quê?
– Por quê? – Johnson ficou ligeiramente desconcertado. – Bem, como eu disse há pouco, é uma época de alegria e tudo mais!

Hercule Poirot murmurou:
– Os britânicos são tão sentimentais!

Johnson disse com firmeza:
– E se formos? E se gostamos das tradições e festividades antigas? Estamos fazendo algum mal?

– Não há mal algum. É tudo muito encantador! Mas examinemos por um momento os *fatos*. Você disse que o Natal é uma época alegre. Isso significa comer e beber bastante, não é? Significa, na realidade, comer em *excesso*! E comer demais provoca indigestão! E com a indigestão vem a irritabilidade!

– Crimes – disse o coronel Johnson – não são cometidos por irritabilidade.

– Não tenho tanta certeza! Veja a questão por outro lado. No Natal há um espírito de boa vontade. É como você diz, "a coisa a ser feita". Velhas brigas são apaziguadas, aqueles que discordavam aceitam concordar, mesmo que seja apenas por um tempo.

Johnson anuiu.
– Firmar a paz, isso mesmo.

Poirot seguiu com seu raciocínio:
– E agora, famílias que passaram o ano inteiro separadas reúnem-se uma vez mais. Sob tais condições, meu amigo, você tem de admitir que haja uma *tensão* considerável. Pessoas que não se *sentem* amigáveis aplicam grande pressão sobre si mesmas para *parecerem* amigáveis! Na época do Natal há muita *hipocrisia*, uma hipocrisia honrada, uma hipocrisia praticada *pour le bon motif, c'est entendu*, mas mesmo assim hipocrisia!

– Bem, eu não colocaria a questão assim – disse o coronel Johnson em dúvida.

Poirot olhou radiante para ele.

– Não, não. Sou *eu* que a estou colocando assim, não *você*. Estou demonstrando que sob essas condições, tensão mental, mal-estar físico, é bastante provável que ligeiras antipatias e desavenças banais, de um momento para outro, assumam um caráter mais sério. O resultado de se fingir ser mais amável, magnânimo e civilizado do que se é na verdade é que, cedo ou tarde, o indivíduo passa a se comportar de forma mais mal-humorada, impiedosa e em geral mais desagradável do que é na realidade! Se você reprime um comportamento natural, *mon ami*, cedo ou tarde a represa rompe e ocorre um cataclismo!

O coronel Johnson olhou para ele com ar de dúvida.

– Eu nunca sei quando você está falando sério ou quando você está me passando a perna – ele resmungou.

Poirot sorriu para o chefe de polícia.

– Não estou falando sério! Nem um pouco sério! Mas de qualquer forma, é verdade o que eu digo: condições artificiais provocam uma reação natural.

O empregado do coronel Johnson entrou na sala.

– O superintendente Sugden no telefone, senhor.

– Certo. Já estou indo.

Com uma palavra de desculpas, o chefe de polícia deixou a sala. Ele voltou em torno de três minutos depois. Seu rosto era sério e perturbado.

– Malditos sejam! – disse ele. – Um caso de assassinato! E ainda mais na véspera do Natal!

As sobrancelhas de Poirot se ergueram.

– Não há dúvida de que se trata de um assassinato?

– Hum? Não, não há outra solução possível! Um caso perfeitamente claro. Assassinato, e brutal ainda por cima!

– Quem é a vítima?

– O velho Simeon Lee. Um de nossos homens mais ricos! Começou a ganhar dinheiro na África do Sul. Ouro, não, diamantes, creio eu. Ele investiu uma fortuna imensa na fabricação de um equipamento específico para mineração. Acredito que inventado por ele mesmo. De qualquer maneira, o retorno foi enorme! Dizem que é multimilionário.

Poirot disse:

— Ele era benquisto?

Johnson respondeu lentamente:

— Não acho que alguém gostasse dele. Era o tipo do sujeito esquisito. Já há alguns anos que ele estava inválido. Eu não sei muito sobre ele. Mas com certeza ele era um dos figurões do condado.

— Então esse caso vai causar uma grande comoção?

— Sim. Tenho de chegar a Longdale o mais rápido possível.

Ele hesitou, olhando para seu convidado. Poirot respondeu a pergunta não pronunciada:

— Você gostaria que eu o acompanhasse?

Johnson disse, sem jeito:

— É quase indigno pedir-lhe isso. Mas, bem, você sabe como são as coisas! O superintendente Sugden é um bom homem, não há melhor: meticuloso, cuidadoso, confiável ao extremo... mas... bem, ele não é um sujeito nem um pouco *imaginativo*. Eu gostaria muito, já que você está aqui, de ter o benefício dos seus conselhos.

Ele fez uma breve pausa no final do discurso, dando-lhe um estilo um tanto telegráfico. Poirot respondeu com rapidez:

— Será um prazer. Pode contar comigo para ajudá-lo de todas as maneiras que eu puder. Não podemos ferir os sentimentos do bom superintendente. O caso será dele, não meu. Serei apenas o consultor informal.

O coronel Johnson disse em tom afetuoso:

— Você é um bom sujeito, Poirot.

Com essas palavras de louvor, os dois homens partiram.

VI

Um policial abriu-lhes a porta da frente e os saudou com uma continência. Atrás dele, o superintendente Sugden veio do fundo da sala e disse:

– Fico contente que tenha vindo, senhor. Entremos neste aposento à esquerda, o gabinete do sr. Lee. Eu gostaria de repassar os principais elementos do caso. A coisa toda é muito peculiar.

Ele conduziu-os até uma pequena sala, à esquerda do hall. Havia um telefone ali e uma grande escrivaninha coberta de papéis. As paredes estavam cobertas por prateleiras de livros.

O chefe de polícia disse:

– Sugden, este é o monsieur Hercule Poirot. Talvez você já tenha ouvido falar dele. Por acaso ele estava em minha casa. Superintendente Sugden.

Poirot fez uma ligeira mesura e olhou para o outro homem, avaliando-o. Ele viu um homem alto de ombros largos e postura militar, nariz aquilino, queixo proeminente e um farto bigode castanho. Sugden olhou fixamente para Hercule Poirot, após responder ao cumprimento. Hercule Poirot olhava fixamente o bigode do superintendente Sugden. Seu viço parecia fasciná-lo.

O superintendente disse:

– É claro que já ouvi falar do senhor, monsieur Poirot. O senhor esteve por aqui alguns anos atrás, se me lembro bem. Morte de *sir* Bartholomew Strange. Um caso de envenenamento. Nicotina. Não no meu distrito, mas é claro que ouvi tudo sobre o ocorrido.

O coronel Johnson disse com impaciência:

– Mas vamos aos fatos, Sugden. Um caso claro, você disse.

– Sim, senhor, trata-se de um assassinato, sem a menor sombra dúvida. A garganta do sr. Lee foi cortada.

Pelo que entendi do médico, a veia jugular foi seccionada. Mas tem algo muito esquisito sobre essa história toda.

– Você quer dizer...

– Eu gostaria que o senhor ouvisse meu relato primeiro. Estas são as circunstâncias: esta tarde, em torno das cinco horas, recebi uma ligação do sr. Lee na delegacia de Addlesfield. Ele soava um pouco estranho no telefone e me pediu para vir até aqui para vê-lo às oito horas da noite de hoje. Ele fez questão de ressaltar o horário. Além disso, instruiu-me para dizer ao mordomo que eu estava arrecadando doações para alguma caridade da polícia.

O chefe de polícia ergueu o olhar de súbito.

– Ele queria algum pretexto plausível para fazê-lo entrar na casa, não é?

– Correto, senhor. Bem, naturalmente, como o sr. Lee era uma pessoa importante, concordei com seu pedido. Cheguei aqui um pouco antes das oito horas e aleguei que estava arrecadando contribuições para o orfanato da polícia. O mordomo se afastou e voltou para me dizer que o sr. Lee queria me ver. Logo a seguir, ele me levou até o quarto do sr. Lee, que fica no primeiro andar, exatamente em cima da sala de jantar.

O superintendente Sugden fez uma pausa, recuperou o fôlego e prosseguiu com seu relatório, em um tom um tanto oficial.

– O sr. Lee estava sentado em uma cadeira junto à lareira. Ele estava usando um penhoar. Depois que o mordomo havia deixado a sala e fechado a porta, o sr. Lee pediu-me que sentasse perto dele. Então ele disse de maneira um tanto hesitante que queria dar parte de um roubo. Eu perguntei o que havia sido levado. Ele respondeu que tinha motivos para acreditar que diamantes (diamantes não lapidados, acho que ele disse) no valor de milhares de libras haviam sido roubados do seu cofre.

– Diamantes, hum? – disse o chefe de polícia.

— Sim, senhor. Fiz-lhe diversas perguntas de rotina, mas ele estava hesitante e suas respostas tinham um caráter um pouco vago. Por fim ele disse: "O senhor tem de compreender, superintendente, que posso estar enganado sobre esta questão". Eu disse: "Não entendo bem, senhor. Os diamantes desapareceram ou não desapareceram. Uma coisa ou outra." Ele respondeu: "Os diamantes decerto desapareceram, mas existe a possibilidade, superintendente, de que seu desaparecimento seja uma mera piada de mau gosto". Bem, aquilo me pareceu estranho, mas eu não disse nada. Ele prosseguiu: "É difícil explicar em detalhes, mas em resumo é isto: até onde sei, apenas duas pessoas podem ter feito isso de brincadeira. Se uma terceira pessoa os levou, significa que eles foram mesmo roubados". Eu disse: "O que o senhor quer que eu faça, afinal?" Ele respondeu rápido: "Quero que o senhor retorne daqui a uma hora, não, um pouco mais do que isso, digamos às nove e quinze. Poderei dizer-lhe então, sem dúvida alguma, se fui roubado ou não". Eu fiquei um pouco confuso, mas concordei e fui embora.

O coronel Johnson comentou:

— Curioso, muito curioso. O que você me diz, Poirot?

Hercule Poirot disse:

— Posso lhe perguntar, superintendente, que conclusões o senhor tirou disso?

O superintendente passou a mão pelo queixo enquanto respondia com cuidado:

— Bem, várias ideias me ocorreram, mas, como um todo, cheguei a esta conclusão. Não existe a possibilidade de ter sido uma brincadeira. Os diamantes foram roubados mesmo. Mas o velho senhor não tinha certeza de quem havia feito isso. Creio que ele estava falando a verdade quando disse que poderiam ter sido duas pessoas, das quais, uma trabalhava na casa e a outra era um *membro da família*.

Poirot assentiu apreciativamente.

– *Très bien*. Sim, isso explica muito bem a atitude dele.

– Daí o seu desejo de que eu voltasse mais tarde. Nesse ínterim, ele queria ter uma conversa com a pessoa em questão. Ele diria a eles que já falara sobre o assunto com a polícia, mas que, se a restituição fosse feita de pronto, poderia abafar o assunto.

O coronel Johnson disse:

– E se o suspeito não reagisse?

– Nesse caso, ele tinha a intenção de colocar a investigação em nossas mãos.

O coronel Johnson franziu o cenho e torceu o bigode. Ele arguiu:

– Por que não tomar essa medida antes de mandar chamá-lo?

– Não, não, senhor. – O superintendente balançou a cabeça. – O senhor não percebe, se ele tivesse feito isso, poderia parecer um blefe. Não seria tão convincente. O ladrão poderia dizer a si mesmo: "O velho não envolverá a polícia, não importa do que suspeite!". Mas se o velho senhor diz a ele: "*Já falei com a polícia*, o superintendente saiu há pouco". Nesse caso, digamos que o ladrão questione o mordomo e o mordomo confirme. Ele diz: "Sim, o superintendente esteve aqui, um pouco antes do jantar". Então o ladrão se convence de que o velho cavalheiro fala sério, e agora tem de devolver as pedras.

– Hum, sim, compreendo – disse o coronel Johnson. – Alguma ideia, Sugden, de quem esse "membro da família" possa ser?

– Não, senhor.

– Não há qualquer indício?

– Nenhum.

Johnson balançou a cabeça e disse:

– Bem, vamos seguir em frente.

O superintendente Sugden retomou seu tom oficial.

– Eu voltei à casa, senhor, precisamente às nove e quinze. Bem quando eu ia tocar a campainha da porta da frente, ouvi um grito de dentro da casa, e então um ruído confuso de gritos e comoção geral. Eu toquei várias vezes e também usei a aldrava. Levou uns três ou quatro minutos para a porta ser atendida. Quando enfim o criado da cozinha a abriu, pude ver que algo sério havia ocorrido. O corpo inteiro dele tremia e ele parecia prestes a desfalecer. Ele balbuciou que o sr. Lee havia sido assassinado. Corri apressadamente escada acima. Encontrei o quarto do sr. Lee em um estado de desordem absoluta. É evidente que ocorrera uma luta violenta. O sr. Lee estava caído em frente ao fogo com a garganta cortada em meio a uma poça de sangue.

O chefe de polícia disse bruscamente:
– Ele não poderia tê-lo feito sozinho?
Sugden balançou a cabeça.
– Impossível, senhor. Para começar, havia cadeiras e mesas viradas, potes de cerâmica e ornamentos quebrados e, além disso, não havia sinal da navalha ou da faca com a qual o crime foi cometido.

O chefe de polícia disse pensativo:
– Sim, isso parece conclusivo. Havia alguém no quarto?
– A maior parte da família estava ali, senhor. Simplesmente parados em volta do corpo.

O coronel Johnson disse de maneira brusca:
– Alguma ideia, Sugden?
O superintendente disse devagar:
– É um caso sórdido, senhor. Tenho a impressão de que um deles cometeu o crime. Não vejo como alguém de fora pudesse tê-lo matado e fugido a tempo.
– E a janela? Fechada ou aberta?
– Há duas janelas no quarto, senhor. Uma estava trancada. A outra estava aberta alguns centímetros na

parte de baixo, mas estava fixa nesta posição por uma cavilha. Além disso, tentei abri-la e está emperrada, creio que não é aberta há anos. Também a parede do lado de fora é bastante lisa e sem reentrâncias, nada de heras ou trepadeiras. Não há como alguém ter saído por ali.

– Quantas portas no quarto?

– Apenas uma. O quarto fica no fim de um corredor. A porta estava trancada por dentro. Quando eles ouviram o ruído da luta e o grito agonizante do velho e correram escada acima, tiveram que arrombar a porta para entrar.

Johnson perguntou:

– E quem estava no quarto?

O superintendente Sugden respondeu de maneira grave:

– Ninguém estava no quarto, senhor, exceto o velho que fora morto havia não mais do que alguns minutos.

VII

O coronel Johnson encarou Sugden por alguns minutos antes de irromper:

– Você está querendo me dizer, superintendente, que este é um daqueles malditos casos que se lê em histórias de detetive, em que um homem é morto em um aposento trancado de alguma maneira aparentemente sobrenatural?

Um sorriso muito ligeiro agitou o bigode do superintendente quando ele respondeu gravemente:

– Não creio que a situação seja tão ruim assim, senhor.

O coronel Johnson disse:

– Suicídio. Tem de ser suicídio!

– Onde está a arma, se foi isso que ocorreu? Não, senhor, a hipótese de suicídio não serve.

– Então como o assassino escapou? Pela janela? – Sugden balançou a cabeça.

– Sou capaz de jurar que ele não fez isso.

– Mas a porta estava trancada por dentro, como você disse.

O superintendente anuiu. Ele tirou a chave do bolso e a colocou sobre a mesa.

– Na há impressões digitais – ele anunciou. – Mas apenas olhe para esta chave, senhor. Dê uma olhada com aquela lupa ali.

Poirot inclinou-se para frente. Ele e Johnson examinaram a chave juntos. O chefe de polícia exclamou.

– Por Júpiter, agora entendo. Aqueles pequenos arranhões na haste. Você os vê, Poirot?

– Claro que vejo. Isso significa, não é, que a chave foi girada pelo lado de fora da porta, com ajuda de uma ferramenta especial que foi inserida no buraco da fechadura e se prendeu na haste da chave. Um par comum de alicates poderia ser suficiente.

O superintendente assentiu.

– Pode ser feito sem problema algum.

Poirot disse:

– A ideia seria, portanto, que a morte fosse vista como um suicídio, já que a porta estava trancada e não havia ninguém no quarto.

– Essa era a ideia, monsieur Poirot, eu diria que não há dúvida quanto a isso.

Poirot balançou a cabeça em dúvida.

– Mas a desordem no quarto! Como o senhor disse, somente esse fato já descarta a ideia de suicídio. Com certeza o assassino, antes de qualquer coisa, teria colocado tudo em seu lugar.

O superintendente Sugden disse:

– Mas ele não tinha *tempo*, sr. Poirot. Essa é a questão. Ele não tinha tempo. Digamos que ele esperasse pegar o velho cavalheiro desprevenido. Bem, isso não aconteceu. Houve uma luta, uma luta ouvida com clareza na sala embaixo. Além disso, o velho cavalheiro gritou por ajuda. Todos subiram correndo. O assassino teve somente tempo para escapulir do quarto e girar a chave pelo lado de fora.

— Isso é verdade – admitiu Poirot. — Seu assassino, ele pode ter cometido esse erro. Mas por que, ah, por que ele pelo menos não deixou a arma? Pois, pela lógica, se não há uma arma, não pode ser um suicídio! Trata-se de um erro muito grave.

O superintendente Sugden disse de maneira impassível:

— Criminosos normalmente cometem erros. Essa é a nossa experiência.

Poirot deu um ligeiro suspiro e murmurou:

— Mas de qualquer forma, apesar dos seus erros, esse criminoso escapou.

— Não creio que ele tenha de fato *escapado*.

— O senhor está insinuando que ele ainda está na casa?

— Não vejo onde mais ele possa estar. Foi um serviço feito por alguém de dentro.

— Mas, *tout de même** – Poirot, gentil, salientou –, ele escapou até este ponto: *o senhor não sabe quem ele é.*

O superintendente Sugden respondeu de maneira educada, mas convicta:

— Creio que logo saberemos. Não interrogamos ainda ninguém da casa.

O coronel Johnson interveio:

— Olhe aqui, Sugden, uma coisa me chama a atenção. Quem quer que tenha girado aquela chave pelo lado de fora devia ter algum conhecimento da profissão. Isto é, por certo tinha alguma experiência criminal. Esse tipo de ferramenta não é fácil de se usar.

---

* "Mesmo assim." (N.T.)

— O senhor quer dizer que foi um trabalho profissional?

— É isso que eu quero dizer.

— Assim parece – admitiu o outro. – Conclui-se a partir daí que havia um ladrão profissional entre os empregados. Isso explicaria o roubo dos diamantes, e o assassinato seria uma consequência lógica.

— Bem, algo errado com essa teoria?

— Foi o que pensei no início. Mas é difícil. Há oito empregados na casa; seis deles são mulheres, e destas seis, cinco estão aqui há quatro anos ou mais. Então sobra o mordomo e o criado da cozinha. O mordomo está aqui há quase quarenta anos, o que não é pouco, eu diria. O empregado da cozinha é local, filho do jardineiro e criado aqui. Não vejo muito bem como ele possa ser um profissional. A única outra pessoa é o criado pessoal do sr. Lee. Ele é relativamente novo, mas estava na rua e ainda está. Saiu um pouco antes das oito horas.

O coronel Johnson disse:

— Você tem uma lista exata de quem estava na casa?

— Sim, senhor. Eu a consegui com o mordomo. – Ele tirou seu bloco de anotações. – Devo lê-la para o senhor?

— Por favor, Sugden.

— Sr. e sra. Alfred Lee. Sr. George Lee, deputado, e sua esposa; sr. Henry Lee; sr. e sra. David Lee. Senhorita... – o superintendente fez uma breve pausa, usando as palavras com cuidado: – Pilar... Estravados. – Ele as pronunciou como uma peça de arquitetura. – Sr. Stephen Farr. E agora, os empregados: Edward Tressilian, mordomo. Walter Champion, criado da cozinha. Emily Reeves, cozinheira. Queenie Jones, auxiliar de cozinha. Gladys Spent, chefe das domésticas. Grace Best, segunda doméstica. Beatrice Moscombe, terceira doméstica. Joan Kench, copeira. Sydney Horbury, criado pessoal.

– São todos?

– São todos, senhor.

– Alguma ideia de onde estavam no momento do assassinato?

– Apenas por cima. Como eu lhe disse, ainda não interroguei ninguém. De acordo com Tressilian, os cavalheiros estavam ainda na sala de jantar. As senhoras haviam se retirado para a sala de estar. Tressilian havia servido café. De acordo com sua declaração, não fazia muito que ele voltara para a copa quando ouviu um ruído no andar de cima. Seguido por um grito. Tressilian correu para o hall e escada acima atrás dos outros.

O coronel Johnson disse:

– Quantos da família vivem na casa, e quem está somente hospedado aqui?

– O sr. e a sra. Alfred Lee vivem aqui. Os outros só estão visitando.

Johnson assentiu.

– Onde estão todos eles?

– Pedi a eles para ficarem na sala de estar até que eu estivesse pronto para tomar suas declarações.

– Compreendo. Bem, vamos subir e dar uma olhada nos estragos.

O superintendente tomou a frente, pela larga escada e pelo corredor. Quando entrou no quarto onde o crime ocorrera, Johnson respirou fundo.

– Que horror – ele comentou.

Johnson ficou parado um minuto estudando as cadeiras viradas, a porcelana espatifada e os entulhos salpicados de sangue.

Um homem idoso que estava ajoelhado junto ao corpo se levantou e o cumprimentou com a cabeça.

– Boa noite, Johnson – disse ele. – Uma sangueira e tanto, hein?

– Eu diria que sim. Tem alguma coisa para nós, doutor?

O médico deu de ombros e abriu um largo sorriso.

– Vou deixar a linguagem científica para o júri! Não há complicação nenhuma. Garganta cortada como um porco. Ele sangrou até a morte em menos de um minuto. Não há sinal da arma.

Poirot atravessou o quarto até as janelas. Como o superintendente havia dito, uma estava trancada. A outra estava aberta em torno de quatro centímetros na parte de baixo. Uma tarraxa grossa, do tipo conhecido muitos anos atrás como uma tarraxa antiarrombamento, a prendia naquela posição.

Sugden disse:

– De acordo com o mordomo, esta janela nunca foi fechada, não importa se estivesse chovendo ou fazendo sol. Tem um capacho de linóleo embaixo dela caso a chuva bata no vidro, mas isto dificilmente ocorre, já que o telhado a protege.

Poirot assentiu.

Ele voltou para o corpo e olhou com atenção para o velho no chão. Os lábios estavam repuxados das gengivas sem sangue em algo que se assemelhava a um rosnado. Os dedos estavam curvados como garras.

Poirot disse:

– Ele não parece ter sido um homem forte, não.

O médico disse:

– Acredito que ele era um sujeito durão. Ele sobreviveu a uma série de doenças terríveis que teriam matado a maioria dos homens.

Poirot disse:

– Não era isso que eu queria dizer. Eu quis dizer que ele não era grande, não era um homem de físico forte.

– Não, ele era bem frágil.

Poirot deu as costas para o homem morto. Ele se agachou para examinar uma cadeira virada, uma cadeira grande de mogno. Ao lado dela havia uma mesa redonda de mogno e os fragmentos de uma luminária grande de porcelana. Duas outras cadeiras menores estavam caídas próximas, também os fragmentos quebrados de uma garrafa de licor e dois copos, um peso de papel grande intacto, alguns livros sobre diversos temas, um pesado vaso japonês aos pedaços, e uma estatueta de bronze de uma garota nua completava os escombros.

Poirot debruçou-se sobre todos os objetos, estudando-os seriamente, mas sem tocá-los. Ele franziu o cenho para si mesmo como se estivesse perplexo.

O chefe de polícia disse:

– Alguma coisa chamou sua atenção, Poirot?

Hercule Poirot suspirou e murmurou:

– Um velho tão frágil... e no entanto... tudo isso.

Johnson parecia confuso. Ele se virou e disse para o sargento que estava ocupado com seu trabalho:

– Alguma impressão digital?

– Muitas, senhor, por todo o quarto.

– E o cofre?

– Nada. As únicas impressões encontradas nele são do próprio velho.

Johnson voltou-se para o médico.

– E manchas de sangue? Por certo, quem quer que o tenha matado deve ter se manchado com sangue.

O médico disse, hesitante:

– Não necessariamente. O sangramento foi quase todo da veia jugular. Um ferimento assim não esguicharia como uma artéria.

– Não, não. Ainda assim, parece haver muito sangue por aí.

Poirot disse:

– Sim, há muito sangue. Isso chama a atenção. Um monte de sangue.

O superintendente Sugden perguntou de maneira respeitosa:

– O senhor... hum... isso sugere alguma coisa ao senhor?

Poirot olhou para ele e balançou a cabeça perplexo. Ele disse:

– Tem algo aqui, uma violência... – Ele parou um minuto, então seguiu em frente: – Sim, é isso, *violência*... E sangue, uma insistência no *sangue*... Tem... como eu colocaria a questão? Tem *sangue demais*. Sangue sobre as cadeiras, sobre as mesas, sobre o tapete... O ritual de sangue? Sangue sacrifical? É isso? Talvez. Um velho tão frágil, tão magro, tão mirrado, e, no entanto, na sua morte... *tanto sangue*...

Sua voz foi sumindo. O superintendente Sugden, encarando-o com olhos arregalados e surpresos, disse em um tom de voz estupefato:

– Engraçado, foi isso que ela disse... a senhora...

Poirot disse bruscamente:

– Que senhora? O que foi que ela disse?

Sugden respondeu:

– A sra. Lee... a sra. Alfred. Ficou parada ali junto à porta e meio que sussurrou aquilo. Não fez sentido para mim.

– O que ela disse?

– Algo sobre quem acreditaria que o velho cavalheiro teria tanto sangue nas veias...

Poirot disse com suavidade:

– *Quem poderia adivinhar que o velho tinha tanto sangue dentro das veias?* As palavras de Lady Macbeth. Ela disse isso... Ah, que interessante...

VIII

Alfred Lee e sua esposa entraram no pequeno gabinete onde Poirot, Sugden e o chefe de polícia estavam esperando. O coronel Johnson apresentou-se.

– Como vai, sr. Lee? Ainda não nos conhecemos pessoalmente, mas como o senhor deve saber, sou o chefe de polícia do condado. Johnson é meu nome. Não tenho palavras para exprimir o quanto lamento por esta situação.

Alfred, com seus olhos castanhos como os de um cão sofredor, disse em tom grave:

– Obrigado. É terrível... muito terrível. Eu... esta é minha esposa.

Lydia disse com sua voz tranquila:

– Foi um choque pavoroso para meu marido, para todos nós, mas sobretudo para ele.

Sua mão estava pousada sobre o ombro do marido.

O coronel Johnson disse:

– A senhora não gostaria de se sentar, sra. Lee? Deixem-me apresentar-lhes monsieur Hercule Poirot.

Hercule Poirot fez uma mesura. Seus olhos foram interessadamente do marido para a esposa.

As mãos de Lydia pressionaram o ombro de Alfred de forma carinhosa.

– Sente-se, Alfred.

Alfred se sentou. Ele murmurou:

– Hercule Poirot? Agora, quem... quem...

Ele passou a mão de maneira confusa sobre a testa.

Lydia Lee disse:

– O coronel Johnson vai querer lhe fazer uma série de perguntas, Alfred.

O chefe de polícia olhou para ela com aprovação. Ele se sentia agradecido por a sra. Alfred Lee ser uma mulher tão sensível e competente.

Alfred disse:

– É claro. É claro...

Johnson pensou consigo mesmo: "O choque parece tê-lo nocauteado completamente. Espero que ele se recupere um pouco".

Em voz alta ele disse:

— Tenho aqui uma lista de todas as pessoas que estavam na casa hoje à noite. Talvez o senhor possa me dizer, sr. Lee, se ela está correta.

Ele fez um gesto quase imperceptível para Sugden, e este sacou seu bloco de anotações e mais uma vez recitou a lista de nomes.

O tom profissional da leitura pareceu restaurar um pouco a normalidade de Alfred Lee. Ele havia recuperado o autocontrole, seu olhar não parecia mais confuso e fixo em um ponto distante. Quando Sugden terminou, ele assentiu.

— Está correto – disse ele.

— O senhor se importaria em me contar um pouco mais sobre seus hóspedes? O sr. e a sra. George Lee e o sr. e a sra. David Lee são parentes, imagino eu.

— São meus dois irmãos mais novos e suas esposas.

— Eles estão apenas de visita?

— Sim, vieram passar o Natal conosco.

— O sr. Henry Lee é também um irmão?

— Sim.

— E seus dois outros hóspedes? A srta. Estravados e o sr. Farr?

— A srta. Estravados é minha sobrinha. O sr. Farr é filho do ex-sócio do meu pai na África do Sul.

— Ah, um velho amigo.

Lydia interveio.

— Não, na realidade nós nunca o tínhamos visto antes.

— Compreendo. Mas a senhora o convidou para passar o Natal aqui com vocês?

Alfred hesitou, então olhou na direção da sua esposa. Ela disse claramente:

— O sr. Farr apareceu ontem de maneira bastante inesperada. Por acaso estava na vizinhança e veio visitar meu sogro. Quando ele soube que era filho do seu velho amigo e sócio, insistiu para que o sr. Farr passasse o Natal conosco.

O coronel Johnson disse:

— Entendo. Isso dá conta dos convidados. Quanto aos criados, sra. Lee, a senhora os considera todos confiáveis?

Lydia considerou a pergunta por um momento, antes de responder. Por fim ela disse:

— Sim. Tenho certeza de que eles são de total confiança. A maioria está conosco há muitos anos. Tressilian, o mordomo, está aqui desde que meu marido era criança. Os únicos recém-chegados são a copeira, Joan, e o criado pessoal de meu sogro.

— O que a senhora sabe sobre eles?

— Joan é bobinha. É o pior que se pode dizer dela. Sei muito pouco sobre Horbury. Ele está aqui há pouco mais de um ano. Horbury era bastante competente no seu trabalho, e meu sogro parecia satisfeito com ele.

Poirot disse de maneira perspicaz:

— Mas a senhora, madame, não estava tão satisfeita?

Lydia deu de ombros ligeiramente.

— Essa questão não me dizia respeito.

— Mas a senhora era a patroa da casa, madame. Os empregados não lhe diziam respeito?

— Sim, é claro. Mas Horbury era o criado pessoal do meu sogro. Ele não estava na minha jurisdição.

— Compreendo.

O coronel Johnson disse:

— Nós chegamos agora aos eventos de hoje à noite. Creio que isto será doloroso para o senhor, mas eu gostaria do seu relato do que aconteceu, sr. Lee.

Alfred disse em voz baixa:

— É claro.

O coronel Johnson perguntou, estimulando-o:

– Quando, por exemplo, o senhor viu seu pai pela última vez?

Um ligeiro espasmo de dor trespassou o rosto de Alfred quando ele respondeu em voz baixa:

– Foi depois do chá. Eu estive com ele por um curto período de tempo. Finalmente eu disse boa noite para ele e o deixei... deixe-me ver... em torno de quinze para as seis.

Poirot observou:

– O senhor disse boa noite para ele? O senhor não esperava vê-lo de novo esta noite?

– Não. A ceia de meu pai, uma refeição leve, era sempre levada a ele às sete horas. Depois disso, às vezes ele ia para a cama cedo ou sentava-se em sua poltrona, mas não esperava ver outra vez nenhum membro da família, a não ser que mandasse chamar.

– Ele fazia isso com frequência?

– Às vezes. Quando tinha vontade.

– Mas não era o procedimento comum?

– Não.

– Prossiga, por favor, sr. Lee.

Alfred continuou:

– Jantamos às oito horas. O jantar terminou, e minha esposa e as outras senhoras foram para a sala de estar. – Sua voz falhou. Seu olhar tornou-se fixo outra vez. – Estávamos sentados ali... À mesa... de repente ouvimos um barulho estarrecedor vindo do andar de cima. Cadeiras sendo derrubadas, móveis quebrando-se, vidros e porcelanas espatifando-se, e então... ah, Deus... – Ele estremeceu. – Eu ainda consigo ouvir... meu pai gritou... um grito longo e terrível, o grito de um homem em agonia mortal...

Ele ergueu as mãos trêmulas para cobrir o rosto. Lydia estendeu a mão e tocou de leve o braço dele. O coronel Johnson perguntou com delicadeza:

– E então?

Alfred disse com a voz abatida:

– Acho que só por um momento estivemos *em choque*. Depois saímos correndo porta afora e escada acima até o quarto do meu pai. A porta estava trancada. Não conseguíamos entrar. Tivemos de arrombá-la. Enfim, quando conseguimos entrar, nós vimos...

Sua voz foi sumindo aos poucos. Johnson disse rapidamente:

– Não há necessidade de entrar nessa parte, sr. Lee. Vamos voltar um pouco, para o momento em que o senhor estava na sala de jantar. Quem estava lá com o senhor quando vocês ouviram o grito?

– Quem estava lá? Ora, todos nós... Não, deixe-me ver. Meu irmão estava lá, meu irmão Harry.

– Ninguém mais?

– Ninguém mais.

– Onde estavam os outros senhores?

Alfred suspirou e franziu o cenho em um esforço para se lembrar.

– Deixe-me ver... parece que faz tanto tempo... sim, como se fossem anos... o que aconteceu? Ah, é claro, George tinha ido telefonar. Então começamos a falar de questões familiares, e Stephen Farr disse algo sobre entender que tínhamos assuntos a discutir e retirou-se. Ele o fez de maneira muito educada e discreta.

– E seu irmão David?

Alfred franziu o cenho.

– David? Se ele estava lá? Não, é claro que não estava. Não tenho muita certeza de quando ele escapuliu.

Poirot disse com delicadeza:

– Vocês tinham questões familiares para discutir?

– Hum... sim.

– Quer dizer, o senhor tinha questões para discutir com *um* membro da sua família?

Lydia disse:

— O que o senhor quer dizer com isso, monsieur Poirot?

Ele se voltou rapidamente para ela.

— Madame, o seu marido disse que o sr. Farr os deixou porque viu que eles tinham questões familiares para discutir. Mas não era um *conseil de famille*, tendo em vista que nem monsieur David nem monsieur George estavam lá. Era, portanto, uma discussão entre dois membros da família somente.

Lydia disse:

— Meu cunhado Harry esteve por muitos anos no exterior. Era natural que ele e meu marido tivessem assuntos para tratar.

— Ah! Compreendo. Foi isso.

Ela lançou um rápido olhar para Poirot, então desviou os olhos. Johnson disse:

— Bem, isso me parece bastante claro. O senhor notou algo mais enquanto corria escada acima até o quarto do seu pai?

— Eu... de fato não sei. Mesmo. Nós todos viemos de direções diferentes. Mas temo que não tenha notado nada... eu estava tão assustado. Aquele grito terrível...

O coronel Johnson passou rapidamente para outro assunto.

— Obrigado, sr. Lee. Agora, há outro ponto. Presumo que seu pai tivesse alguns diamantes valiosos.

Alfred pareceu bastante surpreso.

— Sim — disse ele. — É isso mesmo.

— Onde ele os guardava?

— No cofre do quarto.

— O senhor seria capaz de descrevê-los?

— Eram diamantes brutos, isto é, pedras não lapidadas.

— Por que o seu pai os deixava lá?

– Era um capricho dele. Eram pedras que havia trazido da África do Sul. Ele nunca mandou lapidá-las. Apenas gostava de mantê-las consigo. Como eu disse, era um capricho dele.

– Compreendo – disse o chefe de polícia.

Pelo seu tom de voz ficara claro que não compreendera. Ele seguiu em frente:

– Elas valiam muito?

– Meu pai estimava seu valor em mais ou menos dez mil libras.

– Na realidade, eram pedras muito valiosas, estou certo?

– Sim.

– Parece uma ideia peculiar guardar pedras tão preciosas em um cofre no quarto.

Lydia interveio.

– Meu sogro, coronel Johnson, era um homem peculiar. Suas ideias não eram convencionais. Ele por certo tinha prazer em manusear aquelas pedras.

– Elas talvez o fizessem lembrar o passado – disse Poirot.

Lydia lançou-lhe um rápido olhar de compreensão.

– Sim – disse ela. – Acho que faziam.

– Elas estavam seguradas? – perguntou o chefe de polícia.

– Acho que não.

Johnson se inclinou para frente. Ele perguntou calmamente:

– O senhor sabia que essas pedras haviam sido roubadas, sr. Lee?

– O quê? – Alfred Lee encarou o chefe de polícia.

– Seu pai não lhe disse nada a respeito do desaparecimento delas?

– Nem uma palavra.

– O senhor não sabia que ele havia mandado chamar o superintendente Sugden e relatara-lhe a perda?

– Não fazia a menor ideia de tal coisa!

O coronel Johnson moveu o olhar.

– E a senhora?

Lydia balançou a cabeça.

– Eu não ouvi nada a respeito disso.

– Até onde a senhora sabia, as pedras ainda estavam no cofre?

– Sim.

Ela hesitou e por fim perguntou:

– É por isso que ele foi morto? Por causa dessas pedras?

O coronel Johnson disse:

– É isso que nós vamos descobrir! – E seguiu em frente: – A senhora faz alguma ideia de quem poderia ter planejado o roubo?

Ela balançou a cabeça.

– De fato, não. Estou certa de que os empregados são honestos. De qualquer maneira, seria muito difícil para eles ter acesso ao cofre. Meu sogro estava sempre em seu quarto. Ele nunca descia.

– Quem limpava o quarto?

– Horbury. Ele fazia a cama e tirava o pó. A outra criada limpava a grelha da lareira e acendia o fogo todas as manhãs. Horbury fazia todo o resto.

Poirot disse:

– Então Horbury seria a pessoa com a melhor oportunidade?

– Sim.

– A senhora acha que foi ele que roubou os diamantes, afinal?

– É possível. Acho que... ele tinha a melhor oportunidade. Ah! Não sei o que pensar.

O coronel Johnson disse:

– Seu marido nos deu o relato dele sobre esta noite. A senhora poderia fazer o mesmo, sra. Lee? Quando foi a última vez que a senhora viu o seu sogro?

– Estávamos todos lá em cima no quarto dele esta tarde, antes do chá. Foi a última vez que o vi.

– A senhora não o viu mais tarde, para desejar-lhe boa noite?

– Não.

Poirot disse:

– A senhora costumava desejar-lhe boa noite?

Lydia disse bruscamente:

– Não.

O chefe de polícia prosseguiu:

– Onde a senhora estava quando ocorreu o crime?

– Na sala de estar.

– A senhora ouviu o ruído da luta?

– Acho que ouvi algo pesado cair. É claro que o quarto do meu sogro fica em cima da sala de jantar, não da sala de estar, de maneira que eu não poderia ter ouvido muita coisa.

– Mas a senhora ouviu o grito?

Lydia estremeceu.

– Sim, ouvi... Foi horrível... como... como uma alma no inferno. Eu percebi de imediato que algo terrível havia acontecido. Saí correndo e segui meu marido e Harry escada acima.

– Quem mais estava na sala de estar no momento?

Lydia franziu o cenho.

– Não consigo me lembrar mesmo. David estava na porta ao lado, na sala de música, tocando Mendelssohn. Acho que Hilda tinha ido se juntar a ele.

– E as outras duas senhoras?

Lydia disse devagar:

– Magdalene estava no telefone. Não lembro se ela tinha voltado ou não. Não sei onde estava Pilar.

Poirot perguntou com delicadeza:

– Na realidade, a senhora talvez estivesse sozinha na sala de estar?

— Sim, sim, creio que estava, de fato.

O coronel Johnson disse:

— Tratemos dos diamantes. Acho que precisamos estar seguros de seu paradeiro. O senhor sabe a combinação do cofre de seu pai, sr. Lee? Vejo que é um modelo um pouco antigo.

— O senhor vai encontrá-la em um pequeno bloco de anotações que ele carregava no bolso de seu roupão.

— Ótimo. Logo verificaremos. Será melhor, talvez, se entrevistarmos primeiro os outros participantes da festa em família. É provável que as senhoras queiram ir para a cama.

Lydia levantou-se.

— Vamos, Alfred. — Ela dirigiu-se a eles. — Devo pedir a elas que entrem?

— Uma a uma, se a senhora não se importar, sra. Lee.

— Certamente.

Ela caminhou em direção à porta. Alfred a acompanhou. De súbito, no último instante, ele se voltou:

— É claro — disse ele. Alfred voltou rapidamente até onde estava Poirot. — O senhor é Hercule Poirot! Estive com a cabeça no ar. Deveria ter percebido logo.

Ele falou rápido, em voz baixa e animada:

— É uma dádiva o senhor estar aqui! O senhor tem de descobrir a verdade, monsieur Poirot. Não poupe gastos! Serei responsável por qualquer gasto. *Mas descubra...* Meu pobre pai... morto por alguém... morto da forma mais brutal possível! O senhor tem de descobrir, monsieur Poirot. Meu pai tem de ser vingado.

Poirot respondeu com calma:

— Posso assegurar-lhe, monsieur Lee, que estou pronto para fazer o meu máximo para ajudar o coronel Johnson e o superintendente Sugden.

Alfred Lee disse:

— Quero que o senhor trabalhe para *mim*. Meu pai tem de ser vingado.

Ele começou a tremer violentamente. Lydia teve de voltar. Ela foi até Alfred e enlaçou-lhe o braço.

– Vamos, Alfred – disse ela. – Temos de chamar os outros.

Seus olhos encontraram os de Poirot. Eram olhos que guardavam seus próprios segredos. Eles não hesitavam.

Poirot disse de forma terna:

– *Quem poderia adivinhar que o velho...*

Ela o interrompeu:

– Pare! Não diga isso!

Poirot murmurou:

– A *senhora* é que disse, madame.

Ela sussurrou baixo:

– Eu sei... eu lembro... foi tão horrível...

Ela deixou abruptamente a sala com o marido ao seu lado.

IX

George Lee estava solene e formal.

– Uma situação terrível – disse ele, balançando a cabeça. – Uma situação terrível, terrível. Só posso crer que tenha sido obra de um... er... *lunático*!

Cortês, o coronel Johnson disse:

– Essa é a sua teoria?

– Sim. Sim, é verdade. Um maníaco homicida. Foragido, talvez, de algum hospício nas imediações.

O superintendente Sugden interpôs:

– E como o senhor sugere que esse... lunático... tenha conseguido entrar na casa, sr. Lee? E como saiu dela?

George balançou a cabeça.

– Isso – disse ele com voz firme – cabe à polícia descobrir.

Sugden disse:

— Verificamos a casa assim que chegamos. Todas as janelas estavam trancadas. A porta lateral e a da frente também estavam trancadas. Ninguém poderia ter saído pela cozinha sem ter sido visto pelas cozinheiras.

George Lee exclamou:

— Mas isso é absurdo! Só falta agora o senhor dizer que meu pai não foi assassinado!

— Ele foi assassinado, sim – disse o superintendente Sugden. – Não há dúvida quanto a isso.

O chefe de polícia limpou a garganta e assumiu o interrogatório.

— Qual era sua exata localização no momento do crime, sr. Lee?

— Eu estava na sala de jantar. Foi um pouco depois do jantar. Não, acho que eu estava nesta sala. Eu havia dado um telefonema há pouco.

— O senhor estava telefonando?

— Sim. Eu havia ligado para o representante do partido Conservador em Westeringham, meu distrito eleitoral. Algumas questões urgentes.

— E foi depois disso que o senhor ouviu o grito?

George Lee teve um ligeiro calafrio.

— Sim, muito desagradável. Congelou-me a espinha. O grito morreu com uma espécie de engasgo ou som gutural.

Ele tirou um lenço e limpou a testa que começara a suar.

— Uma situação terrível – ele murmurou.

— E então o senhor subiu correndo as escadas?

— Sim.

— O senhor viu os seus irmãos, sr. Alfred e sr. Harry Lee?

— Não, acho que eles estavam um pouco à minha frente.

— Quando foi a última vez que o senhor viu seu pai, sr. Lee?

— Esta tarde. Nós estávamos todos lá em cima.
— O senhor não o viu mais depois disso?
— Não.
O chefe de polícia fez uma pausa e disse:
— O senhor sabia que seu pai guardava inúmeros e valiosos diamantes brutos no cofre do quarto?
George Lee assentiu.
— Um modo de proceder bastante insensato – disse ele pomposamente. – É o que eu costumava dizer-lhe. Ele poderia ser assassinado por causa deles, quero dizer, isto é...
O coronel Johnson o interrompeu:
— O senhor sabe que essas pedras desapareceram?
O queixo de George caiu. Seus olhos protuberantes estavam fixos.
— Então ele foi assassinado por causa delas?
O chefe de polícia disse devagar:
— Ele sabia do desaparecimento delas e o relatou para a polícia algumas horas antes da sua morte.
George disse:
— Mas... não entendo... eu...
Hercule Poirot disse carinhosamente:
— Nós também não entendemos...

X

Harry Lee entrou na sala com um andar arrogante. Por um momento Poirot o encarou, franzindo o cenho. Ele tinha a impressão de ter visto esse homem antes, em algum lugar. Ele notou os traços: o nariz adunco, a postura insolente da cabeça, a linha do queixo; e observou que, embora Harry fosse um homem grande, e a estatura de seu pai ter sido apenas média, havia uma grande semelhança entre os dois.

Ele notou algo mais também. Mesmo com toda sua arrogância, Harry Lee estava nervoso. Ele mantinha a compostura, mas a ansiedade subjacente era evidente.

– Bem, cavalheiros – disse ele. – O que eu posso lhes dizer?

O coronel Johnson disse:

– Nós ficaríamos satisfeitos com qualquer luz que o senhor pudesse jogar sobre os eventos desta noite.

Harry Lee balançou a cabeça.

– Eu não sei de nada mesmo. É tudo tão horrível e absolutamente inesperado.

Poirot disse:

– Creio que o senhor voltou há pouco do exterior, não é, sr. Lee?

Harry voltou-se para ele.

– Sim. Cheguei à Inglaterra uma semana atrás.

Poirot disse:

– O senhor esteve fora por um longo período?

Harry Lee ergueu o queixo e riu.

– É melhor vocês ouvirem isso de uma vez, pois em breve alguém irá contar-lhes! Sou o filho pródigo, cavalheiros! Já se passaram quase vinte anos desde que coloquei os pés nesta casa pela última vez.

– Mas o senhor retornou... agora. O senhor pode nos dizer por quê? – perguntou Poirot.

Com a mesma aparente franqueza, Harry respondeu de pronto.

– É a velha e boa parábola. Cansei da palha que os porcos comem, ou não comem, esqueci qual dos dois. Pensei comigo mesmo que o novilho cevado seria uma mudança interessante. Recebi uma carta de meu pai sugerindo que eu voltasse para casa. Obedeci ao chamado e vim. Isso é tudo.

Poirot disse:

– O senhor veio para uma visita curta ou longa?

Harry respondeu:

– Voltei para casa... para ficar!
– Seu pai concordava com isso?
– O velho estava adorando a ideia. – Ele riu de novo. Os cantos dos olhos se enrugaram de modo atraente. – Era muito enfadonho para o velho viver aqui com Alfred! Alfred é um sujeito sem graça, de muito valor e tudo mais, mas uma companhia entediante. Meu pai foi um tipo aventureiro na sua juventude. Ele ansiava por minha companhia.

– E seu irmão e a esposa dele estavam contentes de que você morasse aqui?

Poirot fez a pergunta com um ligeiro arquear de sobrancelhas.

– Alfred? Alfred estava lívido de raiva. Não sei quanto a Lydia. É provável que ela tenha ficado incomodada por causa de Alfred. Mas não tenho dúvida de que ela ficaria bastante contente depois. Gosto de Lydia. Ela é uma mulher encantadora. Lydia e eu nos teríamos entendido. Mas com Alfred é outra história. – Ele riu de novo. – Alfred sempre teve uma inveja terrível de mim. Sempre foi o bom filho obediente, que fica em casa e tem os pés no chão. E o que ele ganharia, no fim das contas? O que o bom garoto da família sempre ganha: um chute no traseiro. Acreditem-me, cavalheiros, a virtude não compensa. – Ele olhou de um para o outro.

"Espero que não estejam chocados com minha franqueza. Mas, afinal, vocês querem a verdade. Quando isso terminar, vocês terão exposto todos os podres da família. É melhor que eu revele os meus de uma vez. Não estou tão abalado com a morte do meu pai, afinal de contas, não via o velho diabo desde que eu era garoto, mas mesmo assim ele era meu pai e foi assassinado. – Ele acariciou o queixo, olhando para eles. – Somos dados à vingança, nesta família. Nenhum Lee esquece com facilidade. Quero ter certeza de que o assassino do meu pai seja capturado e enforcado."

— Creio que o senhor pode confiar que faremos o melhor possível, sr. Lee – disse Sugden.

— Se vocês não o conseguirem, farei justiça com as minhas próprias mãos – disse Harry Lee.

O chefe de polícia disse de maneira brusca:

— O senhor faz alguma ideia quanto à identidade do assassino sr. Lee?

Harry balançou a cabeça.

— Não – respondeu ele lentamente. – Não... não faço. Foi um choque e tanto, sabe. Pois estive pensando a respeito e... não consigo imaginar como possa ter sido uma pessoa de fora...

— Ah – disse Sugden, assentindo com a cabeça.

— Nesse caso – disse Harry Lee –, alguém aqui de casa o matou... Mas quem seria o maldito que poderia ter feito isso? Não consigo suspeitar dos empregados. Tressilian está aqui desde o início. O criado idiota da cozinha? De jeito nenhum. Horbury? Bem, ele é um sujeito frio, mas Tressilian me disse que ele tinha ido ao cinema. Por fim, nos resta o quê? Deixando de lado Stephen Farr (e por que diabos Stephen Farr viria lá da África do Sul para matar um completo estranho?), resta somente a família. Não consigo ver nenhum de nós cometendo esse crime. Alfred? Ele adorava o pai. George? Não tem coragem. David? David está sempre no mundo da lua. Ele desmaiaria se visse seu próprio dedo sangrar. As esposas? Mulheres não vão e cortam o pescoço de um homem a sangue-frio. Então quem foi? Quem me dera eu soubesse. Mas isso é por demais perturbador.

O coronel Johnson pigarreou – um hábito profissional seu – e disse:

— Quando o senhor viu seu pai pela última vez, esta noite?

— Depois do chá. Ele acabara de discutir com Alfred, sobre este seu humilde servo. O velho era ranzinza até não poder mais. Ele sempre gostou de colocar lenha na fogueira. Em minha opinião, é por isso que ele manteve em segredo minha chegada. Queria ver o circo pegar fogo, quando eu chegasse de surpresa! E por isso ele falou em alterar o testamento também.

Poirot inquietou-se um pouco. Ele murmurou:

– Quer dizer que seu pai mencionou o testamento dele?

– Sim, na frente de todos nós, observando nossas reações, como um gato. Havia mandado aquele advogado vir até aqui depois do Natal, para tratarem do assunto.

Poirot perguntou:

– Que mudanças ele planejava fazer?

Harry Lee abriu um largo sorriso.

– Ele não nos contou! Ora, aquela raposa velha! Eu imaginava, ou melhor, tinha esperança de que a mudança favorecesse este seu humilde servo. Creio que eu havia sido cortado dos testamentos anteriores. Dessa vez, tive a impressão de que seria incluído de novo. Um golpe terrível para os outros. A Pilar também. Ele passou a ter certa afeição por ela. Acho que ela estava bem-encaminhada. Os senhores não a viram ainda? Minha sobrinha espanhola. É uma bela criatura, Pilar... com aquele calor adorável do sul... e sua crueldade. Pena que sou tio dela!

– O senhor disse que seu pai simpatizava com ela?

Harry anuiu.

– Ela sabia como lidar com o velho. Passava bastante tempo com ele, lá em cima. Aposto que ela sabia exatamente o que queria! Bem, ele está morto agora. Nenhum testamento pode ser alterado em favor de Pilar nem em meu favor, o que é pior.

Ele franziu o cenho, calou-se por um minuto e então continuou, com uma mudança de tom.

– Mas estou mudando de assunto. O senhor queria saber quando vi meu pai pela última vez? Como eu lhe disse, foi depois do chá... pouco depois das seis, talvez. O velho estava animado então, um pouco cansado, quem sabe. Saí e o deixei com Horbury. Não o vi outra vez.

– Onde o senhor estava no momento da morte dele?

– Na sala de jantar com meu irmão Alfred. Não foi uma reunião pós-jantar muito harmoniosa. Estávamos em meio a uma discussão bastante dura quando ouvimos o ruído no andar de cima. E então meu pobre pai gritou. Foi como matar um porco. O som paralisou Alfred. Ele ficou parado ali, de queixo caído. Eu o sacudi do torpor, e corremos escada acima. A porta estava trancada e tivemos de arrombá-la. O que levou algum tempo também. Como a maldita porta estava trancada é algo que não sei explicar! Não havia ninguém no quarto a não ser meu pai, e raios me partam se alguém conseguiu fugir pelas janelas.

O superintendente Sugden disse:

– A porta estava trancada pelo lado de fora.

– O quê? – Harry encarou o policial. – Mas juro que a chave estava do lado de *dentro*.

Poirot murmurou.

– E o senhor reparou nisso?

Harry Lee respondeu de pronto:

– Eu reparo as coisas. É um hábito meu.

Ele olhou bruscamente de um rosto para o outro.

– Tem algo mais que os senhores gostariam de saber, cavalheiros?

Johnson balançou a cabeça.

– Obrigado, sr. Lee, não por ora. O senhor poderia chamar o próximo membro da família para vir aqui?

– Com certeza.

Ele caminhou até a porta e saiu sem olhar para trás.

Os três homens olharam-se entre si. O coronel Johnson disse:

– O que você acha, Sugden?

O superintendente balançou a cabeça em dúvida. Ele disse:

– Ele está com medo de alguma coisa. Por que será?

XI

Magdalene Lee parou dramaticamente à porta. Uma mão longa e delgada tocou o brilho polido e platinado do seu cabelo. O vestido de veludo verde-folha que ela vestia aderia às linhas delicadas da sua figura. Ela parecia muito jovem e um pouco assustada.

Os três homens ficaram sem ação por um momento, olhando para ela. Os olhos de Johnson demonstraram uma súbita admiração. O superintendente Sugden não demonstrou animação alguma, apenas a impaciência de um homem ansioso em continuar seu trabalho. O olhar de Hercule Poirot mostrava profunda admiração (e ela o percebeu), mas a admiração não era por sua beleza, mas pelo uso eficiente dela. Magdalene não sabia que ele pensava consigo mesmo:

"*Jolie manequin, la petite. Mais elle a les yeux durs.*"*

O coronel Johnson estava pensando: "Que diabos de garota bonita. George Lee passará trabalho se não se cuidar. Ela sabe olhar para um homem".

O superintendente Sugden estava pensando: "Que bela cabecinha vazia. Espero que nos livremos dela bem rápido".

— A senhora poderia se sentar, sra. Lee? Deixe-me ver, a senhora é...

— Sra. George Lee.

Ela aceitou a cadeira com um sorriso caloroso de agradecimento. "No fim das contas", o olhar parecia dizer, "apesar de *ser* homem e policial, você não é tão horroroso assim."

A extremidade do sorriso incluía Poirot. Estrangeiros eram tão suscetíveis no que dizia respeito a mulheres. Quanto ao superintendente Sugden, ela não se importava.

---

* "Bonita moça, a pequena. Mas tem o olhar firme." (N.T.)

Ela murmurou, torcendo as mãos unidas em um gesto de angústia encantador.

– É tão terrível. Estou tão assustada.

– Ora, vamos, sra. Lee – disse o coronel Johnson de maneira delicada, mas enérgica. – Foi um choque, eu sei, mas já passou. Queremos somente seu relato do que aconteceu esta noite.

Ela exclamou:

– Mas não sei nada sobre isso, nada mesmo.

Por um momento, os olhos do chefe de polícia estreitaram-se. Ele disse com polidez:

– Não, é claro que não.

– Nós só chegamos aqui ontem. George *obrigou-me* a vir para o Natal! Gostaria que não tivéssemos vindo. Tenho certeza de que nunca mais serei a mesma.

– É muito perturbador... sim.

– Veja bem, mal conheço a família de George. Vi o sr. Lee apenas uma ou duas vezes... em nosso casamento e outra vez, desde então. É claro que me encontrei com Alfred e Lydia com maior frequência, mas eles ainda são estranhos para mim.

Mais uma vez o olhar arregalado de criança assustada. Mais uma vez os olhos de Poirot a observaram com admiração, e mais uma vez ele pensou consigo mesmo:

"*Elle joue très bien la comedie, cette petite...*"*

– Sim, sim – disse o coronel Johnson. – Agora só nos conte sobre a última vez que a senhora viu seu sogro vivo, sra. Lee.

– Foi esta tarde. Foi terrível!

Johnson disse rapidamente:

– Terrível? Por quê?

– Eles estavam tão irritados!

– Quem estava irritado?

– Todos eles... Não me refiro ao George. O pai dele não disse nada para ele. Mas todos os outros.

---

* "Ela dissimula bem, esta pequena." (N.T.)

– O que aconteceu exatamente?

– Bem, quando nós chegamos lá... ele nos chamou a todos... ele estava falando no telefone com os advogados sobre o seu testamento. E então ele disse para o Alfred que ele parecia muito abatido. Acho que era porque Harry estava voltando para casa para viver aqui. Creio que Alfred estava muito chateado com isso. Veja bem, Harry fez algo muito terrível. E enfim ele disse algo sobre sua esposa... ela morreu há muito tempo... mas ela tinha um cérebro de galinha, ele disse, e David deu um salto e parecia que iria matá-lo... Ah! – Ela parou subitamente, seus olhos alarmados. – Eu não *quis* dizer isso, não foi minha intenção mesmo!

O coronel Johnson disse de maneira tranquilizadora:

– Calma, calma... foi só uma figura de linguagem.

– Hilda, que é a esposa de David, o acalmou e... bem, acho que isso é tudo. O sr. Lee não queria mais ver ninguém aquela noite, portanto nós saímos todos.

– E essa foi a última vez que a senhora o viu?

– Sim. Até... até...

Ela teve um calafrio. O coronel Johnson disse:

– Sim, certamente. Agora, onde a senhora estava no momento do crime?

– Deixe-me ver... acho que eu estava na sala de estar.

– A senhora não tem certeza?

Os olhos de Magdalene pestanejaram um pouco, e suas pálpebras cerraram-se.

Ela disse:

– É claro! Que idiotice de minha parte... eu tinha ido telefonar. A gente se atrapalha tanto.

– A senhora disse que estava telefonando. Nesta sala?

– Sim, este é o único telefone. Exceto o telefone do andar de cima no quarto do meu sogro.

O superintendente Sugden disse:

– Havia mais alguém aqui com a senhora?

Ela arregalou os olhos.

– Ah, não, eu estava sozinha.

– A senhora ficou muito tempo aqui?

– Bem... um pouco. Leva um tempo para se conseguir fazer uma ligação à noite.

– Era uma ligação interurbana?

– Sim... para Westeringham.

– Compreendo.

– E então?

– E então houve um grito horrível... e todos correndo... e a porta trancada e tendo de ser arrombada. Foi como um *pesadelo*! Vou me lembrar disso para sempre!

– Não, não – o tom do coronel Johnson era de gentileza mecânica. Ele prosseguiu: – A senhora sabia que seu sogro tinha um grande número de diamantes valiosos no cofre dele?

– Não, é mesmo? – Seu tom era francamente entusiasmado. – Diamantes verdadeiros?

Hercule Poirot disse:

– Diamantes valendo em torno de dez mil libras.

– Ah! – Era um som arfante e suave, contendo nele a essência da cobiça feminina.

– Bem – disse o coronel Johnson –, acho que é tudo por hoje. Não vamos mais incomodá-la, sra. Lee.

– Ah, obrigada.

Ela pôs-se em pé, sorriu para Johnson e Poirot – o sorriso de uma garotinha agradecida –, e saiu com a cabeça altiva e as palmas das mãos ligeiramente voltadas para fora.

O coronel Johnson chamou:

– A senhora pediria para seu cunhado, sr. David Lee, vir aqui? – Fechando a porta depois dela, ele voltou para a mesa. – Bem – disse ele – o que os senhores acham? Estamos chegando a algum lugar agora! Os senhores notaram uma coisa: George Lee estava telefonando quando ouviu o grito! Sua esposa estava telefonando quando o ouviu! Isso não se encaixa, não faz sentido.

Ele acrescentou:

– O que você acha, Sugden?

O superintendente falou devagar:

– Não quero falar mal dessa senhora, mas eu diria que, apesar de ela ser do tipo que tomaria com muita eficiência o dinheiro de um homem, não acho que ela seja do tipo que cortaria a garganta de um homem. Não seria seu método.

– Ah, mas isso nunca se sabe, *mon vieux* – murmurou Poirot.

O chefe de polícia voltou-se para ele.

– E você, Poirot, o que você acha?

Hercule Poirot inclinou-se para frente. Endireitou o mata-borrão à sua frente e deu um piparote em um grão minúsculo de pó sobre um castiçal. Ele respondeu:

– Eu diria que o caráter do falecido sr. Simeon Lee começa a mostrar-se a nós. É aí, acredito, que se encontra toda a importância do caso... no caráter do morto.

O superintendente Sugden voltou-lhe um rosto estupefato.

– Não entendo muito bem o que diz, sr. Poirot – disse ele. – O que exatamente o caráter do falecido tem a ver com seu assassinato?

Poirot, cismado, disse:

– O caráter da vítima sempre tem algo a ver com seu assassinato. A mente franca e confiante de Desdêmona foi a causa direta de sua morte. Uma mulher mais desconfiada teria percebido as maquinações de Iago e as teria contornado muito mais cedo. A sujeira de Marat precipitou seu fim em uma banheira. Do temperamento de Mercúcio veio sua morte na ponta de uma espada.

O coronel Johnson puxou seu bigode.

– Onde exatamente você quer chegar, Poirot?

– Digo-lhe isso porque Simeon Lee era um certo tipo de homem, ele colocou em movimento determinadas forças, as quais, por fim, provocaram sua morte.

– Você acha que os diamantes não têm nada a ver com o assassinato?

Poirot sorriu da perplexidade honesta estampada no rosto de Johnson.

– *Mon cher* – disse ele. – Foi por causa do caráter peculiar de Simeon Lee que ele manteve dez mil libras em diamantes brutos em seu cofre! Não é uma atitude que a maioria dos homens tomaria.

– Isso é bem verdade, sr. Poirot – disse o superintendente Sugden, assentindo com o ar de um homem que finalmente entende o que o interlocutor quer dizer. – Era um sujeito esquisito, o sr. Lee. Guardava ali aquelas pedras para poder tirá-las, manuseá-las e sentir o passado de volta. Creiam-me, é por isso que nunca as mandou lapidar.

Poirot anuiu com energia.

– Exato... exato. Vejo que o senhor tem grande perspicácia, superintendente.

O superintendente pareceu um pouco em dúvida em relação ao elogio, mas o coronel Johnson interveio:

– Há algo mais, Poirot. Não sei se notou...

– *Mais oui* – disse Poirot. – Sei o que você quer dizer. A sra. George Lee, ela deu com a língua nos dentes, mais do que pretendia! Ela deu-nos uma bela impressão daquela última reunião familiar. Ela sugeriu, ah! Tão ingênua, que Alfred estava bravo com o pai e que David "parecia que iria matá-lo". Creio que ambas as declarações sejam verdadeiras. Mas, a partir delas, podemos fazer nossa própria reconstituição. Qual era a intenção de Simeon Lee ao reunir a família? Por que eles chegariam a tempo de ouvi-lo falando ao telefone com seu advogado? *Parbleu**, aquilo

---

* "Por Deus." (N.T.)

não foi um equívoco. Ele *queria* que eles o ouvissem! O pobre velho, sentado na sua cadeira sem as diversões dos seus dias de juventude. Dessa forma ele inventa uma nova diversão para si mesmo. Ele se diverte brincando com a cobiça e a ganância da natureza humana... sim, e com suas emoções e paixões também! Mas a partir daí surge uma nova dedução. Nesse jogo de fomentar a ganância e a emoção dos filhos, ele não esqueceria ninguém. Ele tinha, lógica e necessariamente, de aguilhoar o sr. George Lee, assim como os outros! Sua esposa teve o cuidado de silenciar sobre isso. Nela também, ele deve ter disparado uma ou duas flechas envenenadas. Acho que descobriremos pelos outros o que Simeon Lee tinha a dizer a George Lee e sua esposa...

Ele interrompeu-se. A porta se abriu e David Lee entrou.

XII

David Lee estava bastante controlado. Seus modos eram tranquilos, de forma quase antinatural. Ele aproximou-se, puxou uma cadeira e se sentou, dirigindo ao coronel Johnson um olhar sério e interrogativo.

A luz elétrica tocou o pequeno tufo de cabelos claros que crescia em sua testa e salientou o formato delicado de suas faces. Ele parecia jovem demais para ser filho daquele velho emaciado que jazia morto no andar de cima.

– Sim, cavalheiros – disse ele –, em que posso ajudá-los?

O coronel Johnson disse:

– Pelo que entendi, sr. Lee, houve uma espécie de reunião familiar hoje à tarde no quarto do seu pai, não é?

– Houve. Mas foi bastante informal. Quero dizer, não foi um conselho familiar ou nada desse tipo.

– O que ocorreu lá?

David Lee respondeu com calma:

— Meu pai estava de mau humor. Ele era um homem idoso e inválido, é claro, assim tínhamos de ser tolerantes com ele. Ele parecia ter-nos reunido ali a fim de... bem... desabafar seu rancor sobre nós.

— O senhor lembra-se do que ele disse?

David respondeu baixo:

— Foi tudo bastante absurdo. Ele disse que não valíamos nada, nenhum de nós, que não havia um único homem na família! Ele disse que Pilar (minha sobrinha espanhola) valia por dois de nós. Ele disse... — David parou.

Poirot disse:

— Por favor, sr. Lee, as palavras exatas, se o senhor puder.

David Lee disse com relutância:

— Ele falou de forma grosseira, disse que esperava que em algum lugar no mundo ele tivesse filhos melhores, mesmo que ilegítimos...

Seu rosto sensível demonstrou o desgosto pelas palavras que ele estava repetindo. O superintendente Sugden ergueu a cabeça, subitamente alerta. Inclinando-se para frente, ele disse:

— O seu pai disse algo em particular para seu irmão, sr. George Lee?

— Para George? Não lembro. Ah, sim, creio que ele disse para George que teria de cortar as despesas no futuro, que teria de cortar sua mesada. George ficou muito incomodado, vermelho como um peru. Ele alvoroçou-se e disse que não conseguiria viver com menos. Meu pai disse com muita frieza que ele não tinha alternativa. E disse que George faria bem em pedir à sua esposa ajuda para economizar. Foi um golpe baixo, George sempre foi o irmão mais regrado, poupa e regateia cada centavo. Creio que Magdalene é um pouco gastadora. Ela tem gostos extravagantes.

Poirot disse:

– Então ela também ficou incomodada?
– Sim. Além disso, meu pai expressou-se de modo bastante vulgar ao mencionar que ela teria vivido com um oficial da marinha. É claro que ele se referia ao pai dela, mas o comentário soou bastante dúbio. Magdalene ficou escarlate. Não a culpo.

Poirot disse:
– Seu pai mencionou a falecida esposa, sua mãe?

O sangue subiu em ondas ao rosto de David. Suas mãos fecharam-se como garras sobre a mesa à sua frente, tremendo ligeiramente.

Ele disse em voz baixa, abafada:
– Sim, ele a mencionou. Ele a insultou.

O coronel Johnson disse:
– O que ele disse?

David respondeu, rude:
– Não lembro. Alguma demonstração de desprezo.

Poirot disse delicadamente:
– Sua mãe já está morta há alguns anos, não é?

David respondeu de forma breve.
– Ela morreu quando eu era garoto.
– Talvez ela não fosse muito feliz aqui?

David deu uma risada zombeteira:
– Quem poderia ser feliz com um homem como meu pai? Minha mãe foi uma santa. E morreu com o coração partido.

Poirot prosseguiu:
– Seu pai talvez tenha ficado abalado com a morte dela. Não?

David respondeu:
– Não sei. Fui-me embora.

Ele fez uma pausa e disse:
– Talvez o senhor desconheça o fato de que, quando cheguei para esta visita, fazia vinte anos que não via meu pai. Então, o senhor compreende que não tenho como lhe contar muito sobre seus hábitos ou inimigos ou o que acontecia por aqui.

O coronel Johnson perguntou:

— O senhor sabia que seu pai tinha vários diamantes valiosos no cofre no quarto dele?

David disse, indiferente:

— Verdade? Parece algo insensato.

Johnson disse:

— O senhor poderia descrever em poucas palavras seus movimentos na noite passada?

— Meus? Deixei a mesa do jantar assim que pude. Aborrece-me ficar ali sentado com os outros, bebendo vinho do Porto. Além disso, vi que Alfred e Harry preparavam-se para brigar. Odeio discussões. Saí de fininho e fui à sala de música tocar piano.

Poirot perguntou:

— A sala de música fica ao lado da sala de estar, não é?

— Sim. Eu toquei por um tempo até... até a coisa acontecer.

— O que o senhor ouviu exatamente?

— Um ruído distante de móveis sendo derrubados em algum lugar no andar de cima. E então um grito horripilante. — Ele cerrou as mãos de novo. — Como uma alma no inferno. Meu Deus, foi terrível!

Johnson disse:

— O senhor estava sozinho na sala de música?

— Hum? Não, minha esposa, Hilda, estava lá. Ela tinha vindo da sala de estar. Nós... nós subimos com os outros.

Ele acrescentou de maneira rápida e nervosa:

— O senhor não quer que eu descreva o que... o que vi lá?

O coronel Johnson disse:

— Não, não é necessário. Obrigado, sr. Lee, isso é tudo. Suponho que o senhor não imagine quem poderia querer assassinar o seu pai?

David Lee disse de modo precipitado:

– Creio que... muitas pessoas! Não sei de ninguém em particular.

Ele saiu rápido, fechando a porta atrás de si com uma batida sonora.

XIII

O coronel Johnson teve tempo somente para pigarrear até que a porta se abrisse de novo e Hilda Lee entrasse.

Hercule Poirot olhou para ela com interesse. Ele tinha de admitir que as mulheres com quem esses Lee haviam se casado eram objetos de estudo interessantes. A inteligência ágil e a elegância esbelta de Lydia, os ares e encantos vulgares de Magdalene e, agora, a força sólida e confiável de Hilda. Ele notou que ela era mais jovem do que a faziam parecer seu penteado um tanto desmazelado e suas roupas fora de moda. Seu cabelo castanho-claro não tinha fios grisalhos e seus olhos calmos cor de avelã brilhavam no rosto rechonchudo como faróis de bondade. Ela era, ele pensou, uma boa mulher.

O coronel Johnson estava falando no seu tom mais gentil:

– Uma provação terrível para todos vocês – ele estava dizendo. – Pelo que me disse seu marido, sra. Lee, esta é a primeira vez que a senhora vem à mansão Gorston?

Ela inclinou a cabeça em concordância.

– A senhora já havia sido apresentada ao seu sogro, sr. Lee?

Hilda respondeu na sua voz cordial:

– Não. Nós casamos logo após David ter saído de casa. Ele nunca quis manter relação alguma com sua família. Até este momento, nós não tínhamos visto nenhum deles.

– Mas como a sua visita veio a ocorrer?

– Meu sogro escreveu para David. Ele ressaltou a sua idade e o desejo de que todos os filhos estivessem com ele este Natal.

– E seu marido respondeu a esse apelo?
Hilda disse:
– Temo que ele tenha aceitado o convite somente por minha causa. Eu entendi mal a situação.
Poirot a interrompeu. Ele disse:
– A senhora faria a gentileza de se explicar de maneira um pouco mais clara, madame? Acho que a senhora pode ter algo de valioso para nos dizer.
Ela se virou para ele de pronto e disse:
– Até aquele momento, eu nunca tinha visto meu sogro. Eu não fazia ideia de qual seria o motivo real dele. Presumi que ele era velho e solitário e que queria realmente se reconciliar com todos os seus filhos.
– E, em sua opinião, madame, qual era o motivo real dele?
Hilda hesitou um momento e disse lentamente:
– Não tenho dúvida, nenhuma dúvida, de que meu sogro na verdade não queria promover a paz, mas instigar a discórdia.
– De que maneira?
Hilda disse em voz baixa:
– Ele divertia-se em provocar os piores instintos da natureza humana. Havia... como definir? Havia uma espécie de travessura diabólica nele. Ele queria colocar cada membro da família às turras com todos os demais.
Johnson questionou:
– E ele conseguiu?
– Ah, sim – disse Hilda Lee. – Ele conseguiu.
Poirot disse:
– Contaram-nos, madame, sobre uma cena que ocorreu esta tarde. Uma cena bastante violenta, ao que parece.
Ela inclinou a cabeça.
– A senhora poderia descrevê-la a nós da maneira mais precisa possível, por favor?

Ela refletiu por um minuto.

– Quando nós entramos, meu sogro estava telefonando.

– Para o advogado dele, não é?

– Sim, ele estava sugerindo que o senhor... seria Charlton? Não lembro bem o nome... viesse à mansão, pois ele, meu sogro, queria fazer um testamento novo. O testamento velho, disse ele, estava bastante defasado.

Poirot disse:

– Pense com cuidado, madame. Na sua opinião, o seu sogro procurou deliberadamente se assegurar de que vocês todos ouvissem essa conversa, ou foi apenas obra do *acaso* o fato de vocês a terem ouvido?

Hilda Lee disse:

– Tenho quase certeza de que ele queria que nós a ouvíssemos.

– Com o objetivo de fomentar dúvida e suspeitas entre vocês?

– Sim.

– Então na verdade talvez ele não tivesse intenção alguma de alterar o testamento?

Ela arguiu:

– Não, acho que essa parte era genuína. É provável que ele quisesse fazer um novo testamento, mas tinha prazer em salientar o fato.

– Madame – disse Poirot –, não estou aqui em caráter oficial e minhas perguntas, a senhora compreende, talvez não sejam aquelas que um policial inglês faria. Mas tenho um grande desejo de saber que forma a senhora acredita que o novo testamento tomaria. Peço-lhe, a senhora perceba, não seu conhecimento, mas apenas sua opinião. *Les femmes*, elas nunca são lentas para formar uma opinião, *Dieu merci*.

Hilda Lee sorriu um pouco.

– Não me importo em dizer o que penso. A irmã de meu marido, Jennifer, casou com um espanhol, Juan

Estravados. Sua filha, Pilar, chegou há pouco aqui. Ela é uma garota adorável e, claro, a única neta na família. O velho sr. Lee estava encantado. Simpatizou demais com ela. Em minha opinião, ele queria deixar-lhe uma soma considerável, em seu novo testamento. É provável que, no testamento anterior, ele houvesse legado a ela uma pequena parte, ou mesmo nada.

– Você chegou a conhecer sua cunhada?

– Não, nunca a encontrei. Creio que seu marido espanhol morreu em circunstâncias trágicas, logo após o casamento. E Jennifer morreu há um ano. Pilar ficou órfã. Por isso o sr. Lee havia a convidado para viver com ele na Inglaterra.

– E os outros membros da família, eles a receberam bem?

Hilda respondeu com tranquilidade:

– Acho que todos gostaram dela. Era muito bom ter alguém jovem e cheio de vida na casa.

– E ela pareceu gostar de estar aqui?

Hilda disse lentamente:

– Não sei. Deve ser frio e estranho para uma garota criada no sul... na Espanha.

Johnson disse:

– Mas não deve ser muito agradável estar na Espanha no momento. Agora, sra. Lee, nós gostaríamos de ouvir seu relato da conversa ocorrida esta tarde.

Poirot murmurou:

– Peço desculpas. Eu desviei do assunto.

Hilda Lee disse:

– Após meu sogro terminar o telefonema, ele olhou-nos e riu, e disse que todos parecíamos muito abatidos. Então, disse que estava cansado e que iria para a cama cedo. Ninguém deveria subir para vê-lo esta noite. Ele disse que queria estar em boa forma para o dia de Natal. Algo assim.

"Então – ela franziu o cenho em um esforço de memória –, acho que ele disse algo sobre ser necessário fazer parte de uma grande família para dar o devido valor ao Natal e, em seguida, começou a falar de dinheiro. Ele disse que custaria mais para ele administrar esta casa, no futuro. Disse a George e Magdalene que eles deveriam economizar. Disse a ela que fizesse as próprias roupas. Temo que seja uma ideia bastante ultrapassada. Não me espanta que isso a tenha irritado. Ele disse que a própria esposa havia sido hábil com a agulha."

Poirot disse cortesmente:
– Isso é tudo que ele disse sobre ela?
Hilda corou.
– Ele fez uma referência desdenhosa à inteligência dela. Meu marido era muito dedicado à mãe, e aquilo o perturbou muito. De repente, o sr. Lee começou a gritar conosco. Tornou-se cada vez mais inquieto. Posso entender, é claro, como ele se sentia...

Poirot a interrompeu com polidez:
– Como ele se sentia?
Ela voltou-lhe seus olhos serenos.
– Ele estava desapontado, é claro – disse ela. – Porque não há netos, quero dizer, garotos. Nenhum Lee para levar o nome adiante. Posso compreender que isso o incomodava havia muito tempo. De um momento para outro, ele não conseguiu mais conter sua ira e a lançou contra os filhos, dizendo que eles eram um bando de velhotas pusilânimes, ou algo neste sentido. Senti pena dele então, pois entendi o quanto seu orgulho estava ferido.

– E então?
– E então – disse Hilda devagar – nós todos fomos embora.

– Essa foi a última vez que a senhora o viu?
Ela fez uma mesura com a cabeça.
– Onde a senhora estava no momento em que o crime ocorreu?

– Eu estava com meu marido na sala de música. Ele estava tocando para mim.

– E então?

– Ouvimos mesas e cadeiras sendo derrubadas no andar de cima, e porcelanas sendo quebradas, uma luta terrível. E depois aquele grito pavoroso, quando a garganta dele foi cortada...

Poirot disse:

– Foi um grito tão terrível assim? Foi – Poirot fez uma pausa –, *como uma alma no inferno?*

Hilda Lee disse:

– Foi pior!

– O que a senhora quer dizer, madame?

– Foi como alguém que não tivesse alma... Foi desumano como uma fera.

Poirot disse de maneira grave:

– Então... a senhora já o havia condenado, madame?

Ela ergueu a mão, em súbita angústia. Seus olhos baixaram, e ela passou a olhar o chão.

XIV

Pilar entrou na sala com a cautela de um animal que suspeita de uma armadilha. Seus olhos moveram-se rápidos, de um lado para outro. Ela parecia menos temerosa do que profundamente desconfiada.

O coronel Johnson levantou-se e ofereceu uma cadeira para ela. Então ele disse:

– Imagino que a senhorita compreenda o inglês, estou correto, srta. Estravados?

Os olhos de Pilar se arregalaram. Ela disse:

– É claro. Minha mãe era inglesa. Sou, de fato, muito inglesa.

Um ligeiro sorriso veio aos lábios do coronel Johnson, quando seus olhos estudaram o brilho negro do cabelo dela, os olhos escuros orgulhosos e os lábios fartos. Muito inglesa! Um termo inadequado para se aplicar a Pilar Estravados.

Ele disse:

– O sr. Lee era seu avô. Ele mandou chamá-la na Espanha. E a senhorita chegou há alguns dias. Foi isso mesmo?

Pilar anuiu.

– Sim, foi. Eu passei... por uma série de aventuras para sair da Espanha... houve uma bomba que veio pelo ar e o chofer foi morto... onde a sua cabeça estava restou um monte de sangue. E eu não sabia dirigir, então tive de caminhar por uma longa distância... e não gosto de caminhar. Nunca caminho. Meus pés doíam... mas a dor...

O coronel Johnson sorriu e disse:

– De qualquer maneira, a senhorita chegou aqui. A sua mãe falava bastante no seu avô?

Pilar assentiu alegremente.

– Ah sim, ela disse que ele era um diabo velho.

Hercule Poirot sorriu. Ele disse:

– E o que a senhorita achou dele quando chegou, mademoiselle?

Pilar disse:

– É claro que ele era muito, muito velho. Ele tinha de ficar sentado, e seu rosto era todo enrugado. Mas eu gostei dele mesmo assim. Acho que, quando era jovem, devia ser bonito, muito bonito, como o senhor – disse Pilar ao superintendente Sugden. Seu olhar demorou-se com prazer ingênuo sobre o belo rosto, que ficara vermelho como um tomate com o elogio.

O coronel Johnson conteve uma risadinha. Essa fora uma das poucas ocasiões em que ele vira o imperturbável superintendente sobressaltado.

– Mas é claro – continuou Pilar com pesar –, ele jamais poderia ter sido tão alto quanto o senhor.

Hercule Poirot suspirou.

– Quer dizer que a *señorita* gosta de homens grandes?

Pilar concordou entusiasticamente.

– Ah, sim, eu gosto que um homem seja muito grande, alto, com os ombros largos e muito, muito forte.

O coronel Johnson disse de maneira brusca:

– A senhorita esteve bastante tempo com seu avô desde a sua chegada?

Pilar respondeu:

– Ah, sim. Eu ia ao quarto fazer-lhe companhia. Ele contava-me coisas... Que foi um homem muito mau, e todas as coisas que ele fez na África do Sul.

– Ele chegou a contar-lhe que tinha diamantes no cofre do seu quarto?

– Sim, ele me mostrou. Mas eles não eram como diamantes... eram iguais a seixos... muito feios, muito feios mesmo.

O superintendente Sugden disse sem rodeios:

– Então ele os mostrou para a senhorita, foi isso?

– Sim.

– Ele não lhe deu nenhum?

Pilar balançou a cabeça.

– Não, não deu. Achei que talvez um dia ele desse... Se eu fosse muito boa para ele e sempre lhe fizesse companhia. Porque velhos gostam muito de garotas.

O coronel Johnson disse:

– A senhorita sabia que esses diamantes foram roubados?

Pilar arregalou bem os olhos.

– Roubados?

– Sim, a senhorita não faz ideia de quem poderia ter sido?

Pilar assentiu com a cabeça.

– Ah, sim – disse ela. – Deve ter sido Horbury.

– Horbury? A senhorita quer dizer o criado pessoal?

– Sim.

– Por que a senhorita acha isso?

– Porque ele tem rosto de ladrão. Seus olhos vão assim, de um lado para o outro, ele caminha sem fazer barulho e ouve atrás das portas. Ele é como um gato. E todos os gatos são ladrões.

– Hum – disse o coronel Johnson. – Terminemos por aqui. Bem, fui informado de que toda a família havia subido ao quarto do seu avô esta tarde, e algumas... hum... palavras ásperas foram trocadas.

Pilar anuiu e sorriu.

– Sim – disse ela. – Foi muito divertido. O vovô os deixou tão irados!

– Ah, a senhorita se divertiu, é?

– Sim. Gosto de ver pessoas iradas. Gosto muito. Mas aqui na Inglaterra elas não ficam tão iradas como na Espanha. Na Espanha elas sacam suas facas, praguejam e gritam. Na Inglaterra não fazem nada, só ficam com o rosto muito vermelho e fecham bem a boca.

– A senhorita se lembra do que foi dito?

Pilar pareceu um pouco em dúvida.

– Não tenho tanta certeza. O vovô disse que eles não valiam nada, que eles não tinham filhos. Ele disse que eu era melhor do que qualquer um deles. Ele gostava de mim, gostava muito.

– Ele disse alguma coisa sobre dinheiro ou um testamento?

– Um testamento... não, acho que não. Não lembro.

– O que aconteceu?

– Eles todos foram embora, exceto Hilda, a gorda, esposa de David. Ela ficou para trás.

– Ah, ela ficou, é?

– Sim. David estava muito esquisito. Trêmulo e, ah, tão pálido. Ele parecia estar doente.

– E o que aconteceu então?

– Então eu saí e encontrei Stephen. Nós dançamos ao som do gramofone.

– Stephen Farr?

– Sim. Ele é da África do Sul. Ele é filho do sócio do vovô. Ele é muito bonito também. Muito moreno e grande, e tem belos olhos.

Johnson perguntou:

– Onde a senhorita estava quando o crime ocorreu?

– O senhor quer saber onde eu estava?

– Sim.

– Eu tinha ido à sala de estar com Lydia. E então subi para meu quarto e maquiei o rosto. Eu iria dançar com Stephen de novo. E então, ao longe, ouvi um grito e todos correram, então eu fui também. E eles tentaram derrubar a porta do vovô. Harry a arrombou com Stephen. Os dois são grandes e fortes.

– Sim?

– Depois, a porta foi derrubada com um estrondo e nós todos olhamos para dentro. Ah, que visão... tudo quebrado e derrubado, e vovô caído em meio a muito sangue, e sua garganta cortada assim – ela fez um gesto vívido e dramático no seu próprio pescoço – até a orelha.

Pilar fez uma pausa, obviamente satisfeita com sua narrativa.

Johnson disse:

– O sangue não a fez se sentir enjoada?

Ela o encarou.

– Não, por que o faria? Normalmente há sangue quando as pessoas são mortas. Havia... tanto sangue por toda parte!

Poirot disse:

– Alguém disse alguma coisa?

Pilar respondeu:

– David disse uma coisa engraçada... o que foi? Ah, sim. Os moinhos de Deus... foi o que ele disse – ela repetiu, enfatizando cada palavra – *Os... moinhos... de... Deus...* O que ele quis dizer? Moinhos são para fazer farinha, não?

O coronel Johnson disse:

– Bem, acho que não temos mais perguntas por ora, srta. Estravados.

Pilar levantou-se, obediente. Ela lançou um olhar rápido e encantador a cada um dos homens.

– Vou-me agora. – Ela saiu.

O coronel Johnson disse:

– *Os moinhos de Deus moem devagar...* E David Lee o disse!

XV

Quando a porta se abriu mais uma vez, o coronel Johnson olhou para frente. Por um momento ele achou que a figura que entrava era Harry Lee, mas, quando Stephen Farr avançou para dentro sala, ele percebeu seu erro.

– Sente-se, sr. Farr – disse ele.

Stephen sentou-se. Seu olhar calmo e inteligente alternou-se entre os três homens. Ele disse:

– Temo não ser de grande utilidade para os senhores. Mas, por favor, perguntem-me qualquer coisa que vocês acharem que possa ajudar. Talvez seja melhor explicar, para começo de conversa, quem sou eu. Meu pai, Ebenezer Farr, foi sócio de Simeon Lee na África do Sul nos velhos tempos. Falo de mais de quarenta anos atrás.

Ele fez uma pausa:

– Meu pai falava-me bastante de Simeon Lee, que personalidade ele era. Ele e o papai garimparam um bocado. Simeon Lee voltou para casa com uma fortuna, e meu pai também não se saiu mal. Meu pai sempre me dizia para procurar o sr. Lee quando eu viesse para cá. Eu disse que fazia muito tempo e que ele por certo não saberia quem eu era, mas meu pai riu da ideia. Ele disse: "Quando dois homens passaram juntos pelo que Simeon e eu passamos, eles não esquecem". Bem, meu pai morreu há uns dois anos. Este ano, vim à Inglaterra pela primeira vez e achei que deveria seguir o conselho do meu pai e procurar o sr. Lee.

Com um ligeiro sorriso ele continuou:

– Eu estava só um pouco nervoso quando cheguei aqui, mas não precisava. O sr. Lee recebeu-me muito bem e insistiu absolutamente que eu ficasse com a família para passar o Natal. Eu temia estar me intrometendo, mas ele não quis saber de recusas.

Ele acrescentou de maneira um tanto tímida:

– Eles foram todos muito gentis comigo. O sr. e a sra. Alfred Lee não poderiam ter sido melhores. Lamento que tudo isso lhes tenha acontecido.

– Há quanto tempo o senhor está aqui, sr. Farr?

– Desde ontem.

Poirot disse:

– O senhor esteve com o sr. Lee em algum momento?

– Sim, conversamos um pouco esta manhã. Ele estava de bom humor e ansioso para ouvir sobre um monte de pessoas e lugares.

– Essa foi a última vez que o senhor o viu?

– Sim.

– Ele mencionou para o senhor que mantinha uma quantidade de diamantes não lapidados no seu cofre?

– Não.

Ele acrescentou antes que o outro pudesse falar:

– O senhor quer dizer que se trata de um caso de assassinato e roubo?

– Ainda não temos certeza – disse Johnson. – Agora, vamos aos eventos de hoje à noite. O senhor pode contar-nos, com suas próprias palavras, o que estava fazendo?

– Certamente. Após as senhoras terem deixado a sala de jantar, eu fiquei e bebi um cálice de vinho do Porto. Então vi que os Lee tinham questões familiares para discutir, e que minha presença ali os estava incomodando, por isso pedi licença e os deixei.

– E o que o senhor fez então?

Stephen Farr recostou-se na cadeira. Com o dedo indicador ele acariciou o queixo. E disse de maneira um tanto rígida:

– Eu... hum... entrei em uma sala grande com piso de parquê... uma espécie de salão de baile. Há um gramofone ali e discos para dançar. Eu coloquei alguns discos para tocar.

Poirot disse:

– Seria possível, talvez, que alguém se houvesse juntado ao senhor?

Um breve sorriso curvou os lábios de Stephen Farr. Ele respondeu:

– Seria possível, sim. A esperança é a última que morre.

E ele riu abertamente.

Poirot disse:

– A *senõrita* Estravados é muito bonita.

Stephen respondeu:

– Ela é, sem dúvida, a visão mais bonita que tive desde que cheguei à Inglaterra.

– A srta. Estravados juntou-se ao senhor? – perguntou o coronel Johnson.

Stephen balançou a cabeça.

– Eu ainda estava lá quando ouvi a confusão. Eu saí para a sala e corri como o diabo para ver o que era. Ajudei Harry Lee a arrombar a porta.

– E isso é tudo que o senhor tem para nos contar?

– Infelizmente, sim.

Hercule Poirot se inclinou para frente. E disse de forma delicada:

– Mas eu acho, monsieur Farr, que o senhor poderia nos contar bem mais se quisesse.

Farr retrucou:

– O que o senhor quer dizer com isso?

– O senhor conhece algo muito importante para esse caso: o caráter do sr. Lee. O senhor disse que seu pai falava muito sobre ele. Que tipo de homem seu pai descreveu ao senhor?

Stephen Farr disse devagar:

– Acho que entendi onde o senhor quer chegar. Como era Simeon Lee na juventude? Bem... suponho que o senhor queira que eu seja franco, não é?

– Por favor.

– Bem, para começar, não acho que Simeon Lee tenha sido um membro muito virtuoso da sociedade. Não digo que fosse um legítimo vigarista, mas passava bem perto. De qualquer maneira, sua moral não era algo de que se gabar. No entanto, era charmoso, e muito. E generoso ao extremo. Ninguém com uma história triste para contar jamais apelou a ele em vão. Ele bebia um pouco, mas não demais, era atraente para as mulheres e tinha senso de humor. Mesmo assim, ele tinha um traço vingativo peculiar em seu caráter. Fale do elefante que nunca esquece e estará falando de Simeon Lee. Meu pai contou-me vários casos em que Lee esperou por anos para se vingar de alguém que lhe tinha passado a perna.

O superintendente Sugden disse:

– Essa é uma faca de dois gumes. O senhor não tem conhecimento de alguém que tenha sido prejudicado por Simeon Lee na África do Sul, sr. Farr? Nada que tenha origem no passado e que pudesse explicar o crime cometido aqui esta noite?

Stephen Farr balançou a cabeça.

– Ele tinha inimigos, é claro, devia ter, sendo o homem que era. Mas não sei de nenhum caso específico. Além disso – seus olhos estreitaram-se –, pelo que sei (na realidade, andei perguntando a Tressilian), não havia estranhos nesta casa ou próximo dela esta noite.

Hercule Poirot disse:

– *Exceto o senhor*, monsieur *Farr*.

Stephen Farr se virou abruptamente para ele.

– Ah, mas é isso? Um suspeito desconhecido, dentro da propriedade! Bem, os senhores não descobrirão nada do gênero. Nenhuma história pregressa de Simeon Lee enganando Ebenezer Farr, e o filho de Eb voltando para vingar o pai! Não – ele balançou a cabeça. – Simeon e Ebenezer não tinham nada um contra o outro. Vim para cá, como já lhes contei, por pura curiosidade. E, além do mais, eu imagino que um gramofone seja um álibi tão bom quanto qualquer outro. Não parei em momento algum de colocar discos, alguém deve tê-los ouvido. Um disco não me daria tempo de correr até o andar de cima (e estes corredores têm um quilômetro de comprimento), cortar a garganta de um velho, limpar-me do sangue e voltar antes que os outros subissem correndo. Isso é ridículo!

O coronel Johnson disse:

– Não estamos fazendo quaisquer insinuações contra o senhor, sr. Farr.

Stephen Farr disse:

– Não gostei muito do tom usado pelo sr. Hercule Poirot.

– Que lamentável – disse Hercule Poirot.

Ele sorriu, sem maldade, para o outro. Stephen Farr olhou irado para ele. O coronel Johnson interveio rápido:

– Obrigado, sr. Farr. Isto é tudo por ora. O senhor não deve sair da casa, é claro.

Stephen Farr assentiu. Ele levantou-se e deixou a sala, com andar despreocupado.

Quando a porta fechou-se atrás dele, Johnson disse:

– Lá vai X, o fator desconhecido. A história dele é bem plausível. Mesmo assim, ele é o azarão. *Talvez* ele tenha surrupiado aqueles diamantes. Talvez tenha vindo para cá com uma história falsa, apenas para que o deixassem entrar na casa. É melhor você tomar as impressões digitais dele, Sugden, e ver se ele é conhecido.

– Eu já as tenho – disse o superintendente com um sorriso seco.

– Bom homem. Você não deixa passar muita coisa. Imagino que você esteja atento a todas as linhas de investigação mais óbvias, correto?

O superintendente Sugden conferiu nos dedos.

– Checar os telefonemas, horários etc. Checar Horbury. A hora em que saiu, quem o viu sair. Checar todas as entradas e saídas. Checar os empregados em geral. Checar a posição financeira dos membros da família. Entrar em contato com os advogados e checar o testamento. Fazer uma busca na casa pela arma e por manchas de sangue em roupas, e também por diamantes escondidos em algum lugar.

– Acho que isso cobre tudo – disse o coronel Johnson de maneira aprovadora.

– O senhor tem algo a sugerir, monsieur Poirot?

Poirot balançou a cabeça.

– Considero o superintendente um policial admiravelmente cuidadoso.

Sugden disse, sombrio:

– Não vai ser brincadeira procurar nesta casa pelos diamantes perdidos. Nunca vi tantos ornamentos e penduricalhos em minha vida.

– Os esconderijos são certamente muitos – concordou Poirot.

– Não há mesmo nada que você sugira, Poirot?

O chefe de polícia parecia um pouco desapontado, como um homem cujo cão se recusa a fazer um truque.

Poirot disse:

– Você permite que eu siga minha própria linha de investigação?

– Certamente, certamente – disse Johnson, ao mesmo tempo em que o superintendente Sugden perguntava, um pouco desconfiado:

– Que linha?

– Eu gostaria – disse Hercule Poirot – de conversar, reiteradamente, com os membros da família.

– Você quer interrogá-los mais uma vez? – perguntou o coronel, um pouco confuso.

– Não, não interrogar. Conversar!

– Por quê? – perguntou Sugden.

Hercule Poirot fez um gesto enfático com a mão.

– Em uma conversa surgem questões! Se um ser humano conversa muito, é impossível para ele evitar a verdade!

Sugden disse:

– O senhor acha que alguém está mentindo?

Poirot suspirou.

– *Mon cher*, todo mundo mente. É preciso separar o joio do trigo. É proveitoso separar as mentiras inofensivas das mentiras vitais.

O coronel Johnson replicou:

– Assim mesmo, é incrível, sabe. Aqui temos um assassinato particularmente grosseiro e brutal, e quem são os suspeitos? Alfred Lee e a sua esposa, ambos encantadores, bem-educados, tranquilos. George Lee, que é membro do parlamento e a essência da respeitabilidade. Sua esposa? Ela é apenas uma mulher de uma beleza moderna. David Lee parece ser um sujeito decente, e temos o testemunho do seu irmão Harry de que ele não suporta ver sangue. Sua esposa parece ser uma mulher boa e sensata, como tantas. Restam a sobrinha espanhola e o homem da África do Sul. Beldades espanholas têm temperamentos explosivos, mas não vejo aquela criatura atraente cortando o pescoço do velho a sangue-frio, já que, de acordo com o que sabemos agora, ela tinha todas as razões para mantê-lo vivo, pelo menos até ele assinar o novo testamento. Stephen Farr é uma possibilidade, isto é, ele pode ser um vigarista profissional e ter vindo atrás dos diamantes. O velho descobriu o sumiço, e Farr cortou-lhe a garganta para mantê-lo calado. Pode ter sido isso... Aquele álibi do gramofone não é muito bom.

Poirot balançou a cabeça.

– Meu caro amigo – disse ele. – Compare a compleição de monsieur Stephen Farr e do velho Simeon Lee. Se Farr decidisse matar o velho, ele poderia tê-lo feito em um minuto... Simeon Lee não teria como resistir. Dá para acreditar que aquele velho frágil e aquele magnífico exemplar de homem lutaram por alguns minutos, derrubando cadeiras e quebrando porcelanas? Imaginar tal coisa é absurdo!

Os olhos do coronel Johnson estreitaram-se.

– Você acha – disse ele – que um homem fraco matou Simeon Lee?

– Ou uma mulher! – disse o superintendente.

XVI

O coronel Johnson consultou seu relógio.

– Não há muito mais que eu possa fazer aqui. Você está com as coisas sob controle, Sugden. Ah, só uma coisa. Temos de ver o tal mordomo. Sei que você o interrogou, mas sabemos agora um pouco mais sobre os fatos. É importante confirmar com exatidão que todos estavam onde disseram estar no momento do assassinato.

Tressilian entrou devagar. O chefe de polícia disse a ele que se sentasse.

– Obrigado, senhor. Vou me sentar, se o senhor não se importa. Andei me sentindo estranho... muito estranho mesmo. Minhas pernas, senhor, e minha cabeça.

Poirot disse ternamente:

– Sim, você sofreu um choque.

O mordomo teve um calafrio.

– Uma... uma coisa tão violenta para acontecer. Nesta casa! Onde tudo sempre foi tão tranquilo.

Poirot disse:

– Era um lar, não era? Mas não feliz?

– Eu não gostaria de dizer isso, senhor.

– Nos velhos tempos, quando toda a família morava em casa, era um lugar feliz?

Tressilian disse devagar:

– Não era o que se chamaria de muito harmonioso, senhor.

– A falecida sra. Lee era quase uma inválida, não era?

– Sim, senhor, ela sofria muito.

– Os filhos gostavam dela?

– O sr. David era muito dedicado a ela. Como uma filha, mais do que como um filho. E depois que ela morreu, ele se foi, não suportava mais viver aqui.

Poirot disse:

– E o sr. Harry? Como ele era?

– Sempre foi um jovem bastante rebelde, senhor, mas de bom coração. Ah, ele deu-me um susto e tanto quando a campainha tocou e voltou a tocar, com tanta impaciência! Abri a porta e lá estava um homem estranho. A voz do sr. Harry disse: "Olá, Tressilian. Ainda aqui, hum?". O mesmo de sempre.

Poirot disse, compreensivo:

– Deve ter sido um sentimento estranho, sim, de fato.

Tressilian disse, com um ligeiro rubor no rosto:

– Às vezes parece, senhor, que o passado não passou! Creio que há uma peça de teatro em Londres sobre algo parecido. E tem razão, senhor, de fato tem. Há um sentimento que toma conta de você, de já ter feito tudo aquilo antes. Parece-me que ainda agora a campainha tocou e, quando a atendo, lá está o sr. Harry, mesmo que seja o sr. Farr ou outra pessoa. E digo a mim mesmo: "*Eu já fiz isso antes*".

Poirot disse:

– Isso é muito interessante... muito interessante.

Tressilian olhou para ele agradecido.

Johnson, de certa maneira impaciente, limpou a garganta e assumiu o rumo da conversa.

– Eu só gostaria de conferir alguns horários – disse ele. – Quando o ruído no andar de cima começou, pelo que entendi, somente o sr. Alfred Lee e o sr. Harry Lee estavam na sala de jantar. Estou correto?

– Eu de fato não saberia dizer, senhor. Todos os cavalheiros estavam lá quando servi café para eles, mas isso foi em torno de quinze minutos antes.

– O sr. George Lee estava telefonando. Você pode confirmar isso?

– Acho que alguém telefonou sim, senhor. A campainha toca na minha copa, e, quando alguém tira o fone do gancho para fazer uma ligação, há um ligeiro ruído na campainha. Lembro-me de tê-lo ouvido, mas não dei atenção.

– Você não sabe precisar exatamente quando isso ocorreu?

– Eu não saberia dizer, senhor. Foi depois de eu ter levado café para os cavalheiros. Isso é tudo que eu posso dizer.

– Você saberia dizer onde estava alguma das senhoras no momento que eu mencionei?

– A sra. Alfred estava na sala de estar, senhor, quando eu entrei no aposento com a bandeja de café. Isso foi apenas um minuto ou dois antes de ouvir o grito no andar de cima.

Poirot perguntou:

– O que ela estava fazendo?

– Ela estava parada junto à janela mais distante, senhor. Havia puxado um pouco a cortina e olhava para fora.

– E nenhuma das outras senhoras estava na sala?

– Não, senhor.

– Você sabe onde elas estavam?
– Não, de forma alguma, senhor.
– Você não sabe onde estavam os outros?
– Creio que o sr. David estava tocando piano na sala de música, ao lado da sala de estar.
– Você o ouviu tocar?
– Sim, senhor. – Mais uma vez, o velho estremeceu. – Foi como um sinal, senhor, senti-o depois. Ele tocava a *Marcha dos mortos*. Lembro que me causou arrepios, mesmo naquele momento.
– É curioso, sim – disse Poirot.
– Agora, a respeito desse sujeito, Horbury, o criado pessoal – disse o chefe de polícia. – Você juraria, sem nenhuma dúvida, que ele já havia saído às oito horas?
– Sim, senhor. Foi logo depois de o sr. Sugden chegar. Lembro-me disso com clareza, porque ele quebrou uma xícara de café.

Poirot disse:
– Horbury quebrou uma xícara de café?
– Sim, senhor, uma das antigas Worcester. Lavei-as por onze anos e nunca uma delas foi quebrada, até esta noite.

Poirot disse:
– O que Horbury fazia com xícaras de café?
– Bem, é claro que ele não deveria mexer nelas. Ele estava segurando uma, como se a estivesse admirando e, quando por acaso mencionei que o sr. Sugden estava aqui, ele deixou-a cair.

Poirot disse:
– Você disse "sr. Sugden" ou mencionou a palavra polícia?

Tressilian pareceu um pouco sobressaltado.
– Agora pensando melhor, senhor, mencionei que o superintendente de polícia havia chegado.
– E Horbury deixou cair a xícara de café – disse Poirot.

— Parece sugestivo — disse o chefe de polícia. — Horbury fez alguma pergunta sobre a visita do superintendente?

— Sim, senhor, ele perguntou o que o superintendente queria aqui. Eu disse que ele viera arrecadar fundos para o orfanato da polícia e subira para falar com o sr. Lee.

— Horbury pareceu aliviado quando você disse isso?

— Sabe, agora que o senhor mencionou, ele certamente pareceu aliviado. A postura dele mudou de imediato. Disse, de modo muito desrespeitoso, que o sr. Lee era um velho camarada e mão-aberta, e então saiu.

— Por onde?

— Pela porta do vestíbulo dos criados.

Sugden interveio:

— Não há problema, senhor. Ele passou pela cozinha, onde a cozinheira e a auxiliar o viram, e saiu pela porta dos fundos.

— Ouça, Tressilian, e pense com cuidado. Existe alguma maneira pela qual Horbury pudesse voltar à casa sem que ninguém o visse?

O velho balançou a cabeça.

— Não vejo como ele poderia ter feito isso, senhor. Todas as portas são trancadas por dentro.

— Supondo que ele tivesse uma chave?

— As portas também têm traves.

— Como ele faz para entrar quando chega?

— Ele tem uma chave para a porta dos fundos, senhor. Todos os empregados entram por ali.

— Ele *poderia* ter voltado por ali, afinal?

— Não sem passar pela cozinha, senhor. E a cozinha estaria ocupada até bem depois das nove e meia ou quinze para as dez.

O coronel Johnson disse:

— Isso parece conclusivo. Obrigado, Tressilian.

O velho se levantou e com uma mesura e deixou a sala. Ele voltou, entretanto, um minuto ou dois depois.

– Horbury chegou há pouco. O senhor gostaria de vê-lo agora?

– Sim, por favor. Mande-o imediatamente.

XVII

Sydney Horbury não apresentava uma aparência muito convidativa. Ele entrou na sala e parou, esfregando as mãos e lançando olhares rápidos de uma pessoa para outra. Seu comportamento era artificial.

Johnson disse:

– Você é Sydney Horbury?

– Sim, senhor.

– Criado pessoal do falecido sr. Lee?

– Sim, senhor. Que coisa terrível, não é? Fiquei estupefato quando Gladys deu-me a notícia. Pobre senhor...

Johnson o interrompeu.

– Apenas responda às minhas perguntas, por favor.

– Sim, senhor, como queira, senhor.

– A que horas você saiu hoje à noite e onde você esteve?

– Eu deixei a casa um pouco antes das oito horas, senhor. Fui ao cinema Superb, senhor, que fica a uns cinco minutos caminhando daqui. O filme era *Amor na velha Sevilha*, senhor.

– Alguém o viu lá?

– A jovem na bilheteria, senhor, ela me conhece. E o porteiro, ele me conhece também. E... hum... na realidade, eu estava acompanhado por uma jovem, senhor. Eu tinha um encontro com ela.

– Ah, você tinha, é? Qual o nome dela?

– Doris Buckle, senhor. Ela trabalha na Combined Dairies. Estrada Markham, 23, senhor.

– Bom. Nós vamos verificar isso. Você veio direto para casa?

— Eu levei a minha jovem acompanhante até em casa primeiro, senhor. Então voltei direto para cá. O senhor verá que estou falando a verdade. Não tenho nada a ver com isso. Eu estava...

O coronel Johnson disse abruptamente:

— Ninguém o está acusando de envolvimento algum.

— Não, senhor, é claro que não, senhor. Mas não é muito agradável quando um assassinato acontece em uma casa.

— Ninguém disse que era. Há quanto tempo você trabalha para o sr. Lee?

— Há pouco mais de um ano, senhor.

— Você gostava do seu trabalho?

— Sim, senhor. Eu estava bastante satisfeito. O pagamento era bom. O sr. Lee era um pouco difícil às vezes, mas é claro que estou acostumado a atender inválidos.

— Você teve uma experiência anterior?

— Sim, senhor. Eu trabalhei para o major West e para o juiz Jasper Flinch...

— Você pode dar todos esses detalhes para o Sugden, mais tarde. O que eu quero saber é o seguinte: a que horas você viu o sr. Lee pela última vez, esta noite?

— Era em torno das sete e meia, senhor. Uma ceia leve era trazida ao sr. Lee todas as noites, às sete horas. Em seguida, eu o preparava para dormir. Após isso, ele sentava-se em frente ao fogo, vestido com seu roupão, até ter vontade de ir para a cama.

— A que horas isso ocorria normalmente?

— Variava, senhor. Às vezes, ele ia para cama muito cedo, pelas oito horas, isso quando estava cansado. Às vezes ele ficava acordado até as onze ou mais.

— O que ele fazia quando decidia ir para cama?

— Normalmente ele me chamava, senhor.

— E você o ajudava a ir para cama?

— Sim, senhor.

— Mas esta era a sua noite de folga. Você sempre teve as sextas-feiras livres?

— Sim, senhor. Sexta-feira era meu dia combinado.

— O que acontecia quando o sr. Lee decidia ir para cama?

— Ele tocava a sineta e era atendido por Tressilian ou Walter.

— Ele não era inválido? Ele conseguia mover-se?

— Sim, senhor, mas não com muita facilidade. Ele sofria de artrite reumatoide, senhor. Em alguns dias ele estava pior do que em outros.

— Ele nunca ia para outro aposento durante o dia?

— Não, senhor. Ele preferia ficar apenas naquele quarto. O sr. Lee não era extravagante nos seus gostos. Era um quarto espaçoso, bem-ventilado e iluminado.

— Você disse que o sr. Lee ceava às sete?

— Sim, senhor. Eu recolhia a bandeja e colocava o conhaque e dois copos sobre a escrivaninha.

— Por que você fazia isso?

— Ordens do sr. Lee.

— Isso era costumeiro?

— Às vezes. Era regra que ninguém da família fosse vê-lo à noite, a não ser que ele convidasse. Algumas noites ele gostava de ficar sozinho. Outras noites ele mandava chamar o sr. Alfred ou a sra. Alfred, ou os dois, para subir depois do jantar.

— Mas, até onde você sabe, essa não foi uma dessas ocasiões, não é? Isto é, ele não havia mandado nenhum recado a um membro da família pedindo sua presença.

— Não havia mandado nenhum recado por *mim*, senhor.

— Assim sendo, ele não estava esperando ninguém da família?

— Ele poderia, em pessoa, ter convidado alguém, senhor.

– É claro.

Horbury continuou:

– Eu vi que tudo estava em ordem, desejei boa noite ao sr. Lee e deixei o quarto.

Poirot perguntou:

– Você fez o fogo antes de deixar o quarto?

O criado hesitou.

– Não foi necessário, senhor. Ele estava bem preparado.

– O próprio sr. Lee pode ter feito isso?

– Ah, não, senhor. Imagino que o sr. Harry Lee tenha feito.

– O sr. Harry Lee estava com ele quando você subiu antes do jantar?

– Sim, senhor. Ele saiu quando eu entrei.

– Como estava a relação entre os dois, até onde você possa julgar?

– O sr. Harry Lee parecia estar de muito bom humor, senhor. Jogando a cabeça para trás e rindo bastante.

– E o sr. Lee?

– Ele estava calado e um tanto pensativo.

– Compreendo. Agora, tem algo mais que eu gostaria de saber, Horbury: o que você pode nos contar sobre os diamantes que o sr. Lee mantinha no cofre?

– Diamantes, senhor? Nunca vi nenhum diamante.

– O sr. Lee mantinha uma quantidade de pedras não lapidadas ali. Com certeza você já o tinha visto manuseando-as.

– Aquelas pedrinhas esquisitas, senhor? Sim, eu o vi com elas uma ou duas vezes. Mas eu não sabia que eram diamantes. Ele as estava mostrando para a jovem estrangeira ontem mesmo... ou teria sido anteontem?

O coronel Johnson disse abruptamente:

– Essas pedras foram roubadas.

Horbury exclamou:

– Espero que o senhor não esteja pensando que *eu* tenha algo a ver com isso!

– Não estou fazendo nenhuma acusação – disse Johnson. – Agora, há algo que você possa contar-nos, que tenha alguma importância neste caso?

– Sobre os diamantes, senhor? Ou sobre o assassinato?

– Ambos.

Horbury considerou a questão. Ele passou a língua sobre seus lábios pálidos. Por fim, encarou o policial com olhos um pouco furtivos.

– Acho que não há nada, senhor.

Poirot disse delicadamente:

– Nada que você tenha ouvido, digamos, durante o cumprimento de seus deveres, que poderia ser útil?

As pálpebras do criado tremeram um pouco.

– Não, acho que não, senhor. Havia um ligeiro constrangimento entre o sr. Lee e... e alguns membros da sua família.

– Quais membros?

– Deduzi que havia um pequeno problema com o retorno do sr. Harry. O sr. Alfred Lee ressentia-se disso. Pelo que sei, ele e o pai trocaram algumas palavras ásperas sobre o assunto, mas foi tudo. O sr. Lee não o acusou em momento algum de ter roubado os diamantes. E tenho certeza de que o sr. Alfred não faria algo assim.

Poirot perguntou:

– A conversa dele com o sr. Alfred foi *depois* do sr. Simeon Lee ter descoberto o sumiço dos diamantes, não é?

– Sim, senhor.

Poirot inclinou-se para frente.

– Eu pensei, Horbury – disse ele com calma –, *que você não sabia do roubo dos diamantes até ser informado por nós, agora mesmo*. Como, então, você sabe que o sr. Lee havia descoberto a perda deles *antes* de ter essa conversa com o filho?

Horbury ficou vermelho como um pimentão.

– Não vale a pena mentir. Vamos, quando você ficou sabendo? – disse Sugden.

Horbury disse taciturno:

– Eu o ouvi telefonando para alguém sobre isso.

– Você não estava no quarto?

– Não, do lado de fora da porta. Não consegui ouvir muito... só uma palavra ou duas.

– O que você ouviu exatamente? – perguntou Poirot com candura.

– Eu ouvi as palavras roubo e diamantes, e o ouvi dizer: "Não sei de quem suspeitar"... E o ouvi dizer algo sobre esta noite às oito horas.

O superintendente Sugden anuiu.

– Era comigo que ele estava falando, meu rapaz. Em torno das 17h10, não é?

– Isso mesmo, senhor.

– E depois, quando você entrou no quarto dele, ele parecia nervoso?

– Só um pouco, senhor. Parecia absorto e preocupado.

– Tanto que você aproveitou a deixa, não foi?

– Olhe aqui, sr. Sugden, não aceito que o senhor diga coisas assim. Nunca toquei em diamante algum, e o senhor não tem como prová-lo. Não sou um ladrão.

O superintendente Sugden, sem se deixar impressionar, disse:

– É o que veremos. – Ele lançou um rápido olhar de interrogação ao chefe de polícia, recebeu um meneio afirmativo e prosseguiu: – Já terminamos, meu rapaz. Não precisaremos de você outra vez, por hoje.

Horbury saiu, apressado e agradecido.

Sugden disse com admiração:

– Belo trabalho, monsieur Poirot. Que excelente armadilha o senhor preparou para ele. Ele pode ou não ser um ladrão, mas por certo é um mentiroso de primeira categoria!

— Uma pessoa ordinária – disse Poirot.

— Sujeitinho detestável – concordou Johnson. – A pergunta é: o que você acha do testemunho dele?

Sugden resumiu os fatos com precisão:

— Parece-me que há três possibilidades: (1) Horbury é ladrão *e* assassino. (2) Horbury é ladrão, mas *não* assassino. (3) Horbury é um homem inocente. Há certos indícios em prol da alternativa (1). Ele ouviu o telefonema e soube que o roubo havia sido descoberto. Deduziu pelo comportamento do velho que este suspeitava dele. Fez seus planos de acordo. Saiu de maneira ostensiva às oito horas e criou um álibi. Não é difícil sair de um cinema e retornar sem ser notado. Entretanto, ele teria de confiar bastante em que a garota não o entregasse. Verei o que posso tirar dela amanhã.

— Como, então, ele conseguiu entrar outra vez na casa? – perguntou Poirot.

— Isso é mais difícil – admitiu Sugden. – Mas pode haver maneiras. Digamos que uma das criadas tenha-lhe aberto uma porta lateral.

Poirot ergueu as sobrancelhas em dúvida.

— Ele colocou sua vida nas mãos de duas mulheres? Com *uma* mulher seria correr um grande risco; com *duas... eh, bien*, acho o risco extraordinário!

Sugden disse:

— Alguns criminosos acham que podem se safar de tudo!

Ele prosseguiu:

— Vamos à alternativa (2). Horbury surrupiou os diamantes. Ele os levou embora hoje à noite e, quem sabe, entregou-os a algum cúmplice. O que seria bastante fácil e muitíssimo provável. Agora vamos admitir que outra pessoa tenha escolhido esta noite para assassinar o sr. Lee. Essa pessoa não saberia nada do problema dos diamantes. É possível, é claro, mas seria uma coincidência um tanto demasiada.

"Possibilidade (3): Horbury é inocente. Outra pessoa roubou os diamantes e assassinou o velho senhor. Aí está. Cabe a nós chegarmos à verdade."

O coronel Johnson bocejou. Ele olhou mais uma vez para o relógio e levantou-se.

– Bem – disse ele –, acho que daremos a noite por encerrada, hum? Será melhor dar apenas mais uma olhada no cofre, antes de irmos. Seria incrível se os malditos diamantes estivessem ali o tempo todo.

Mas os diamantes não estavam no cofre. Eles encontraram a combinação onde Alfred Lee dissera que ela estaria: na pequena agenda tirada do bolso do roupão do morto. No cofre eles encontraram uma bolsa de camurça vazia. Entre os papéis que o cofre continha, apenas um interessava.

Era um testamento datado de uns quinze anos antes. Após vários legados e doações, as cláusulas eram bastante simples. Metade da fortuna de Simeon Lee iria para Alfred Lee. A outra metade deveria ser dividida, em partes iguais, entre os filhos restantes: Harry, George, David e Jennifer.

Parte 4

25 de dezembro

I

Sob o sol brilhante do meio-dia de Natal, Poirot caminhava nos jardins da mansão Gorston. A mansão em si era uma casa grande e sólida, construída sem nenhuma pretensão arquitetônica particular.

Aqui, no lado sul, havia um amplo terraço flanqueado por uma sebe de arbustos aparados. Plantas pequenas cresciam entre as lajes e, em intervalos ao longo do terraço, havia alguns vasos de pedra arranjados como jardins em miniatura.

– *C'est bien imaginé, ça!**

À distância, ele viu duas figuras indo na direção do lago ornamental, a uns trezentos metros dali. Reconheceu com facilidade a figura de Pilar e pensou primeiramente que a outra era Stephen Farr, mas viu que o homem com Pilar era Harry Lee. Harry parecia muito atencioso com sua sobrinha atraente. Em intervalos, ele jogava a cabeça para trás e ria, e depois se inclinava outra vez, atento, na direção dela.

– Com certeza, aquele ali não está de luto – murmurou Poirot para si mesmo.

Um ruído suave atrás dele fez com que se voltasse. Magdalene Lee estava parada ali. Ela também estava olhando para as figuras do homem e da garota, que se distanciavam. Virou a cabeça e sorriu encantadora para Poirot. Ela disse:

---

* "Bem pensado, isso!" (N.T.)

— Que glorioso dia de sol! Mal se pode acreditar em todos os horrores da noite passada, não é, monsieur Poirot?

— É realmente difícil, madame.

Magdalene suspirou.

— Nunca me envolvi em uma tragédia antes. Eu... me tornei adulta ainda há pouco. Acho que permaneci criança por muito tempo... Não é uma coisa boa de se fazer.

Mais uma vez ela suspirou e disse:

— Pilar, no entanto, parece ter uma autoconfiança extraordinária. Acho que é o sangue espanhol. É tudo muito estranho, não é?

— O que é estranho, madame?

— A maneira como ela apareceu aqui, do nada.

Poirot disse:

— Fiquei sabendo que o sr. Lee estava procurando por ela já fazia um tempo. Ele estava se correspondendo com o consulado em Madri e com o vice-cônsul em Aliquara, onde a mãe dela morreu.

— Ele foi muito reservado quanto a tudo isso – disse Magdalene. – Alfred não sabia nada a respeito. Nem Lydia.

— Ah! – disse Poirot.

Magdalene se aproximou um pouco dele. Ele podia sentir o cheiro do perfume delicado que ela usava.

— O senhor sabe, monsieur Poirot, que existe uma história ligada ao marido de Jennifer, Estravados? Ele morreu um pouco depois do casamento, e há um certo mistério envolvido. Alfred e Lydia sabem o que é. Creio que foi algo muito... desonroso...

— Isso – disse Poirot – é de fato triste.

Magdalene disse:

— Meu marido acha, e eu concordo com ele, que a família deveria ter sido melhor informada sobre os antecedentes da garota. Afinal de contas, o pai dela foi um *criminoso*...

Ela fez uma pausa, mas Hercule Poirot não disse nada. Ele parecia estar admirando as belezas naturais que se podiam ver durante o inverno, nos jardins da mansão Gorston.

Magdalene disse:

– Não consigo evitar a impressão de que a morte de meu sogro foi, de certo modo, significativa. Ela... ela foi *tão pouco inglesa*.

Hercule Poirot voltou-se devagar. Seus olhos graves encontraram os dela, em indagação inocente.

– Ah – disse ele. – O traço espanhol, a senhora acha?

– Bem, eles são cruéis, não são? – A voz de Magdalene tinha um apelo infantil. – Todas aquelas touradas e tudo mais.

Hercule Poirot falou, divertido:

– A senhora está dizendo que, em sua opinião, a *señorita* Estravados cortou a garganta do avô?

– Ah, não, monsieur Poirot! – Magdalene foi veemente. Ela estava chocada. – Eu nunca diria algo assim! Não mesmo!

– Bem – disse Poirot. – Talvez não tenha dito.

– Mas eu acho que ela é... bem, uma pessoa suspeita. A maneira furtiva com que ela pegou algo do chão na noite passada, por exemplo.

Um tom diferente insinuou-se na voz de Poirot. Ele disse num ímpeto:

– Ela apanhou algo do chão, na noite passada?

Magdalene anuiu. Sua boca infantil torceu-se de rancor.

– Sim, tão logo entramos no quarto. Ela olhou rápido à sua volta, para ver se alguém a estava vendo, e então saltou sobre a coisa. Mas, fico contente em dizer, aquele superintendente a viu e tomou-lhe o objeto.

– O que ela apanhou, a senhora sabe, madame?

– Não. Eu não estava próximo o suficiente para ver. – O tom de Magdalene pedia desculpas. – Era algo muito pequeno.

Poirot franziu o cenho.

– Isso é interessante – ele murmurou para si mesmo.

Magdalene apressou-se em dizer:

– Sim, achei que o senhor deveria ficar sabendo. Afinal de contas, não sabemos *nada* da educação de Pilar ou de sua vida pregressa. Alfred é sempre tão desconfiado, e a querida Lydia, tão despreocupada. – Então ela murmurou: – Talvez seja melhor ver se posso ajudar Lydia de alguma maneira. Pode haver cartas para escrever.

Ela o deixou, com um sorriso de malícia satisfeita nos lábios.

Poirot continuou no terraço, perdido em pensamentos.

II

Sugden veio até ele. O superintendente de polícia parecia abatido. Ele disse:

– Bom dia, sr. Poirot. Não parece muito certo desejar feliz Natal, parece?

– *Mon cher collègue*, decerto não vejo nenhum traço de alegria em seu semblante. Se você tivesse dito "Feliz Natal", eu não teria respondido: "Por muitos anos!".

– Não desejo outro como este, de fato – disse Sugden.

– O senhor fez algum progresso?

– Verifiquei várias questões. O álibi de Horbury é sólido. O porteiro no cinema o viu entrar com a garota e o viu sair com ela, no fim da projeção, e parece haver bastante certeza de que ele não saiu do cinema, e não poderia ter saído e retornado durante a projeção. A garota jura convicta que ele esteve lá com ela o tempo inteiro.

As sobrancelhas de Poirot arquearam-se.

– Não vejo o que mais há para se dizer.

O cínico Sugden disse:

– Bem, com garotas, nunca se sabe! Elas contam mentiras descaradas por amor a um homem.

– O que faz justiça aos seus corações – disse Hercule Poirot.

Sugden resmungou.

– Trata-se de um ponto de vista estrangeiro. Desconsidera os fins da justiça.

Hercule Poirot disse:

– A justiça é uma coisa muito estranha. O senhor já refletiu sobre o assunto?

Sugden o encarou. Ele disse:

– O senhor é esquisito, sr. Poirot.

– De forma alguma. Sigo uma linha lógica de pensamento. Mas não discutamos a questão. É sua crença, então, que essa *demoiselle* de meia-tigela não está falando a verdade?

Sugden balançou a cabeça.

– Não – disse ele –, não é nada disso. De fato, acho que ela *diz* a verdade. Ela é uma garota simples e acho que, se estivesse me contando um monte de mentiras, eu perceberia.

Poirot disse:

– Baseado em sua experiência?

– Exatamente, sr. Poirot. Sabe-se, com alguma certeza, após tomar depoimentos durante uma vida inteira, quando alguém mente ou não. Não, acho que o relato da garota é genuíno e, se for, Horbury *não* poderia ter matado o velho sr. Lee, o que nos traz de volta às pessoas da casa.

Ele respirou fundo.

– Um deles o matou, sr. Poirot. Um deles o matou. Mas *qual*?

– O senhor não tem nenhum dado novo?

– Sim, tive um pouco de sorte com os telefonemas. O sr. George Lee fez uma ligação para Westeringham quando faltavam dois minutos para as nove. Essa ligação durou menos de seis minutos.

– Aha!

– Exato! Além disso, nenhuma outra ligação foi feita, para Westeringham ou qualquer outro lugar.

– Muito interessante – disse Poirot com aprovação. – Monsieur George Lee afirma que havia desligado o telefone um pouco antes de ouvir o ruído no andar de cima, mas na realidade havia concluído a ligação quase *dez minutos antes*. Onde ele esteve nesses dez minutos? A sra. George Lee diz que ela estava telefonando, mas não chegou a fazer uma ligação. Onde *ela* estava?

Sugden disse:

– Eu o vi falando com ela, monsieur Poirot?

Seu tom de voz trazia uma pergunta, mas Poirot respondeu:

– O senhor está equivocado.

– Hum?

– *Eu* não estava falando com *ela*. *Ela* estava falando *comigo*!

– Ah... – A impaciência de Sugden parecia prestes a ignorar a diferença; mas, quando ele compreendeu o que ela significava, disse: – *Ela* estava falando com o *senhor*, é isso?

– Com toda segurança. Ela veio aqui para fora com esse intuito.

– O que ela tinha a dizer?

– Ela desejava ressaltar certos motivos: o caráter anti-inglês do crime, as possíveis características indesejáveis da srta. Estravados, herdadas do lado paterno, e o fato de que a srta. Estravados havia apanhado algo do chão, de maneira furtiva, na noite passada.

– Foi o que ela disse, não foi? – disse Sugden com interesse.

– Sim. O que a *señorita* juntou do chão?

Sugden suspirou.

– Eu poderia dar-lhe trezentas chances para adivinhar! Mostrarei ao senhor. É uma daquelas coisas que soluciona mistérios em histórias de detetive! Se o senhor puder concluir o que seja, aposento-me da força policial.

– Mostre-me.

Sugden tirou do bolso um envelope e despejou seu conteúdo na palma da mão. Um ligeiro sorriso apareceu em seu rosto.

– Aí está. O que o senhor me diz?

Na larga palma da mão do superintendente havia um pedacinho triangular de borracha cor-de-rosa e um pequeno pino de madeira.

Seu sorriso aumentou quando Poirot tomou os artigos e franziu o cenho ao observá-los.

– Alguma ideia, sr. Poirot?

– Esta borrachinha pode ter sido cortada de um estojo de toalete?

– E foi. Vem de um estojo de toalete que estava no quarto do sr. Lee. Alguém com uma tesoura afiada cortou dele apenas um pequeno pedaço triangular. Pelo que sei, o próprio sr. Lee poderia tê-lo feito. Mas escapa-me o motivo. Horbury não pôde esclarecer nada. Quanto ao pino, tem o tamanho de um pino de *cribbage**, mas estes costumam ser feitos de marfim. Esse aí é de madeira bruta, e eu diria que foi bastante desbastado.

– É extraordinário – murmurou Poirot.

– Fique com eles se o senhor quiser – disse Sugden generosamente. – *Eu* não os quero.

– *Mon ami*, eu não o privaria deles!

– Eles não sugerem nada ao senhor?

– Devo confessar que nada, em absoluto!

---

* Jogo de cartas no qual o escore é atualizado inserindo-se pinos pequenos em buracos dispostos em filas sobre um tabuleiro. (N.T.)

— Esplêndido! – disse Sugden com pesado sarcasmo, retornando-os a seu bolso. – *Estamos* progredindo!

Poirot disse:

— A sra. George Lee lembra que a jovem dama inclinou-se e juntou do chão essas ninharias, de maneira furtiva. O senhor diria que isso é verdade?

Sugden ponderou a questão.

— Nã...ão – disse ele, hesitante. – Eu não iria tão longe. Ela não parecia culpada, nada disso, mas agiu muito, como dizer?, rápida e tranquila, se o senhor entende. *E ela não sabia que eu a tinha visto*! Disso tenho certeza. Ela assustou-se quando a abordei.

Poirot disse, pensativo:

— Quer dizer que *havia* uma razão? Mas que razão concebível poderia haver? Aquele pedacinho de borracha está inteiro. Não foi usado para nada. E pode não ter sentido algum, porém...

Sugden disse, impaciente:

— Bem, o senhor pode preocupar-se com isso se quiser, sr. Poirot. Tenho outras coisas em que pensar.

Poirot perguntou:

— Em que pé está o caso, em sua opinião?

Sugden sacou seu caderno de anotações.

— Vamos aos *fatos*. Para começar, há pessoas que *não* poderiam ter cometido o crime. Vamos descartá-las, antes de tudo...

— E elas são?

— Alfred e Harry Lee. Eles têm um álibi definitivo. Também a sra. Alfred Lee, uma vez que Tressilian a viu na sala de estar apenas um minuto antes de a briga começar no andar de cima. Esses três estão limpos. Vamos agora aos outros. Tenho aqui uma lista, para efeito de clareza.

Ele passou a agenda para Poirot.

	No momento do crime
George Lee	?
Sra. George Lee	?
David Lee	Tocando piano na sala de música (confirmado por sua esposa)
Sra. David Lee	Na sala de música (confirmado pelo marido)
Srta. Estravados	No seu quarto (sem confirmação)
Stephen Farr	No salão de baile tocando gramofone (confirmado por três empregados que podiam ouvir a música no vestíbulo dos empregados)

Poirot disse, devolvendo a lista:

– E então?

– E então – disse Sugden –, George Lee poderia ter matado o velho. A sra. George Lee poderia tê-lo matado. Pilar Estravados poderia tê-lo matado; *tanto* o sr. *quanto* a sra. David Lee poderiam tê-lo matado, mas não *ambos*.

– O senhor não aceita o álibi?

O superintendente Sugden balançou a cabeça, enfático:

– Nem pensar! Esposa e marido, devotados um ao outro! Eles podem ter agido juntos ou, se um deles cometeu o crime, o outro está pronto para oferecer, sob juramento, um álibi. Entendo desta maneira: *alguém* estava na sala de música tocando piano. *Pode* ter sido David Lee. É provável que fosse, já que ele é um músico reconhecido, mas não há como dizer se a esposa dele também estava lá, *exceto a palavra dela e a dele*. Da mesma maneira, *pode* ter sido Hilda quem tocava o piano, enquanto David Lee esgueirava-se até o andar de cima e matava seu pai! Não, trata-se de um caso bem diferente dos dois irmãos na sala de jantar. Alfred Lee e Harry Lee não se gostam. Nenhum dos dois cometeria perjúrio em favor do outro.

— E Stephen Farr?

— Ele é um possível suspeito porque aquele álibi do gramofone é um pouco fraco. Por outro lado, esse tipo de álibi costuma ser mais sólido do que os bons e velhos álibis blindados e inatacáveis que, aposto dez contra um, foram forjados de antemão.

Poirot baixou a cabeça, pensativo.

— Entendo o que quer dizer. É o álibi de alguém *que não sabia que deveria providenciar um.*

— Exato! Mesmo assim, porém, não acredito que um estranho esteja envolvido neste caso.

Poirot disse rápido:

— Concordo. É um problema de *família*. Trata-se de um veneno que está no sangue, é íntimo... arraigado. Creio que há aqui *ódio* e *conhecimento*...

Ele gesticulou.

— Não sei, é difícil!

Sugden esperou que Poirot concluísse, respeitoso, mas não muito impressionado. Ele disse:

— É verdade, sr. Poirot. Mas chegaremos lá, não tema, por eliminação e lógica. Temos agora os possíveis autores, aqueles que tiveram *oportunidade*. George Lee, Magdalene Lee, David Lee, Hilda Lee, Pilar Estravados e, acrescento, Stephen Farr. Agora vamos ao *motivo*. Quem tinha um *motivo* para tirar o velho sr. Lee do caminho? Mais uma vez, podemos excluir certas pessoas. A srta. Estravados, por exemplo.

"Até onde sei, pelo testamento atual ela não recebe nada. Se Simeon Lee houvesse morrido antes da mãe da srta. Estravados, a parte daquela viria para esta (a não ser que o testamento da mãe determinasse de outra forma), mas, como Jennifer Estravados morreu antes de Simeon Lee, aquele legado em particular reverte aos outros membros da família. De forma que a srta. Estravados tinha um interesse definitivo em manter o velho vivo. Ele passara a gostar dela. É certo que ele teria deixado a ela uma boa quantia, no novo testamento. Ela tinha tudo a perder e nada a ganhar com o assassinato. O senhor concorda?"

– Perfeitamente.

– Persiste, é claro, a possibilidade de que ela tenha-lhe cortado a garganta no calor de uma discussão, o que não me parece nada provável. Para começar, eles estavam se dando muito bem, e ela não estava aqui há tempo suficiente para guardar algum rancor dele. Portanto, parece bastante improvável que a srta. Estravados tenha algo a ver com o crime, embora se possa argumentar que cortar a garganta de um homem seja um crime anti-inglês. Não foi o que disse sua amiga, a sra. George?

– Não a chame de *minha* amiga – disse Poirot, impaciente. – Ou falarei de *sua* amiga srta. Estravados, que o acha tão bonito!

Ele teve o prazer de ver a postura oficial do superintendente perturbada mais uma vez. O oficial de polícia enrubesceu. Poirot olhou para ele com maliciosa satisfação, dizendo em um tom suplicante:

– Seu bigode é realmente magnífico... Diga-me, o senhor usa um creme especial?

– *Creme*? Por Deus, não!

– O que o senhor usa?

– Uso? Nada. Ele... apenas cresce.

Poirot suspirou.

– O senhor foi favorecido pela natureza. – Ele afagou seu próprio bigode, negro e abundante, e suspirou. – Por mais caro que seja o produto – ele murmurou – para restaurar a cor natural, ele empobrece um pouco a qualidade dos fios.

O superintendente Sugden, pouco interessado em problemas capilares, prosseguiu de maneira impassível:

– Considerando o *motivo* para o crime, eu diria que talvez possamos excluir o sr. Stephen Farr. Não descarto a hipótese de que houve algum negócio escuso entre seu pai e o sr. Lee e o primeiro saiu perdendo, mas duvido. Os modos de Farr estavam muito tranquilos e seguros quando mencionou o assunto. Ele estava bastante confiante, e não creio que estivesse atuando. Não creio que acharemos algo ali.

– Acredito que não acharão – disse Poirot.

– E há outra pessoa com um motivo para manter o velho sr. Lee vivo: seu filho Harry. É verdade que ele é beneficiado pelo testamento, mas não creio que *ele soubesse disso*. Ao menos não poderia ter *certeza*! A impressão geral parecia ser de que Harry havia sido privado em definitivo de sua parte na herança, assim que abandonou a família. Mas agora ele estava prestes a voltar às boas graças! Ele só tinha a ganhar com o novo testamento. Não seria tolo a ponto de matar o pai agora. Na realidade, como sabemos, ele não *poderia* tê-lo feito. Está vendo, estamos progredindo. Estamos afastando muita gente do caminho.

– É verdade. Muito em breve não sobrará ninguém!

Sugden abriu um largo sorriso.

– Não estamos indo tão rápido assim! Temos George Lee e sua esposa, e David Lee e a sra. David. Eles todos se beneficiariam com a morte, e George Lee, pelo que pude deduzir, está precisando de dinheiro. Além do mais, seu pai o estava ameaçando com uma redução de mesada. Então temos George Lee, com um motivo e uma oportunidade!

– Continue – disse Poirot.

– E temos a sra. George! Gosta tanto de dinheiro quanto um gato gosta de leite. E eu apostaria que ela está endividada neste exato momento! Ela tinha inveja da garota espanhola. Ela foi rápida em perceber que a outra estava ganhando ascendência sobre o velho. E ouviu-o dizer que mandara chamar o advogado. Ela agiu rapidamente. Pode-se construir um caso a partir daí.

– É possível.

– Depois temos David Lee e esposa. Eles têm direito à herança com o atual testamento, mas não creio, por alguma razão, que dinheiro seja o motivo principal no caso deles.

– Não?

– Não. David Lee parece um tanto sonhador, não um tipo mercenário. Mas ele é... bem, ele é *esquisito*. Entendo que existam três motivos possíveis para o assassinato: há a complicação dos diamantes, há o testamento e há... bem, *ódio* puro e simples.

– Ah, o senhor percebeu, não?

Sugden disse:

– Por certo. Tenho pensado nisso o tempo inteiro. *Se* David Lee matou o pai, não acho que tenha sido por dinheiro. E ele ser o criminoso poderia explicar o... bem, a sangria!

Poirot olhou para ele com admiração.

– Sim, eu me perguntava quando o senhor levaria isso em consideração. Tanto sangue... foi o que a sra. Alfred disse. Remonta a rituais antigos, aos sacrifícios sangrentos, à unção com sangue de um sacrifício...

Sugden disse, franzindo o cenho:

– O senhor afirma que o assassino do sr. Lee, seja quem for, estava louco?

– *Mon cher*... há toda sorte de instintos profundos no homem, dos quais ele mesmo não tem consciência. O desejo de sangue... a exigência de sacrifício!

Sugden, em dúvida, disse:

– David Lee parece um sujeito tranquilo, inofensivo.

Poirot disse:

— O senhor não compreende a psicologia. David Lee é um homem que vive no passado, um homem para quem a memória da mãe ainda está muito viva. Ele manteve-se distante do pai por muitos anos, porque não conseguia perdoar o modo como o pai tratava a mãe. Suponhamos que tivesse vindo até aqui para perdoar. *Mas talvez não tenha sido capaz de perdoar.* Sabemos de uma coisa: quando David Lee esteve ao lado do cadáver de seu pai, alguma parte dele foi apaziguada e satisfeita. *"Os moinhos de Deus moem devagar, mas moem extraordinariamente bem..."* Castigo! Punição! A maldade apagada pela expiação!

Sugden estremeceu de repente. Ele disse:

— Não fale assim, sr. Poirot. Fiquei assustado. Pode ser como o senhor está dizendo. Nesse caso, a sra. David o sabe, e quer acobertar o marido de todas as maneiras possíveis. Posso imaginá-la fazendo isso. Por outro lado, não consigo imaginá-la como assassina. Ela é o tipo de mulher tão comum e tranquila.

Poirot olhou curioso para ele.

— Essa é a impressão que o senhor tem dela? — murmurou ele.

— Bem, sim... uma pessoa doméstica, se é que o senhor me entende!

— Ah, entendo com precisão!

Sugden olhou para ele.

— Vamos lá, sr. Poirot, o senhor tem ideias sobre o caso. Conte-nos.

Poirot disse devagar:

— Tenho ideias, sim, mas bastante incertas. Deixe-me primeiro ouvir seu resumo do caso.

— Bem, é como eu disse... três motivos possíveis: ódio, ganância e essa complicação dos diamantes. Analisemos os fatos cronologicamente.

"Três e meia. Reunião familiar. Conversa telefônica com o advogado ouvida por toda a família. Então o velho descarrega sua ira sobre a família e manda todos embora. Eles fogem como um bando de coelhos assustados."

– Hilda Lee ficou para trás – disse Poirot.

– Ficou mesmo. Mas não por muito tempo. Em torno das seis horas, Alfred tem uma conversa com seu pai, uma conversa desagradável. Harry será reintegrado à família. Alfred não fica satisfeito. Alfred, é claro, *tem* de ser nosso principal suspeito. Ele tinha, de longe, o motivo mais forte. Entretanto, para prosseguir, Harry é o próximo. Ele está cheio de energia. Tem o velho no lugar exato em que o queria. Mas *antes* das duas conversas, Simeon Lee deu falta dos diamantes e telefonou-me.

"Ele não quer mencionar a perda a nenhum dos dois filhos. Por quê? Em minha opinião, ele estava seguro de que nenhum deles tinha nada a ver com isso. Acredito, como venho dizendo, que o velho suspeitava de Horbury e de *uma outra pessoa.* E estou certo do que ele pretendia fazer.

"Lembre-se: ele disse de modo claro que não desejava companhia lá em cima naquela noite. Por quê? Porque estava preparando caminho para duas coisas: a primeira era a minha visita; e a segunda, a visita *daquela outra pessoa suspeita.* Ele pediu a *alguém* para subir e vê-lo logo depois do jantar. Quem poderia ser? Poderia ter sido George Lee. Muito mais provável que tenha sido a sra. Lee.

"E, nesse momento, há outra pessoa que retorna ao quadro: Pilar Estravados. Ele havia-lhe mostrado os diamantes. Havia-lhe dito o quanto valiam. Como saber se a garota não é uma ladra? Lembre-se daquelas sugestões misteriosas sobre o comportamento desonroso do pai dela. Talvez ele fosse ladrão profissional e houvesse terminado preso."

Poirot disse lentamente:

– E assim, como o senhor disse, Pilar Estravados retorna ao quadro.

– Sim... como *ladra*. Não há outra maneira. Ela *talvez* tenha perdido a cabeça quando foi descoberta. Ela *talvez* tenha se voltado contra o avô e o atacado.

Poirot disse com vagar:

– É possível... sim...

O superintendente Sugden olhou para ele atentamente.

– Mas essa não é a *sua* teoria? Vamos lá, sr. Poirot, qual *é* a sua teoria?

Poirot disse:

– Eu sempre volto à mesma questão: *o caráter do morto*. Que tipo de homem era Simeon Lee?

– Não há muito mistério a esse respeito – disse Sugden encarando-o.

– Conte-me, então. Isto é, conte-me o que se sabia do homem, sob o ponto de vista local.

O superintendente Sugden passou um dedo hesitante no queixo. Parecia perplexo. Ele disse:

– Não sou daqui. Venho de Reevershire, do outro lado, o próximo condado. Mas é claro que o velho sr. Lee era uma figura bem conhecida nestas paragens. O que sei sobre ele são boatos.

– Sim? E os boatos eram... quais?

Sugden disse:

– Bem, ele era um sujeito difícil, poucos conseguiam tirar vantagem dele. Mas era generoso com seu dinheiro. Mão-aberta como ninguém. Não consigo entender como o sr. George Lee possa ser o exato oposto e ser o filho do velho.

"Ah! Mas há duas linhagens distintas na família. Alfred, George e David lembram, ao menos superficialmente, o lado materno da família. Estive olhando alguns retratos na galeria, esta manhã.

"Ele era esquentado – continuou o superintendente Sugden – e tinha má reputação com as mulheres, em sua juventude, é claro. Ele já estava inválido havia muitos anos. Mas, mesmo na época, ele demonstrava generosidade. Se houvesse problemas, ele compensava a garota com uma boa quantia e quase sempre lhe arranjava casamento. Pode ter sido malandro, mas não mesquinho. Ele não tratava bem a esposa, corria atrás de outras mulheres e a negligenciava. Dizem que ela morreu de desgosto. É um termo conveniente, mas acredito que a pobre senhora era mesmo muito infeliz. Não há dúvida de que o sr. Lee foi um sujeito peculiar. Tinha um traço vingativo também. Dizem que se alguém o prejudicasse de alguma maneira, ele sempre se vingava, não importava quanto tempo tivesse de esperar."

– Os moinhos de Deus moem devagar... – murmurou Poirot.

O superintendente Sugden disse, agressivo:

– Moinhos do diabo! Não havia nada de santo em Simeon Lee. Era o tipo de homem de quem se pode dizer que vendeu a alma ao diabo e gostou da barganha! E ele era orgulhoso, também, orgulhoso como Lúcifer.

– Orgulhoso como Lúcifer! – disse Poirot. – É sugestivo o que o senhor disse agora.

O superintendente Sugden disse, parecendo confuso:

– O senhor não está querendo dizer que ele foi morto por ter sido orgulhoso, não é?

– Eu quis dizer – disse Poirot – que existe algo chamado herança. Simeon Lee transmitiu esse orgulho para seus filhos...

Ele interrompeu o que estava dizendo. Hilda Lee havia saído da casa e estava parada olhando para o terraço.

III

– Eu queria encontrá-lo, monsieur Poirot.

O superintendente Sugden havia pedido licença e voltara para a casa. Hilda, que estava à procura de Poirot, disse:

– Eu não sabia que ele estava com o senhor. Achei que ele estava com Pilar. Ele me parece um homem bom, bastante atencioso.

A voz dela era agradável, com uma cadência tranquilizadora.

Poirot perguntou:

– A senhora queria me ver, é isso?

Ela inclinou a cabeça.

– Sim. Acho que o senhor pode me ajudar.

– Eu teria prazer em fazê-lo, madame.

Ela disse:

– O senhor é um homem muito inteligente, monsieur Poirot. Eu vi isso noite passada. Creio que existem coisas que o senhor vai descobrir muito facilmente. Eu gostaria que o senhor compreendesse o meu marido.

– Sim, madame?

– Eu não falaria dessa maneira com o superintendente Sugden. Ele não compreenderia. Mas o senhor sim.

Poirot fez uma mesura.

– A senhora me faz sentir honrado, madame.

Hilda prosseguiu com calma:

– Meu marido, por muitos anos, desde que nos casamos, tem sido o que apenas consigo descrever como um aleijado emocional.

– Ah!

– Quando se sofre um grave ferimento físico, há choque e dor, que se curam com o tempo, a carne regenera-se, os ossos emendam-se. Podem permanecer, talvez, um pouco de fraqueza, uma ligeira cicatriz e nada mais. Meu marido, monsieur Poirot, sofreu um grave ferimento *mental*, na idade em que era mais suscetível. Ele adorava a mãe e a viu morrer.

"Ele acreditava que seu pai era o responsável moral por aquela morte. Desse choque ele nunca se recuperou. Seu ressentimento contra o pai nunca desapareceu. Fui eu quem persuadiu David a vir até aqui neste Natal, para se reconciliar com o pai. Eu queria, pelo bem *dele*, que esse ferimento mental sarasse. Sei agora que vir para cá foi um erro. Simeon Lee divertiu-se reabrindo essa velha ferida. Foi... uma coisa muito perigosa de se fazer..."

Poirot disse:

– A senhora está me dizendo, madame, que seu marido matou o pai dele?

– Digo-lhe, monsieur Poirot, que ele bem *poderia* tê-lo feito... E digo-lhe também: ele *não* o matou! Quando Simeon Lee foi morto, seu filho estava tocando a *Marcha dos mortos*. A vontade de matar estava em seu coração. Ela passou por seus dedos e morreu em ondas de som, essa é a verdade.

Poirot ficou em silêncio por um minuto ou dois, então ele disse:

– E a senhora, madame, qual o seu veredicto sobre aquele drama passado?

– O senhor quer dizer a morte da esposa de Simeon Lee?

– Sim.

Hilda disse devagar:

– Conheço o suficiente da vida para saber que nunca se pode julgar qualquer caso por seus méritos exteriores. Segundo as aparências, a culpa era toda de Simeon Lee, e sua esposa era tratada de forma abominável. Ao mesmo tempo, acredito honestamente que há uma espécie de submissão, uma predisposição para o martírio, que faz surgir os piores instintos em certo tipo de homem. Creio que Simeon Lee teria admirado coragem e força de caráter. Ele era apenas intolerante com resignação e lágrimas.

Poirot anuiu e disse:

— O seu marido falou noite passada: "Minha mãe nunca reclamou". Isso é verdade?

Hilda Lee respondeu de maneira impaciente:

— É claro que não é! Ela reclamava o tempo inteiro a David! Ela colocou todo o fardo da sua infelicidade sobre os ombros dele. Ele era muito jovem, jovem demais para suportar toda a carga que ela lançava sobre ele!

Poirot olhou pensativo para ela. Seu olhar a fez corar e morder o lábio.

Ele disse:

— Compreendo.

Ela disse bruscamente:

— O que o senhor compreende?

Ele respondeu:

— Eu compreendo que a senhora teve de ser uma mãe para seu marido quando preferiria ter sido uma esposa.

Hilda baixou os olhos. Neste momento, David Lee saía da casa e vinha pelo terraço na direção deles. Ele disse, e sua voz tinha um tom límpido e alegre:

— Hilda, o dia não está glorioso? Parece primavera e não inverno.

Ele se aproximou. Sua cabeça estava altiva, uma mecha de cabelo louro caía-lhe sobre a testa, e seus olhos azuis brilhavam. Ele parecia bastante jovem e pueril. Havia nele uma animação juvenil e um fulgor despreocupado. Hercule Poirot preferiu calar-se...

David disse:

— Vamos até o lago, Hilda.

Ela sorriu, enlaçou o braço dele, e eles saíram juntos.

Enquanto Poirot os observava, ele a viu se virar e lhe lançar um olhar de relance. Ele percebeu um lampejo de ansiedade. Ou talvez fosse medo?

Devagar, Hercule Poirot caminhou até a outra extremidade do terraço. Ele murmurou para si mesmo:

— Como sempre digo: sou o padre confessor! E, como as mulheres se confessam com maior frequência do que os homens, elas vieram até mim esta manhã. Pergunto-me: haverá outra em breve?

Enquanto dava a volta e continuava a percorrer o mesmo circuito, ele soube que sua pergunta fora respondida. Lydia Lee vinha em sua direção.

IV

Lydia disse:
— Bom dia, monsieur Poirot. Tressilian disse-me que o senhor estaria aqui com Harry. Fico contente em encontrá-lo sozinho. Meu marido tem falado no senhor. Sei que ele está muito ansioso para falar com o senhor.

— Ah! Sim? Vamos vê-lo agora?

— Ainda não. Ele mal dormiu na noite passada. Acabei dando-lhe um sonífero forte. Ele ainda está dormindo, e não quero incomodá-lo.

— Compreendo. A senhora foi muito sensata. Pude perceber, ontem à noite, que o choque havia sido muito grande.

Ela disse com seriedade:
— Veja bem, monsieur Poirot, ele realmente se *importava*... muito mais que os outros.

— Entendo.

Ela perguntou:
— O senhor... o superintendente tem alguma ideia de quem possa ter feito essa coisa terrível?

Poirot disse de maneira deliberada:
— Temos certa ideia, madame, de quem *não* a fez.

Lydia disse, quase impaciente:
— É como um pesadelo... tão fantástico... não consigo acreditar que seja *real*!

Ela acrescentou:

— E Horbury? Ele estava realmente no cinema, como ele disse?

— Sim, madame, a história dele foi checada. Ele estava falando a verdade.

Lydia parou e arrancou algumas folhas do arbusto. Seu rosto ficou um pouco mais pálido. Ela disse:

— Mas é *terrível*! Isso deixa apenas... a família!

— Exato.

— Monsieur Poirot, não posso acreditar!

— Madame, a senhora *pode* e *acredita*!

Ela parecia prestes a protestar. De súbito, deu um sorriso pesaroso. E disse:

— Como somos hipócritas!

Ele anuiu.

— Se a senhora quisesse ser franca comigo, madame — disse ele —, admitiria que a ideia de seu sogro ter sido morto por alguém da família é bastante natural.

Lydia disse bruscamente:

— Que coisa absurda o senhor diz, monsieur Poirot!

— Sim, é mesmo. Mas o seu sogro era uma pessoa absurda!

Lydia disse:

— Pobre velho. Agora consigo sentir pena dele. Quando estava vivo, irritava-me de maneira indescritível!

Poirot disse:

— Posso imaginar!

Ele se inclinou sobre um dos vasos de pedra.

— Como são originais. Muito agradáveis.

— Que bom que o senhor gostou deles. É um dos meus passatempos. O senhor gostou deste Ártico, com os pinguins e o gelo?

— Encantador. E este, o que é?

— Ah, esse é o Mar Morto, ou ainda será. Não está terminado. Não olhe para ele. Este é para ser Piana, na Córsega. Como o senhor sabe, as pedras lá são bem rosadas e muito lindas, no lugar onde se encontram com o mar azul. Esta cena do deserto é bem divertida, o senhor não acha?

Lydia os foi mostrando a Poirot. Quando eles chegaram à extremidade mais distante, ela consultou seu relógio de pulso.

– Tenho de ver se Alfred está acordado.

Assim que ela entrou na casa, Poirot voltou devagar ao arranjo que representava o Mar Morto. Observou-o com grande interesse. Então, tomou um punhado de pedrinhas e as deixou correr por entre os dedos.

Seu rosto sofreu uma súbita mudança. Ele segurou as pedras próximo ao rosto:

– *Sapristi*!* – disse ele. – Que surpresa! Mas qual é seu significado exato?

---

* Imprecação suave, algo como "Meu Deus!". (N.T.)

Parte 5

26 de dezembro

I

O chefe de polícia e o superintendente Sugden encararam Poirot incrédulos. Este recolocou com cuidado uma torrente de pequenas pedras em uma caixinha de papelão e a empurrou sobre a mesa, na direção do chefe de polícia.

– Ah, sim – disse ele. – São mesmo os diamantes.

– Onde o senhor disse que os encontrou? No jardim?

– Em um dos pequenos jardins construídos por madame Alfred Lee.

– Sra. Alfred? – Sugden balançou a cabeça. – Não parece provável.

Poirot disse:

– O senhor quer dizer, imagino, que considera improvável que a sra. Alfred tenha cortado a garganta do sogro?

Sugden disse rápido:

– Sabemos que não cortou. Quis dizer que parecia improvável que ela roubasse os diamantes.

Poirot disse:

– Não, seria difícil acreditar que ela fosse uma ladra.

Sugden disse:

– Qualquer pessoa poderia tê-los escondido ali.

– É verdade. Foi conveniente que, naquele jardim em particular, que representa o Mar Morto, houvesse pedras muito similares em formato e aparência.

Sugden disse:

– O senhor afirma que ela o arranjou assim de antemão? Para deixá-lo pronto?

O coronel Johnson disse, enfático:

– Não acredito, nem por um instante. Nem sequer por um instante. Por que ela roubaria os diamantes, em primeiro lugar?

– Bem, quanto a isso... – disse Sugden devagar.

Poirot interveio rapidamente:

– Há uma resposta possível. Ela levou os diamantes para sugerir um motivo para o assassinato. Isto é, ela sabia que o assassinato aconteceria, embora ela mesma não tenha tomado parte ativa nele.

Johnson franziu o cenho.

– Isso não se sustenta por um minuto. Você a está tornando cúmplice. Mas cúmplice de quem ela poderia ser? Apenas do marido. Mas, como sabemos que também ele não teve nada a ver com o assassinato, a teoria inteira cai por terra.

Sugden coçou o queixo, pensativo.

– Sim – disse ele –, é isso mesmo. Não, se a sra. Lee levou os diamantes, o que já é supor demais, foi um simples roubo, e é verdade que ela pode ter preparado aquele jardim com a única intenção de escondê-los até que o clamor geral passasse. Outra possibilidade é a da *coincidência*. Aquele jardim, com suas pedras semelhantes, apresentou-se ao ladrão, seja quem for, como o esconderijo ideal.

Poirot disse:

– Isso é bem possível. Eu estou sempre preparado a admitir *uma* coincidência.

O superintendente Sugden balançou a cabeça em dúvida.

Poirot disse:

– Qual é a sua opinião, superintendente?

O superintendente disse com cautela:

— A sra. Lee é uma pessoa muito refinada. Não parece plausível que ela se envolvesse em qualquer negócio escuso. Mas, é claro, nunca se sabe.

O coronel Johnson disse com mau humor:

— Em todo caso, qualquer que seja a verdade sobre os diamantes, ela estar envolvida no assassinato está fora de questão. O mordomo a viu na sala de estar, no momento exato do crime. Lembra-se, Poirot?

Poirot disse:

— Eu não tinha esquecido isso.

O chefe de polícia se virou para o subordinado.

— É melhor seguirmos em frente. O que você tem para nos contar? Alguma novidade?

— Sim, senhor. Eu tenho algumas informações novas. Para começo de conversa, Horbury. Há uma razão por que ele poderia estar com medo da polícia.

— Roubo? Hum?

— Não, senhor. Exigir dinheiro mediante ameaças. Extorsão qualificada. O caso não pôde ser provado, então ele saiu livre, mas acredito que já tenha tentado algo do gênero uma ou duas vezes, com sucesso. Tendo a consciência pesada, ele por certo achou que suspeitávamos de alguma coisa quando Tressilian mencionou um policial naquela noite, e apavorou-se.

O chefe de polícia disse:

— Ah! Deixemos Horbury de lado. O que mais?

O superintendente tossiu.

— Hum... a sra. George Lee, senhor. Obtivemos informações sobre ela, do período anterior ao casamento. Vivia com um comandante Jones. Passava por filha dele, mas *não era*... Pelo que nos contaram, acho que o velho sr. Lee tinha um palpite sobre ela, que se mostrou correto. Ele era esperto quando o assunto era mulheres, conhecia uma garota de passado reprovável quando a via. Apenas por diversão, disparou um tiro no escuro. E acertou-a em cheio!

O coronel Johnson disse pensativamente:

– O que dá a ela outro motivo possível, além do dinheiro. Ela pode ter pensado que ele sabia algo importante e iria denunciá-la ao marido. Aquela história do telefone é muito suspeita. Ela *não* telefonou.

Sugden sugeriu:

– Por que não chamá-los juntos, senhor, e tirar de uma vez a dúvida quanto a essa questão do telefone? Ver o que conseguimos.

O coronel Johnson disse:

– Boa ideia.

Ele tocou a campainha. Tressilian a respondeu.

– Peça para o sr. e a sra. George Lee virem aqui.

– Muito bem, senhor.

Quando o velho se virou, Poirot disse:

– A data naquele calendário na parede está assim desde o assassinato?

Tressilian voltou.

– Que calendário, senhor?

– Aquele na parede do outro lado.

Os três homens estavam sentados mais uma vez na pequena sala de estar de Alfred Lee. O calendário em questão era grande e de folhas destacáveis, com a data em números grandes sobre cada folha.

Tressilian perscrutou o outro lado da sala e dirigiu-se para lá, arrastando os pés devagar, até estar a pouco mais de meio metro do calendário.

Ele disse:

– Perdão, senhor, ele foi destacado. Hoje é dia 26.

– Ah, desculpe. Quem o teria destacado?

– O sr. Lee, senhor, ele o destaca todas as manhãs. O sr. Alfred é um cavalheiro muito metódico.

– Compreendo. Obrigado.

Tressilian deixou a sala. Sugden disse, confuso:

– Tem algo suspeito a respeito do calendário, sr. Poirot? Eu deixei passar alguma coisa aí?

Com um menear de ombros, Poirot disse:

– O calendário não tem importância. Foi apenas um pequeno experimento que eu estava fazendo.

O coronel Johnson disse:

– O inquérito é amanhã. Haverá um adiamento, é claro.

Sugden disse:

– Sim, senhor, encontrei-me com o juiz e tudo está arranjado.

II

George Lee entrou na sala, acompanhado da esposa.

O coronel Johnson disse:

– Bom dia. Por favor, sentem-se. Tenho algumas perguntas para fazer aos dois. Algo que ainda não entendi muito bem.

– Será uma satisfação ajudar-lhe da melhor maneira possível – disse George, um pouco pomposo.

Magdalene disse baixinho:

– É claro!

O chefe de polícia fez um ligeiro aceno de cabeça para Sugden. Este disse:

– A respeito daquelas chamadas na noite do crime. Creio que o senhor disse que fez uma ligação para Westeringham, sr. Lee?

George respondeu com frieza:

– Sim, eu fiz. Para meu agente no distrito eleitoral. Ele poderá confirmar que...

O superintendente Sugden ergueu a mão para interromper o discurso.

– Está bem... está bem, sr. Lee. Não o estamos contestando. A sua ligação foi feita exatamente às 20h59.

– Bem... eu... hum... não saberia dizer a hora exata.

– Ah – disse Sugden. – Mas nós podemos! Sempre conferimos essas coisas com muito cuidado. Todo o cuidado. A ligação foi feita às 20h59 e encerrada às 21h04. O seu pai, sr. Lee, foi morto em torno de 21h15. Tenho de lhe pedir mais uma vez um relato dos seus movimentos.

– Eu já lhe disse. Eu estava telefonando!

– Não, sr. Lee, o senhor não estava.

– Bobagem! O senhor deve ter cometido um erro. Bem, talvez eu tivesse acabado de telefonar... acho que cogitei fazer outra ligação... estava pensando se valeria a... hum... a despesa... quando ouvi o ruído no andar de cima.

– O senhor dificilmente passaria dez minutos decidindo fazer ou não uma ligação.

George ficou roxo. E começou a falar, afoito.

– O que o senhor quer dizer? Que diabos o senhor quer dizer? Maldita petulância! O senhor duvida de minha palavra? Duvida da palavra de um homem de minha posição? Eu... hum... por que deveria dar conta de cada minuto do meu tempo?

O superintendente Sugden disse com uma imparcialidade que Poirot admirou:

– É o costumeiro.

George voltou-se irado para o chefe de polícia.

– Coronel Johnson. O senhor aprova essa... essa atitude sem precedentes?

O chefe de polícia disse energicamente:

– Em um caso de assassinato, sr. Lee, perguntas têm de ser feitas... E *respondidas.*

– Eu as respondi! Eu acabara de telefonar e estava... hum... pensando se deveria fazer outra ligação.

– O senhor estava nesta sala quando começou a confusão no andar de cima?

– Eu estava... sim, eu estava.

Johnson voltou-se para Magdalene.

– Eu acho, sra. Lee – disse ele –, que a *senhora* disse estar ao telefone quando o alarme foi dado e que, naquele momento, estava sozinha na sala?

Magdalene estava em pânico. Sua respiração ficou entrecortada. Ela olhou de lado para George, para Sugden e, por fim, de maneira suplicante, para o coronel Johnson. Magdalene disse:

— Ora... não sei... não lembro o que disse... eu estava tão *transtornada*...

Sugden disse:

— Saiba que temos tudo por escrito.

Ela voltou as baterias contra ele, os olhos arregalados suplicantes, a boca trêmula. Mas Magdalene encontrou em resposta a rígida indiferença de um homem de respeitabilidade inflexível que não a aprovava.

Ela disse sem convicção:

— Eu... eu... é claro que eu telefonei. Não posso ter certeza de quando...

Ela parou. George disse:

— O que é tudo isso? De onde você telefonou? Não daqui.

O superintendente Sugden disse:

— Eu afirmo, sra. Lee, que a senhora *não fez ligação alguma*. Nesse caso, onde a senhora estava e o que estava fazendo?

Magdalene olhou distraída à sua volta e irrompeu em lágrimas. Ela soluçou:

— George, não deixe que eles me pressionem! Você sabe que, se alguém me assusta e começa a me fazer perguntas aos gritos, não consigo lembrar-me de *nada*! Eu... eu não sei *o que* eu disse aquela noite... foi tão horrível... e eu estava tão nervosa... e eles estão sendo tão grosseiros comigo...

Magdalene levantou-se de um salto e correu para fora da sala, chorando.

Levantando-se com um impulso, George Lee vociferou:

— O que o senhor está fazendo? Não permitirei que pressionem e aterrorizem minha esposa! Ela é muito sensível. Isso é uma vergonha! Levarei ao parlamento a questão dos métodos opressores e vergonhosos da polícia. É absolutamente vergonhoso!

Ele marchou para fora da sala e bateu a porta com força.

O superintendente Sugden jogou a cabeça para trás e riu. Ele disse:

– Acho que os pegamos de jeito! Agora veremos!

Johnson disse, franzindo o cenho:

– Que coisa extraordinária! Parece suspeito. Nós temos de conseguir um novo depoimento dela.

Sugden disse com tranquilidade:

– Ela estará de volta em um minuto ou dois, quando decidir o que vai dizer. Hein, sr. Poirot?

Poirot, que estivera devaneando, sobressaltou-se:

– *Pardon*!

– Eu disse que ela voltará.

– É provável... sim, possivelmente... ah, sim!

Sugden disse, encarando-o:

– Qual o problema, sr. Poirot? Viu um fantasma?

Poirot disse com vagar:

– Sabe, não tenho bem certeza se *não acabei de fazer exatamente isso*.

O coronel Johnson disse com impaciência:

– Bem, Sugden, algo mais?

Sugden disse:

– Tentei checar a ordem na qual todos chegaram à cena do assassinato. Está bastante claro o que deve ter acontecido. Após o assassinato, quando o grito de agonia da vítima havia dado o alarme, o assassino esgueirou-se para fora do quarto, trancou a porta com um alicate, ou ferramenta parecida, e, alguns instantes depois, era uma das pessoas que corriam *até* a cena do crime. Infelizmente não é fácil checar com exatidão quem todos viram, porque memórias de momentos como esse não são muito precisas. Tressilian diz ter visto Harry e Alfred

Lee passarem pelo salão vindos da sala de estar e correrem escada acima. Isso os deixa de fora, mas não suspeitamos deles, de qualquer maneira. Até onde pude verificar, a srta. Estravados chegou lá tarde, foi uma das últimas. A ideia geral parece ser que Farr, a sra. George e a sra. David foram os primeiros. Cada um desses três diz que um dos outros estava logo à sua frente. É isso que é tão difícil. Não se consegue distinguir mentiras deliberadas de lembranças verdadeiras confusas. Concorda-se que todos correram até lá, mas a dificuldade está em descobrir a ordem de chegada.

Poirot disse devagar:

– O senhor acha isso importante?

Sugden disse:

– Este é o elemento tempo. O tempo, lembre-se, foi incrivelmente curto.

Poirot disse:

– Concordo com você que o elemento tempo é muito importante neste caso.

Sugden prosseguiu:

– O que torna a questão mais difícil ainda é que existem duas escadarias. Há a principal do hall, mais ou menos equidistante das portas das salas de jantar e estar. E há uma na outra extremidade da casa. Stephen Farr subiu por esta. A srta. Estravados atravessou o corredor superior, vinda do mesmo lado que Farr (o quarto dela fica no extremo oposto). Os outros disseram que subiram pela escada principal.

Poirot disse:

– É uma confusão, sim.

A porta se abriu, e Magdalene entrou rapidamente. Ela respirava ofegante e tinha um ponto de rubor em cada face. Foi até a mesa e disse baixinho:

– Meu marido acha que estou na cama. Escapuli do quarto em silêncio. Coronel Johnson – ela apelou com olhos arregalados e nervosos –, se eu disser a verdade o senhor manterá segredo, não é? Quero dizer, o senhor não precisa tornar *tudo* público?

Coronel Johnson disse:

– A senhora está querendo dizer, sra. Lee, algo que não tem conexão alguma com o crime?

– Sim, nenhuma conexão. Só algo da minha... minha vida particular.

O chefe de polícia disse:

– É melhor revelar tudo, sra. Lee, e deixar que decidamos.

Magdalene disse, com os olhos marejados de lágrimas:

– Sim, confiarei no senhor. Sei que posso. O senhor parece tão gentil. Veja bem: existe alguém... ela parou.

– Sim, sra. Lee?

– Eu queria ligar para alguém naquela noite... um homem... um amigo meu, e não queria que George soubesse. Sei que estava muito errada... mas, bem, foi assim que aconteceu. Fui telefonar após o jantar, quando achei que estaria segura, pois George estava na sala de jantar. Mas quando cheguei lá, ouvi-o falando ao telefone, e esperei.

– Onde a senhora esperou, madame? – perguntou Poirot.

– Há um lugar para os casacos e outras coisas, atrás da escadaria. É escuro. Escondi-me ali para poder ver quando George saísse da sala. Mas ele não saiu, então aconteceu todo o barulho e o sr. Lee gritou, e eu corri escada acima.

– Então o seu marido não deixou esta sala até o momento do assassinato?

– Não.

O chefe de polícia disse.

– E a senhora esteve, das nove horas até as nove e quinze, esperando no recesso atrás da escadaria?

— Sim, mas eu não podia *dizer* nada, entenda! Eles exigiriam saber o que eu fazia ali. Tem sido muito, muito constrangedor para mim. O senhor *compreende* isso, *não é?*

Johnson disse secamente:

— Constrangedor, de fato.

— Estou tão aliviada por ter-lhes contado a verdade. E os senhores *não* contarão ao meu marido, não é? Não, tenho certeza de que não! Posso confiar em todos os senhores.

Ela incluiu a todos em seu olhar suplicante final e saiu rápida da sala.

O coronel Johnson respirou fundo.

— Bem — disse ele. — Pode ter sido assim! É uma história plausível. Por outro lado...

— Pode não ter sido — terminou Sugden. — Apenas isso. Não sabemos.

III

Lydia Lee estava à janela, no lado oposto da sala de estar, olhando para fora. Sua figura ficou meio escondida pelas pesadas cortinas da janela. Um ruído na sala fez com que ela se voltasse, sobressaltada, e visse Hercule Poirot parado junto à porta.

Ela disse:

— O senhor me assustou, monsieur Poirot.

— Peço desculpas, madame. Eu caminho sem fazer ruído.

Ela disse:

— Eu achei que era Horbury.

Hercule Poirot anuiu.

— É verdade, ele caminha sem fazer ruído. Como um gato... ou um *ladrão*.

Ele parou por um minuto, observando-a.

O rosto dela não deixava transparecer nada, mas ela fez uma ligeira careta de desagrado quando disse:

– Nunca gostei daquele homem. Ficarei contente em livrar-me dele.

– Acho que seria uma medida inteligente, madame.

Lydia olhou para ele e perguntou:

– O que o senhor quer dizer com isso? O senhor tem conhecimento de alguma coisa contra ele?

Poirot disse:

– Ele é um homem que coleciona segredos... e os usa em proveito próprio.

Ela disse bruscamente:

– O senhor acha que ele sabe algo sobre o assassino?

Poirot deu de ombros e disse:

– Ele tem pés silenciosos e ouvidos aguçados. Pode ter ouvido algo que está guardando para si mesmo.

– O senhor quer dizer que ele pode tentar chantagear um de nós?

– Está dentro dos limites da possibilidade. Mas não é o que vim dizer.

– O que o senhor veio dizer?

Poirot respondeu devagar:

– Estive falando com o sr. Alfred Lee. Ele me fez uma proposta, e eu gostaria de discuti-la com a senhora antes de aceitá-la ou recusá-la. Mas fiquei tão impressionado com o quadro que a senhora formou, o padrão encantador do seu blusão contra o vermelho profundo das cortinas, que parei para admirar.

Lydia retrucou:

– Devemos desperdiçar tempo com elogios, monsieur Poirot?

– Peço desculpas, madame. Tão poucas senhoras inglesas compreendem *la toilette*. O vestido que a senhora estava usando na primeira noite em que a vi, seu padrão audacioso, mas simples, ele tinha elegância, distinção.

Lydia disse, impaciente:

– Que assunto o senhor queria discutir comigo?

Poirot tornou-se sério.

– Apenas isso, madame: seu marido quer, de maneira muito clara, que eu assuma a investigação. Ele exige que eu fique aqui, na casa, e faça o meu melhor para chegar ao fundo dessa história.

Lydia interrompeu:

– Bem?

Poirot disse lentamente:

– Eu não gostaria de aceitar um convite sem a aprovação da senhora da casa.

Ela disse com frieza:

– É claro que aprovo o convite de meu marido.

– Sim, madame, mas preciso de mais do que isso. A senhora de fato *quer* que eu venha aqui?

– Por que não?

– Sejamos francos. Minha pergunta é: a senhora quer que a verdade venha à tona, ou não?

– Naturalmente.

Poirot suspirou.

– A senhora precisa me dar respostas convencionais?

Lydia disse:

– Sou uma mulher convencional.

Ela mordeu o lábio, hesitou, e disse:

– Talvez seja melhor falar com franqueza. É claro que o compreendo! A posição não é aprazível. Meu sogro foi brutalmente assassinado, e, a não ser que os fatos apontem o suspeito mais provável, Horbury, como ladrão e assassino, o que não parecem apontar, *uma pessoa da sua própria família o matou*. Levar essa pessoa aos tribunais significará trazer vergonha e desgraça para nós todos... Para ser honesta, devo dizer que *não* quero que isso aconteça.

Poirot disse:

– A senhora gostaria que o assassino escapasse ileso?

– É provável que existam vários assassinos impunes, à solta pelo mundo.

– Nisso a senhora está certa.

– Um a mais importa, então?

Poirot disse:

– E os outros membros da família? Os inocentes?

Ela o encarou.

– O que têm eles?

– A senhora percebe que, se o caso tiver o fim que a senhora espera, *ninguém jamais saberá*. A sombra permanecerá sobre todos, sem distinção...

Ela disse sem convicção:

– Eu não havia pensado nisso.

Poirot disse:

– *Ninguém jamais saberá quem foi o culpado...*

Ele acrescentou em voz baixa:

– A não ser que a *senhora* já saiba, madame.

Ela exclamou:

– O senhor não tem o direito de dizer isso! Não é verdade! Ah! Se apenas fosse um estranho e não um membro da família.

Poirot disse:

– Podem ter sido os dois.

Ela o encarou.

– O que o senhor quer dizer com isso?

– Pode ter sido um membro da família... e, ao mesmo tempo, um estranho... A senhora não percebe o que eu estou querendo dizer? *Eh bien*, é uma ideia que ocorreu na mente de Hercule Poirot.

Ele olhou para ela.

– Bem, madame, o que eu devo dizer para o sr. Lee?

Lydia ergueu as mãos e as deixou cair em um gesto repentino de desamparo.

Ela disse:

– É claro... o senhor tem de aceitar.

IV

Pilar estava em pé, no centro da sala de música. Estava muito ereta, lançando olhares de um lado para o outro, como um animal que teme um ataque.

Ela disse:

– Quero ir embora daqui!

Stephen Farr disse ternamente:

– Você não é a única que se sente assim. Mas não nos deixam sair, minha cara.

– Você quer dizer... a polícia?

– Sim.

Pilar disse, muito séria:

– Não é bom meter-se com a polícia. Não é algo que deva acontecer com pessoas respeitáveis.

Stephen disse com um ligeiro sorriso.

– Você se refere a si mesma?

Pilar disse:

– Não, estou falando de Alfred, Lydia, David, George, Hilda e, sim, Magdalene também.

Stephen acendeu um cigarro. Ele deu uma ou duas baforadas antes de dizer:

– Por que a exceção?

– Do que você está falando, por favor?

– Por que deixar o irmão Harry de fora?

Pilar riu, mostrando seus dentes brancos e uniformes.

– Ah, Harry é diferente! Acho que ele sabe muito bem o que é meter-se com a polícia.

– Talvez você esteja certa. Ele decerto é um pouco extravagante demais para se adaptar bem ao quadro doméstico.

Ele seguiu em frente:

– Você gosta dos seus parentes ingleses, Pilar?

Pilar disse, em dúvida:

– Eles são gentis, eles são todos muito gentis. Mas eles não riem muito, não são alegres.

– Minha querida garota, ocorreu há pouco um assassinato na casa!

– S...im – disse Pilar, hesitante.

– Um assassinato – explicou Stephen – não é uma ocorrência tão cotidiana quanto sua indiferença parece sugerir. Na Inglaterra, os assassinatos são levados muito a sério, não importa o que se possa pensar na Espanha.

Pilar disse:

– Você está rindo de mim...

Stephen disse:

– Você está errada. Não estou com vontade de rir.

Pilar olhou para ele e disse:

– Porque você também gostaria de ir embora daqui?

– Sim.

– E o policial grande e bonitão não o deixará ir embora?

– Eu não pedi a ele. Mas, se o fizesse, não tenho dúvida de que ele diria não. Tenho de cuidar por onde ando, Pilar, e ser muito cuidadoso.

– Isso é cansativo – disse Pilar, anuindo com a cabeça.

– É só um pouco mais do que cansativo, minha querida. E ainda há aquele estrangeiro lunático espreitando por aí. Não acredito que seja grande coisa, mas ele me deixa nervoso.

Pilar estava franzindo o cenho. Ela disse:

– Meu avô era muito, muito rico, não era?

– Eu imagino que sim.

– Para onde vai o dinheiro dele agora? Para Alfred e os outros?

– Depende do testamento dele.

Pilar disse pensativamente:

– Ele poderia ter me deixado algum dinheiro, mas temo que talvez não tenha feito isto.

Stephen disse de maneira carinhosa:

— Você ficará bem. Afinal de contas, você faz parte da família. Seu lugar é aqui. Eles têm de tomar conta de você.

Pilar disse com um suspiro:

— Meu lugar é aqui. Muito engraçado. E, por outro lado, não tem graça alguma.

— Posso entender por que você não acharia a situação muito cômica.

Pilar suspirou de novo e disse:

— Você acha que se ligássemos o gramofone poderíamos dançar?

Stephen, em dúvida, disse:

— Não pareceria muito apropriado. Esta casa está de luto, sua espanholinha insensível.

Pilar disse, seus olhos grandes mais arregalados ainda:

— Mas não me sinto nem um pouco triste. Porque eu não conhecia bem meu avô e, embora gostasse de conversar com ele, não quero chorar e ficar infeliz porque ele está morto. É muita tolice fingir.

Stephen disse:

— Você é adorável!

Pilar disse, persuasiva:

— Poderíamos colocar algumas meias e luvas no gramofone, para que não fizesse muito barulho, assim, ninguém ouviria.

— Venha comigo, sua tentadora.

Ela riu, alegre, e saiu correndo da sala na direção do salão de baile nos fundos da casa.

Então, ao chegar à passagem lateral que levava à porta do jardim, Pilar estacou. Stephen a alcançou e também parou.

Hercule Poirot havia tirado um retrato da parede e o estava estudando sob a luz do terraço. Ele ergueu o olhar e os viu.

– Aha! – disse ele. – Vocês chegaram em um momento oportuno.

Pilar disse:

– O que o senhor está fazendo?

Ela se aproximou e parou ao lado dele.

Poirot disse gravemente:

– Estou estudando algo muito importante: o rosto de Simeon Lee quando era jovem.

– Ah, este é o meu avô?

– Sim, mademoiselle.

Ela olhou atenta o rosto no retrato e disse devagar:

– Que diferença... que diferença enorme... Ele era tão velho, tão enrugado. Aí ele lembra Harry, como Harry pode ter sido há dez anos.

Hercule Poirot anuiu.

– Sim, mademoiselle. Harry Lee é mesmo filho do pai dele. Agora aqui... – Ele a conduziu pela galeria, até um pouco adiante. – Aqui está sua avó, madame. Um rosto longo, bondoso, cabelo muito louro, olhos azul-claros.

Pilar disse:

– Como David.

Stephen disse:

– Lembra um pouco Alfred também.

Poirot disse:

– A hereditariedade é muito interessante. O sr. Lee e a esposa eram tipos diametralmente opostos. De modo geral, os filhos puxaram à mãe. Veja aqui, mademoiselle.

Ele apontou o retrato de uma garota de uns dezenove anos. Seus cabelos eram como fios de ouro, e ela tinha olhos azuis, grandes e alegres. A cor era da esposa de Simeon Lee, mas havia um espírito, uma vivacidade que aqueles olhos azuis tranquilos e traços serenos nunca haviam conhecido.

– Ah! – disse Pilar.

A cor subiu ao seu rosto. Ela levou a mão ao pescoço, de onde tirou uma longa corrente de ouro com um medalhão. Pilar pressionou uma tranca, e ele se abriu. O mesmo rosto sorridente olhou para Poirot.

– Minha mãe – disse Pilar.

Poirot anuiu. No lado oposto do medalhão havia o retrato de um homem. Ele era jovem e bonito, com cabelo preto e olhos azul-escuros.

Poirot disse:

– Seu pai?

Pilar respondeu:

– Sim, meu pai. Ele era muito bonito, o senhor não acha?

– Sim, era mesmo. Poucos espanhóis têm olhos azuis, não é, *señorita*?

– Às vezes, na região norte. Além disso, a mãe do meu pai era irlandesa.

Poirot disse pensativamente:

– Então a senhorita tem sangue espanhol, irlandês e inglês, e um pouco de cigano também. Sabe o que eu acho, mademoiselle? Com essa herança, a senhorita deve ser uma má inimiga.

Stephen disse, rindo:

– Lembra-se do que você disse no trem, Pilar? Que sua maneira de lidar com seus inimigos seria cortar a garganta deles.

Ele parou de repente, ao perceber a implicação das suas palavras.

Hercule Poirot foi rápido em desviar o assunto. Ele disse:

– Ah, sim, há uma coisa, *señorita*, que tenho de pedir-lhe. Seu passaporte. Meu amigo, o superintendente, precisa dele. Sabe, a polícia tem algumas regras para estrangeiros neste país. Elas são muito estúpidas, muito cansativas, mas necessárias. E, é claro, por lei, a senhorita é uma estrangeira.

Pilar arqueou as sobrancelhas.

– Meu passaporte? Sim, irei buscá-lo. Está em meu quarto.

Poirot desculpou-se enquanto caminhava ao lado dela:

– Eu sinto muitíssimo por incomodá-la. Muito mesmo.

Eles haviam chegado ao fim da longa galeria. Aqui havia um lance de escadas. Pilar subiu correndo, e Poirot a seguiu. Stephen veio também. O quarto de Pilar ficava junto à cabeceira da escada.

Ela disse quando chegou à porta:

– Vou trazê-lo ao senhor.

Pilar entrou no quarto. Poirot e Stephen Farr ficaram esperando do lado de fora.

Stephen disse, arrependido:

– Que bobagem minha dizer uma coisa daquelas. Acho que ela não notou, não é?

Poirot não respondeu. Ele inclinou a cabeça um pouco para o lado como se estivesse ouvindo alguma coisa.

Ele disse:

– Os ingleses gostam muito de ar puro. A srta. Estravados deve ter herdado essa característica.

Stephen encarou-o e disse:

– Por quê?

Poirot disse baixinho.

– Porque, apesar de hoje estar extremamente frio, a geada negra, como vocês chamam (não como ontem, tão aprazível e ensolarado), a srta. Estravados acaba de abrir a parte de baixo de sua janela. É impressionante gostar tanto de ar fresco.

Houve uma súbita exclamação em espanhol dentro do quarto, e Pilar reapareceu, alegremente decepcionada.

– Ah! – ela exclamou. – Sou uma idiota desajeitada. Minha maleta estava no peitoril da janela, e remexi nela de modo tão afobado e desastrado que meu passaporte caiu pela janela. Está no canteiro lá embaixo. Vou buscá-lo.

– Eu vou buscá-lo – disse Stephen Farr, mas Pilar passou rapidamente por ele e gritou por sobre o ombro:

– Não, foi burrice minha. Vá até a sala de estar com monsieur Poirot e logo o trarei a vocês.

Stephen Farr parecia inclinado a ir atrás dela, mas a mão de Poirot pousou gentil sobre o braço dele e a voz de Poirot disse:

– Vamos por aqui.

Eles seguiram pelo corredor do primeiro andar na direção da outra extremidade da casa, até chegarem à cabeceira da escada principal. Ali Poirot disse:

– Vamos ficar aqui em cima por um minuto. Se você não se importar de vir comigo até o quarto do crime, há algo que gostaria de perguntar-lhe.

Eles caminharam pelo corredor que levava ao quarto de Simeon Lee. Do lado esquerdo passaram por um nicho que continha duas estátuas de mármore, ninfas robustas que se agarravam às suas dobras de tecido, em uma agonia de decoro vitoriano.

Stephen olhou para elas de relance e murmurou:

– Bastante assustadoras, à luz do dia. Achei que havia três delas quando passei por aqui na outra noite, mas graças a Deus há apenas duas!

– Elas não são o que se admira hoje em dia – admitiu Poirot. – Mas não há dúvida de que elas custaram muito dinheiro na sua época. Acho que parecem mais bonitas à noite.

– Sim, vê-se apenas uma silhueta branca de brilho tênue.

Poirot murmurou:

– À noite, todos os gatos são pardos!

Sugden estava ajoelhado junto ao cofre, examinando-o com uma lupa. Ele ergueu os olhos quando eles entraram.

– Ele foi mesmo aberto com a chave – disse ele. – Por alguém que sabia a combinação. Não há sinal de nada mais.

Poirot foi até ele, chamou-o à parte e sussurrou algo. O superintendente anuiu e deixou o quarto.

Poirot voltou-se para Stephen Farr, que estava parado olhando a poltrona na qual Simeon Lee sempre se sentava. Ele tinha o cenho franzido, e as veias apareciam na sua testa. Poirot olhou para ele por alguns minutos, em silêncio, então disse:

– Você tem lembranças... não é?

Stephen disse devagar:

– Há dois dias ele sentava-se ali, vivo... e agora...

Saindo do devaneio, ele disse:

– Sim, monsieur Poirot, o senhor trouxe-me aqui para perguntar-me algo?

– Ah, sim. Você foi, eu acho, a primeira pessoa a chegar à cena do crime naquela noite?

– Fui eu? Não lembro. Não, acho que uma das senhoras estava aqui antes de mim.

– Qual delas?

– Uma das esposas. A de George, talvez a de David, o que sei é que ambas chegaram logo.

– Suponho que o senhor tenha dito que não ouviu o grito?

– Creio que não ouvi. Não consigo lembrar. Alguém gritou, mas poderia ser alguém no andar de baixo.

Poirot disse:

– Você não ouviu um som como este?

Ele jogou a cabeça para trás e emitiu um grito súbito e penetrante, tão inesperado que Stephen deu um passo para trás e quase caiu no chão. Ele disse, enraivecido:

– Pelo amor de Deus, o senhor quer assustar a casa inteira? Não, não ouvi nada nem um pouco parecido! O senhor vai apavorar a todos outra vez! Pensarão que aconteceu outro assassinato!

Poirot parecia envergonhado. Ele murmurou:

– Verdade... foi uma bobagem... temos de ir de uma vez.

Ele saiu apressado do quarto. Lydia e Alfred estavam ao pé da escada olhando para cima. George saiu da biblioteca para juntar-se a eles, e Pilar veio correndo com um passaporte na mão.

Poirot exclamou:

– Não foi nada... nada. Não fiquem assustados. Um pequeno experimento que fiz. Foi só isso.

Alfred parecia irritado, e George, indignado. Poirot deixou para Stephen dar as explicações e saiu apressado pelo corredor em direção ao outro lado da casa.

No fim do corredor, o superintendente Sugden saiu sem fazer ruído do quarto de Pilar e encontrou-se com Poirot.

– *Eh bien?* – perguntou Poirot.

O superintendente balançou a cabeça.

– Nenhum som.

Seus olhos encontraram com gratidão os de Poirot, e ele assentiu com a cabeça.

V

Alfred Lee disse:

– Enfim, o senhor aceita, monsieur Poirot?

A mão de Alfred tremeu um pouco, enquanto ia em direção à boca. Seus suaves olhos castanhos estavam acesos com uma expressão nova e febril. Ele gaguejou um pouco. Lydia, silenciosa ao lado dele, olhava-o com alguma ansiedade.

Alfred disse:

– O senhor não sabe... n-não pode imaginar... o que isso s-s-significa para mim... o assassino de meu pai *tem* de ser encontrado.

Poirot disse:

— Já que o senhor assegurou-me de que refletiu longa e cuidadosamente, sim, eu aceito. Mas o senhor tem de compreender, sr. Lee, que não há como recuar. Não sou o cão que se manda em uma caçada e logo se chama de volta porque não se gosta da presa que ele apontou.

— É claro... é claro... Está tudo pronto. O seu quarto está preparado. Fique pelo tempo que desejar...

Poirot sentenciou:

— Não será preciso muito tempo.

— Hum? Como assim?

— Eu disse que não será preciso muito tempo. Existe neste crime um círculo tão restrito que não há como se levar muito tempo para se chegar à verdade.

Alfred o encarou.

— Impossível! – disse ele.

— De forma alguma. Todos os fatos apontam mais ou menos claramente em uma direção. Há apenas uma questão irrelevante a ser tirada do caminho. Quando isso for feito, a verdade aparecerá.

Alfred disse de maneira incrédula:

— O senhor quer dizer que *sabe* a verdade?

Poirot sorriu.

— Ah, sim – disse ele. – Eu sei.

Alfred disse:

— Meu pai... meu pai... – e baixou os olhos.

Poirot disse energicamente:

— Há dois pedidos que eu tenho de fazer, monsieur Lee.

Alfred disse com uma voz abafada:

— Qualquer coisa... qualquer coisa.

— Em primeiro lugar, eu gostaria do retrato de monsieur Lee colocado no quarto que o senhor gentilmente me cedeu.

Alfred e Lydia o encararam. O primeiro disse:

— O retrato do meu pai... mas, por quê?

Poirot disse gesticulando com a mão:

– Ele vai... como eu poderia dizer... servir de inspiração.

Lydia provocou:

– O senhor pretende, monsieur Poirot, solucionar um crime por clarividência?

– Digamos, madame, que eu pretenda usar não apenas os olhos do corpo, mas os olhos da mente.

Ela deu de ombros. Poirot continuou:

– Em segundo lugar, sr. Lee, eu gostaria de saber as verdadeiras circunstâncias que levaram à morte do marido da sua irmã, Juan Estravados.

Lydia disse:

– Isso é necessário?

– Quero todos os fatos, madame.

Alfred disse:

– Juan Estravados, em consequência de uma briga por causa de uma mulher, matou outro homem em um café.

– Como ele o matou?

Alfred olhou suplicante para Lydia. Ela disse sem emoção alguma:

– Ele o esfaqueou. Juan Estravados não foi condenado à morte, já que houvera provocação. Ele foi condenado à prisão e morreu na cadeia.

– Pilar sabe sobre o pai dela?

– Acho que não.

Alfred disse:

– Não, Jennifer nunca contou para ela.

– Obrigado.

Lydia disse:

– O senhor não acha que Pilar... Ah, isto é absurdo!

Poirot disse:

– Agora, monsieur Lee, o senhor poderia me dar algumas informações sobre seu irmão, o monsieur Harry Lee?

– O que o senhor quer saber?

– Sei que ele era considerado de certa forma uma desgraça para a família. Por quê?

Lydia disse:

– Faz tanto tempo...

Alfred disse, com rubor subindo-lhe ao rosto:

– Se o senhor quer saber, monsieur Poirot, ele roubou uma grande soma de dinheiro, falsificando a assinatura de meu pai em um cheque. Naturalmente meu pai não o processou. Harry sempre foi um mau-caráter. Ele teve problemas no mundo todo. Sempre telegrafava pedindo dinheiro para sair de uma enrascada. Ele entrou e saiu de cadeias aqui, ali e em todo lugar.

Lydia disse:

– Você não *tem como saber isso tudo*, Alfred.

Alfred disse, irado e com as mãos trêmulas:

– Harry não presta... Para nada! Nunca prestou!

Poirot disse:

– Pelo visto não há afeição alguma entre vocês dois.

Alfred disse:

– Ele vitimou meu pai, ele o vitimou vergonhosamente!

Lydia suspirou, um suspiro rápido e impaciente. Poirot ouviu e lançou-lhe um olhar severo.

Ela disse:

– Se pelo menos aqueles diamantes fossem encontrados. Tenho certeza que a solução está ali.

Poirot disse:

– *Eles foram encontrados*, madame.

– O quê?

Poirot disse delicadamente:

– Eles foram encontrados no seu pequeno jardim do Mar Morto...

Lydia exclamou:

– No meu jardim? Que... que extraordinário!

Poirot disse em voz baixa:

– Não é mesmo, madame?

Parte 6

27 de dezembro

I

Alfred Lee disse com um suspiro:
– Foi melhor do que eu temia!

Eles tinham voltado, havia pouco, do inquérito judicial.

O sr. Charlton, um advogado antiquado com olhos azuis cautelosos, estivera presente e retornara com eles. Ele disse:
– Ah... Eu disse a vocês que os procedimentos seriam apenas formais, apenas formais. O adiamento foi inevitável, para que a polícia reunisse mais provas.

George Lee disse contrariado:
– Foi muito desagradável, realmente *muito* desagradável... uma posição terrível para se estar! Eu mesmo estou convencido de que esse crime foi cometido por um maníaco que, de uma forma ou outra, conseguiu entrar na casa. Aquele Sugden é obstinado como uma mula. O coronel Johnson deveria pedir ajuda à Scotland Yard. Essas polícias locais não servem para nada. Cabeças-duras. E esse Horbury, por exemplo? Ouvi dizer que o passado dele é impróprio, mas a polícia não faz nada a respeito.

O sr. Charlton disse:
– Ah, creio que esse sujeito, Horbury, tenha um álibi satisfatório cobrindo o período de tempo em questão. A polícia o aceitou.

– Por que deveriam? – George indignou-se. – Se eu fosse eles, aceitaria um álibi desses com reserva, com muita reserva. É natural que um criminoso sempre providencie um álibi para si mesmo! É o dever da polícia desmontar esse álibi, isto é, se eles conhecem o seu trabalho.

– Bem, bem – disse o sr. Charlton. – Não acho que seja de nossa conta ensinar a polícia a fazer seu trabalho, não é mesmo? São homens bastante competentes, de modo geral.

George balançou a cabeça sombriamente.

– A Scotland Yard deveria ser chamada. Não estou nem um pouco satisfeito com o superintendente Sugden. Ele pode ser meticuloso, mas está longe de ser brilhante.

O sr. Charlton disse:

– Pois não concordo com o senhor. Sugden é um bom homem. Não se prevalece de sua autoridade, mas obtém resultados.

Lydia disse:

– Tenho certeza de que a polícia está fazendo o seu melhor. Sr. Charlton, o senhor gostaria de um cálice de conhaque?

O sr. Charlton agradeceu com educação, mas recusou. Então, após pigarrear, passou à leitura do testamento, já que todos os membros da família estavam reunidos.

Ele o leu com certa satisfação, demorando-se nas passagens de fraseologia mais obscura e saboreando as tecnicidades legais.

Ele chegou ao fim, tirou os óculos, limpou-os e olhou inquisitivo para o grupo reunido.

Harry Lee disse:

– Todos esses detalhes legais são um pouco difíceis de entender. O senhor poderia nos dar o resumo?

– É um testamento muito simples, na realidade – disse o sr. Charlton.

Harry disse:

– Meu Deus, como será um testamento difícil?

O sr. Charlton repreendeu-o com um olhar frio. Ele disse:

– As principais cláusulas do testamento são bastante simples. Metade da propriedade do sr. Lee fica com seu filho, sr. Alfred Lee, o restante é dividido entre seus outros filhos.

Harry riu com amargura. Ele disse:

– Como sempre, Alfred tirou a sorte grande! Metade da fortuna do meu pai! Que diabo sortudo você é, hein, Alfred?

Alfred corou. Lydia disse bruscamente:

– Alfred foi um filho leal e dedicado ao pai. Ele cuidou das coisas por anos e assumiu toda a responsabilidade.

Harry disse:

– Ah, sim, Alfred sempre foi um bom menino.

Alfred disse com ripidez:

– Acho que *você* deveria se considerar um sujeito de sorte, Harry, por papai ter-lhe deixado alguma coisa!

Harry riu, jogando a cabeça para trás. Ele disse:

– Você preferiria que ele houvesse me excluído por completo, não é? Você nunca gostou de mim.

O sr. Charlton tossiu. Ele estava acostumado, até demais, com as cenas dolorosas que se seguiam à leitura de um testamento. Estava ansioso por ir embora antes que a briga familiar de sempre piorasse ainda mais.

Ele murmurou:

– Acho que... hum... que é tudo que preciso... e...

Harry interrompeu:

– E Pilar?

O sr. Charlton tossiu novamente, desta vez em tom de desculpas.

– Ah... a srta. Estravados não é mencionada no testamento.

Harry disse:

– Ela não fica com a parte da mãe dela?

O sr. Charlton explicou.

– A *señora* Estravados, se estivesse viva, por certo receberia uma parte igual àquelas de vocês, mas, como está morta, a porção que teria sido dela volta ao espólio para ser dividida entre vocês.

Pilar disse devagar, com sua bela voz sulista:

– Então... não fico com... nada?

Lydia disse, apressada:

– Minha cara, a família encontrará uma solução, é claro.

George Lee disse:

– Você poderá morar aqui com Alfred... hum, Alfred? Nós... ah... você é nossa sobrinha, é nosso dever cuidar de você.

Hilda disse:

– Ficaremos contentes de ter Pilar conosco.

Harry disse:

– Ela deveria receber o que tem direito. Deveria ficar com a parte de Jennifer.

O sr. Charlton murmurou:

– Eu... hum... já estou de saída. Adeus, sra. Lee, o que eu puder fazer... hum... consulte-me a qualquer hora...

Ele escapou rápido. Sua experiência possibilitou-lhe prever que todos os ingredientes para uma briga familiar estavam presentes.

Quando a porta fechou-se atrás do advogado, Lydia disse com sua voz clara:

– Concordo com Harry. Acho que Pilar tem direito a uma parte definida. O testamento foi feito anos antes da morte de Jennifer.

– Bobagem – disse George. – Seu modo de pensar é muito desleixado e ilegal, Lydia. A lei é a lei. Temos de cumpri-la.

Magdalene disse:

– Foi muito azar, é claro, e todos lamentamos muito por Pilar, mas George está certo. Como ele disse, a lei é a lei.

Lydia pôs-se em pé. Ela tomou Pilar pela mão.

– Querida – disse ela. – Isso deve ser muito desagradável para você. Você faria o favor de deixar-nos, enquanto discutimos a questão?

Ela levou a garota até a porta.

– Não se preocupe, Pilar, querida – disse ela. – Deixe comigo.

Pilar saiu lentamente da sala. Lydia fechou a porta atrás dela e voltou-se.

Houve uma pausa momentânea, enquanto todos recuperavam o fôlego e, no momento seguinte, a batalha foi retomada com força total.

Harry disse:

– Você sempre foi um maldito sovina, George.

George replicou:

– Pelo menos nunca fui um parasita e um cafajeste!

– Você tem sido tão parasita e cafajeste quanto eu! Você engordou às custas do papai durante todos esses anos.

– Você parece esquecer que tenho uma posição difícil e de responsabilidade que...

Harry disse:

– Difícil e de responsabilidade, uma pinoia! Você não passa de um fanfarrão!

Magdalene gritou:

– Como você ousa?

A voz calma de Hilda, um pouco elevada, disse:

– Será que não podemos discutir *com calma*?

Lydia olhou para ela, agradecida. David disse com súbita violência:

– Será que precisamos fazer este estardalhaço vergonhoso por causa de *dinheiro*?

Magdalene disse a ele venenosamente:

– É ótimo ser tão altruísta. Você não irá recusar seu legado, irá? *Você* quer dinheiro, tanto quanto qualquer um de nós! Todo esse desprezo por coisas materiais é apenas pose!

David disse com voz embargada:
— Você acha que eu deveria recusá-lo? Pergunto-me se...

Hilda disse bruscamente:
— É claro que não. Será que todos devemos nos comportar como crianças? Alfred, você é o chefe da família...

Alfred pareceu despertar de um sonho. Ele disse:
— Desculpem-me. Vocês todos estão gritando ao mesmo tempo. Isso... isso me deixa confuso.

Lydia disse:
— Como Hilda salientou há pouco, por que devemos nos comportar como crianças gananciosas? Discutamos o assunto de maneira calma e racional e — ela acrescentou rapidamente — uma coisa de cada vez. Alfred deve falar primeiro porque é o mais velho. O que você acha que devemos fazer a respeito de Pilar, Alfred?

Ele disse devagar:
— Ela deve vir morar aqui, com certeza. E devemos dar-lhe uma mesada. Ela não tem nenhum direito legal sobre o dinheiro que iria para a sua mãe. Lembrem-se, ela não é uma Lee. É uma cidadã espanhola.

— Direito legal, não — disse Lydia. — Mas acho que tem direito *moral*. Da maneira como vejo, seu pai, apesar de a filha ter-se casado com um espanhol contra a vontade dele, reconheceu-lhe direitos iguais sobre o patrimônio. George, Harry, David e Jennifer deveriam partilhar da herança. Jennifer morreu há apenas um ano. Tenho certeza de que, quando ele mandou chamar o sr. Charlton, queria deixar uma ampla provisão para Pilar, no novo testamento. Ele teria destinado a ela pelo menos a parte que cabia à mãe. E era possível que ele fizesse muito mais. Lembrem-se, ela era a sua única neta. Acho que o mínimo que podemos fazer é procurar remediar qualquer injustiça que ele próprio pretendesse remediar.

Alfred disse com fervor:

– Disse bem, Lydia! Eu estava errado. Concordo com você que Pilar deva receber a parte de Jennifer da fortuna de meu pai.

Lydia disse:

– Sua vez, Harry.

Harry disse:

– Como vocês sabem, eu concordo. Acho que Lydia colocou a questão muito bem e gostaria de dizer que a admiro por isto.

Lydia disse:

– George?

George estava vermelho. Ele falou de maneira atabalhoada:

– Não mesmo! Tudo isso é um disparate! Dê a ela uma casa e uma mesada decente. Já é mais do que o suficiente para ela!

– Então você recusa-se a cooperar? – perguntou Alfred.

– Sim, recuso-me.

– E ele está certo – disse Magdalene. – É vergonhoso sugerir que ele deva fazer algo assim! Considerando que George é o único membro da família que fez algo importante de sua vida, acho uma vergonha que seu pai tenha-lhe deixado tão pouco!

Lydia disse:

– David?

David disse vagamente:

– Acho que você está certa. É uma pena que haja tanta deselegância e disputa sobre tudo isso.

Hilda disse:

– Você está certa, Lydia. É apenas uma questão de justiça!

Harry olhou à sua volta. Ele disse:

– Bem, está resolvido. Da família, Alfred, eu e David somos em favor da moção. George é contra. Os votos a favor ganharam.

George replicou:

— Não se trata de uma questão de votos a favor e contra. Minha parte do espólio do meu pai é toda minha. Não vou dividir nem um centavo dela.

— Pelo visto não mesmo – disse Magdalene.

Lydia disse de maneira ríspida:

— Se você quiser ficar de fora, o problema é seu. O restante de nós completará a sua parte do total.

Ela olhou à sua volta em busca de assentimento, e os outros concordaram.

Harry disse:

— Alfred ficou com a maior parte. Ele deveria fazer a maior contribuição.

Alfred disse:

— Vejo que sua sugestão desinteressada original vai ruir em seguida.

Hilda disse com firmeza:

— Não vamos começar de novo! Lydia contará a Pilar o que decidimos. Podemos acertar os detalhes mais tarde. Ela acrescentou, na esperança de mudar de assunto:

— Onde estarão o sr. Farr e monsieur Poirot?

Alfred respondeu:

— Deixamos Poirot no vilarejo, quando fomos ao inquérito. Ele disse que tinha uma compra importante a fazer.

Harry disse:

— Por que ele não foi ao inquérito? Com certeza deveria!

Lydia disse:

— Talvez ele soubesse que não seria importante. Quem está lá fora no jardim? O superintendente Sugden ou o sr. Farr?

Os esforços das duas mulheres foram bem-sucedidos. O conclave familiar dispersou-se.

Lydia disse a Hilda, em particular:

— Obrigada, Hilda. Foi bondade sua apoiar-me. Sabe, você tem sido um verdadeiro consolo em meio a tudo isso.

Hilda disse, pensativa:

— É estranho como o dinheiro perturba as pessoas.

Todos os outros haviam deixado a sala. As duas mulheres estavam sozinhas.

Lydia disse:

— Sim, até mesmo Harry, embora a sugestão tenha sido dele! E meu pobre Alfred, ele é tão inglês, não gosta nada da ideia de ver dinheiro dos Lee indo para uma cidadã espanhola.

Hilda disse sorrindo:

— Você acha que nós mulheres somos mais desapegadas?

Lydia disse com um menear dos seus ombros graciosos:

— Bem, sabe, não é nosso dinheiro, na verdade. Não o nosso *próprio!* Isso pode fazer diferença.

Hilda disse, pensativa:

— Ela é uma moça estranha... Refiro-me a Pilar. Imagino o que será dela.

Lydia suspirou.

— Fico contente de que ela será independente. Viver aqui, ganhar um lar e uma mesada, não seria, creio eu, muito satisfatório para ela. Pilar é orgulhosa demais e acho que... estrangeira demais.

Ela acrescentou de maneira meditativa:

— Uma vez eu trouxe um lindo lápis-lazúli do Egito. Lá, contra o sol e a areia, ele tinha uma cor magnífica, um azul brilhante e cálido. Mas, quando o trouxe para casa, o azul mal aparecia. Era apenas um colar de contas escuras e sem graça.

Hilda disse:

— Sim, compreendo...

Lydia disse com suavidade:

– Estou tão feliz por afinal ter conhecido você e David. Fico feliz que tenham vindo.

Hilda suspirou:

– Quantas vezes, nestes últimos dias, desejei não termos vindo.

– Eu sei. Você deve ter desejado... Mas sabe, Hilda, o choque não afetou David tão duramente quanto poderia. Quero dizer, ele é tão sensível que poderia tê-lo arrasado por completo. Na realidade, desde o assassinato, ele parece estar muito melhor...

Hilda pareceu um pouco perturbada. Disse:

– Então você notou? É tão terrível, de certa forma... Mas ah! Lydia, ele melhorou, sem dúvida!

Ela calou-se por um minuto, relembrando palavras que seu marido dissera ainda na noite passada. Ansioso, ele havia-lhe dito, jogando para trás os cabelos louros que lhe cobriam a testa.

"– Hilda, você se lembra da *Tosca*, quando Scarpia morre e Tosca acende as velas junto à cabeça e aos pés dele? Você se lembra do que ela diz: '*Agora* posso perdoá-lo...'!? Sinto o mesmo... quanto ao papai. Vejo agora que por todos esses anos não consegui perdoá-lo, mas que, na verdade, queria... Mas não, *agora* não há mais rancor. Foi tudo apagado. E sinto... ah, sinto como se um grande fardo fosse retirado de minhas costas."

Ela havia dito, lutando para se livrar de um temor repentino:

"– Porque ele está morto?"

Ele havia respondido, apressado, gaguejando de ansiedade:

"– Não, não, você não entende. Não porque ele está morto, mas porque meu ódio infantil estúpido por ele está morto..."

Hilda agora pensava nessas palavras. Ela gostaria de repeti-las para a mulher ao seu lado, mas por instinto sabia ser mais sensato não fazê-lo.

Ela seguiu Lydia, da sala de estar até o salão.

Magdalene estava ali, parada junto à mesa, com um pacote pequeno na mão. Ela deu um salto quando as viu. Magdalene disse:

– Ah, esta deve ser a compra importante do monsieur Poirot. Eu o vi colocá-la aqui agora mesmo. O que será?

Ela olhou de uma para a outra, dando uma breve risadinha, mas seus olhos estavam penetrantes e ansiosos, traindo a graça afetada das suas palavras.

As sobrancelhas de Lydia ergueram-se. Ela disse:

– Preciso tomar um banho antes do almoço.

Magdalene disse, ainda com aquela afetação infantil, mas incapaz de conter o tom desesperado em sua voz:

– Preciso dar uma *espiada*!

Ela desembrulhou o pedaço de papel e soltou uma exclamação aguda. Seu olhar estava fixo no objeto em sua mão.

Lydia deteve-se e Hilda também. Magdalene disse, confusa:

– É um bigode falso. Mas... mas... por quê?

Hilda, em dúvida, disse:

– Um disfarce? Mas...

Lydia terminou a frase por ela.

– Mas monsieur Poirot já tem um belo bigode!

Magdalene estava embrulhando o pacote de novo. Ela disse:

– Não entendo. É... é *loucura*. *Por que* monsieur Poirot compraria um bigode falso?

II

Quando Pilar deixou a sala de estar, caminhou devagar pelo salão. Stephen Farr entrava pela porta do jardim e disse:

– Bem? O conclave familiar terminou? O testamento foi lido?

Pilar respondeu, ofegante:

– Não fiquei com nada, nada mesmo! O testamento foi feito há muitos anos. Meu avô deixou dinheiro à minha mãe, mas, como ela está morta, o dinheiro não fica para mim, volta para *eles*.

Stephen disse:

– Parece bastante injusto.

Pilar disse:

– Se o velho estivesse vivo, faria outro testamento. Ele teria deixado dinheiro para *mim*... um monte de dinheiro! Talvez, a tempo, ele me houvesse deixado *todo* o dinheiro!

Stephen disse, sorrindo:

– O que também não teria sido muito justo, teria?

– Por que não? Eu seria preferida, somente isso.

Stephen disse:

– Que menina gananciosa você é. Uma verdadeira caçadora de fortunas.

Pilar disse, séria:

– O mundo é muito cruel com as mulheres. Elas têm de fazer o que podem por si mesmas... enquanto são jovens. Quando forem velhas e feias, ninguém as ajudará.

Stephen disse devagar:

– Isso é mais verdadeiro do que eu gostaria de admitir. Mas não é *bem* a verdade. Alfred Lee, por exemplo, tinha genuína afeição pelo pai, apesar de o velho ser irritante e exigente ao extremo.

Pilar empinou o queixo.

– Alfred – disse ela – é um idiota.

Stephen riu e disse:

– Bem, não se preocupe, adorável Pilar. Sabe, os Lee a ajudarão.

Pilar disse, desconsolada:

— Não será muito divertido.

Stephen disse devagar:

— Não, temo que não. Não consigo imaginá-la vivendo aqui, Pilar. Você gostaria de ir para a África do Sul?

Pilar anuiu. Stephen disse:

— Há sol e espaço por lá. Trabalho duro também. Você é boa no trabalho, Pilar?

Ela respondeu em dúvida:

— Não sei.

Ele disse:

— Você preferiria sentar-se em uma sacada e comer doces o dia inteiro? Ficar muito gorda e com três papadas?

Pilar riu, e Stephen disse:

— Assim é melhor. Eu a fiz rir.

Pilar disse:

— Eu achei que riria neste Natal! Li em livros que o Natal inglês é muito alegre, que se comem passas flambadas e há pudins de ameixa em chamas, e algo chamado acha de Natal.

Stephen disse:

— Ah, mas você tem que passar um Natal sem a complicação de um assassinato. Venha comigo um minuto. Lydia trouxe-me aqui ontem. É o depósito.

Ele a levou até um aposento pequeno, um pouco maior que uma cristaleira.

— Veja, Pilar, caixas e mais caixas de bolachas, frutas cristalizadas e laranjas, tâmaras e nozes. E aqui...

— Ah! – Pilar juntou as mãos. – São lindos estes enfeites dourados e prateados.

— Esses seriam pendurados em uma árvore, com presentes para os criados. E aqui há bonequinhos de neve, brilhantes como gelo, para colocar sobre a mesa de jantar. E aqui há balões de todas as cores, prontos para encher!

— Ah! – os olhos de Pilar brilharam. – Ah! Podemos encher um? Lydia não se importaria. Eu adoro balões.

Stephen disse:

– Que bebê você é! Qual deles você quer?

Pilar respondeu:

– Quero um vermelho.

Eles escolheram os seus balões e começaram a enchê-los, suas bochechas distendidas. Pilar parou de encher para rir, e seu balão murchou de novo.

Ela disse:

– Você parece tão engraçado assoprando... com as bochechas infladas.

A risada dela ressoou. Então ela dedicou-se a soprar com diligência. Eles amarraram seus balões com cuidado e começaram a brincar com eles, jogando-os de um lado para outro, com leves tapas.

Pilar disse:

– No salão teremos mais espaço.

Eles jogavam os balões um para o outro, rindo, quando Poirot apareceu no salão. Ele os observou com indulgência.

– Estão jogando *les jeux d'enfants*?* Que beleza!

Pilar disse, ofegante:

– O meu é o vermelho. É maior do que o dele. Muito maior. Se o levássemos para fora, subiria direto ao céu.

– Vamos soltá-los e fazer um pedido – disse Stephen.

– Ah, sim, boa ideia.

Pilar correu até a porta que levava ao jardim, Stephen a seguiu. Poirot foi atrás, ainda parecendo indulgente.

– Desejo muito dinheiro – anunciou Pilar.

Ela parou na ponta dos pés, segurando o cordão do balão. Ele puxou delicadamente quando uma ligeira rajada de vento soprou. Pilar o deixou ir, e ele saiu flutuando, levado pela brisa.

Stephen riu.

– Você não deve contar seu pedido.

---

* "Jogos de crianças." (N.T.)

– Não? Por que não?
– Porque não se realiza. Farei meu pedido agora.

Ele soltou seu balão, mas não teve tanta sorte. O balão flutuou para o lado, prendeu-se em um arbusto e estourou com ruído.

Pilar correu até ele. Ela anunciou tragicamente:
– Acabou-se...

Enquanto cutucava com o dedo do pé o resto de borracha flácida, ela disse:
– Então foi isto que apanhei do chão, no quarto do vovô. Ele também tinha um balão, mas o dele era cor-de-rosa.

Poirot soltou uma exclamação abrupta. Pilar voltou-se para ele para saber o que acontecera.

Poirot disse:
– Não foi nada. Dei uma facada... Não! Topada com o dedão.

Ele girou sobre os calcanhares e olhou para a casa. Poirot disse:
– Tantas janelas! Uma casa, mademoiselle, tem seus olhos... e seus ouvidos. É uma verdadeira lástima que os ingleses gostem tanto de janelas abertas.

Lydia apareceu no terraço. Ela disse:
– O almoço está servido. Pilar, querida, tudo foi resolvido de modo bastante adequado. Alfred explicará os detalhes a você depois do almoço. Vamos entrar?

Eles entraram na casa. Poirot veio por último. Ele tinha um ar circunspecto.

III

O almoço havia terminado.

Quando eles saíram da sala de jantar, Alfred disse para Pilar:
– Você viria comigo ao meu gabinete? Tem algo que eu gostaria de falar com você.

Ele a conduziu pelo hall até o gabinete, fechando a porta atrás de si. Os outros seguiram para a sala de estar. Apenas Hercule Poirot ficou no hall olhando pensativamente para a porta fechada do gabinete.

Ele percebeu de repente a presença do mordomo constrangido hesitando próximo dele. Poirot disse:

– Sim, Tressilian, o que é?

O velho parecia perturbado. Ele disse:

– Eu gostaria de falar com o sr. Lee. Mas não gostaria de incomodá-lo agora.

Poirot disse:

– Aconteceu alguma coisa?

Tressilian respondeu confuso:

– É uma coisa tão estranha. Não faz sentido.

– Conte-me – disse Hercule Poirot.

Tressilian hesitou e disse:

– Bem, é o seguinte: talvez o senhor tenha reparado que de cada lado da porta da frente havia uma bala de canhão. Bem, senhor, *uma delas sumiu.*

As sobrancelhas de Hercule Poirot se ergueram. Ele disse:

– Desde quando?

– As duas estavam ali esta manhã, senhor. Juro por Deus.

– Vamos ver.

Juntos, eles saíram pela porta da frente. Poirot se ajoelhou e examinou a bala de canhão restante. Quando ele se endireitou, seu rosto tinha assumido uma expressão muito grave.

Tressilian estava trêmulo:

– Quem iria querer roubar uma coisa dessas, senhor? Não faz *sentido.*

Poirot disse:

– Não gosto disso. Não gosto mesmo...

Tressilian o observava com ansiedade. Ele disse devagar:

– O que aconteceu com a casa, senhor? Desde que o patrão foi morto ela não parece mais o mesmo lugar. Eu sinto o tempo inteiro como se estivesse vivendo em um sonho. Eu confundo as coisas, e às vezes sinto que não posso confiar nos meus próprios olhos.

Hercule Poirot balançou a cabeça e disse:

– Você está errado. É precisamente nos seus próprios olhos que você tem de confiar.

Tressilian disse, balançando a cabeça:

– Minha visão está ruim... não consigo mais ver do jeito que eu costumava. Eu confundo as coisas... e as pessoas. Estou ficando velho demais para meu trabalho.

Hercule Poirot bateu no seu ombro e disse:

– Coragem.

– Obrigado, senhor. O senhor quer o meu bem mesmo, eu sei. Mas a questão é esta, estou velho demais. Estou sempre voltando aos velhos tempos e aos velhos rostos. A srta. Jenny, o sr. David e o sr. Alfred. Estou sempre vendo-os como jovens cavalheiros e damas. Desde aquela noite quando o sr. Harry chegou aqui...

Poirot anuiu.

– Sim – disse ele –, é isso que eu pensei. Você disse agora mesmo "Desde que o patrão foi morto"... mas começou antes disto. É desde que o sr. Harry chegou aqui, não é, que as coisas se alteraram e pareceram irreais?

O mordomo disse:

– O senhor está absolutamente certo. Foi a partir de então. O sr. Harry sempre trouxe problemas para a casa, mesmo nos velhos tempos.

Seus olhos se desviaram de volta para a base de pedra vazia.

– Quem poderia tê-la levado, senhor? – Ele sussurrou. – E por quê? É... é como um hospício.

Hercule Poirot disse:

– Não é a loucura que eu temo. É a sanidade! Alguém, Tressilian, está correndo grande perigo.

Ele se virou e entrou novamente na casa. Naquele instante, Pilar saiu do gabinete. O rubor brilhava em cada uma das faces.

Ela mantinha a cabeça erguida, e seus olhos cintilavam. Quando Poirot aproximou-se dela, ela subitamente bateu o pé e disse:

– Não aceitarei.

Poirot ergueu as sobrancelhas e disse:

– O que a senhorita não vai aceitar, mademoiselle?

Pilar respondeu:

– Alfred acabou de me contar que ficarei com a parte da minha mãe do dinheiro que o vovô deixou.

– Bem?

– Ele disse que eu não conseguiria através da lei. Mas ele, Lydia e os outros acharam que ele deveria ser meu. Eles dizem que é uma questão de justiça. E assim eles vão passar o dinheiro para mim.

Poirot disse mais uma vez:

– Bem?

Pilar bateu mais uma vez o pé no chão.

– O senhor não compreende? Eles estão dando para mim... *dando* para mim.

– Isso precisa ferir o seu orgulho? Já que eles disseram uma verdade, por justiça esse dinheiro deve ser seu, não é?

Pilar disse:

– O senhor não compreende...

Poirot disse:

– Ao contrário... eu compreendo muito bem.

– Ah! – Ela se virou irritada.

Houve um toque de campainha. Poirot olhou de relance sobre o seu ombro. Ele viu a silhueta do superintendente Sugden do lado de fora da porta. Ele disse apressadamente para Pilar:

– Onde a senhorita está indo?

Ela disse, mal-humorada:

– Para a sala de estar. Com os outros.

Poirot disse rapidamente:

– Bom. Fique com eles lá. Não ande pela casa sozinha, em especial depois de escurecer. Fique atenta. A senhorita está correndo um grande risco, mademoiselle. A senhorita nunca mais correrá um risco tão grande quanto hoje em sua vida.

Ele a deixou e foi ao encontro de Sugden. Este esperou até que Tressilian tivesse voltado para a copa. Então colocou um cabograma debaixo do nariz de Poirot.

– Agora conseguimos! – disse ele. – Leia isto. É da polícia sul-africana.

A mensagem dizia:

"O único filho de Ebenezer Farr morreu há dois anos."

Sugden disse:

– Agora nós sabemos! Engraçado, eu estava seguindo um rumo completamente diferente...

IV

Pilar entrou a passos largos na sala de estar com a cabeça erguida. Ela foi direto até Lydia, que estava sentada na janela tricotando. Pilar disse:

– Lydia, eu vim dizer para você que não vou aceitar aquele dinheiro. Eu estou indo embora... imediatamente...

Lydia pareceu espantada. Ela largou o tricô e disse:

– Minha cara jovem, Alfred deve ter explicado muito mal para você! Não tem nada a ver com caridade o que estamos fazendo, se é isto que você está pensando. Na verdade, não é uma questão de bondade ou generosidade de nossa parte. É uma simples questão de certo e errado. No curso ordinário dos eventos, a sua mãe teria herdado esse dinheiro, e ele teria chegado a você a partir dela. É um direito seu... seu direito de sangue. Não se trata de uma questão de caridade, mas de *justiça!*

Pilar disse com veemência:

– E é por isso que eu não posso aceitá-lo, não quando você fala desse jeito, não quando você age desse jeito! Eu gostei de vir aqui. Foi divertido! Foi uma aventura, mas agora você estragou tudo! Estou indo embora, imediatamente... vocês nunca mais serão incomodados por mim de novo...

Lágrimas engasgaram a voz dela. Ela se virou e saiu correndo cegamente da sala.

Lydia a olhou, espantada. E disse, impotente:

– Eu não fazia ideia de que ela ficaria desse jeito!

Hilda disse:

– A garota parece bastante aborrecida.

George limpou a garganta e disse de maneira auspiciosa:

– Hum... como eu salientei esta manhã, o princípio envolvido está errado. Pilar tem a perspicácia de ver isso por si mesma. Ela se recusa a aceitar caridade...

Lydia exclamou:

– *Não* é caridade. É um direito dela!

George disse:

– Ela não parece achar isso!

O superintendente Sugden e Hercule Poirot entraram na sala. O primeiro olhou à sua volta e perguntou:

– Onde está o sr. Farr? Eu quero falar com ele.

Antes que alguém tivesse tempo de responder, Hercule Poirot disse rispidamente:

– Onde está a *señorita* Estravados?

George Lee respondeu com um traço de satisfação maliciosa:

– Indo embora. Pelo menos é o que ela disse. Parece que ela se cansou dos seus parentes ingleses.

Poirot virou-se repentinamente. Ele disse para Sugden:

– Vamos!

Quando os dois homens apareceram no hall, ouviu-se o ruído de uma batida pesada e um grito estridente ao longe.

Poirot exclamou:

– Rápido... vamos...

Eles correram pelo hall e subiram às pressas a escada dos fundos. A porta do quarto de Pilar estava aberta e havia um homem parado no vão da porta. Ele virou a cabeça quando os viu subindo a escada. Era Stephen Farr.

Ele disse:

– Ela está viva...

Pilar estava agachada contra a parede do seu quarto. Tinha o olhar fixo no chão, onde havia uma grande bala de canhão de pedra.

Ela disse, sem fôlego:

– Ela estava equilibrada em cima da porta. Teria caído em minha cabeça quando eu entrei, mas minha saia prendeu-se em um prego e puxou-me para trás enquanto eu entrava.

Poirot ajoelhou-se e examinou o prego. Nele havia um fio de veludo roxo. Ele olhou para cima e assentiu com gravidade.

– Este prego, mademoiselle – disse ele –, salvou sua vida.

O superintendente disse, perplexo:

– Mas qual é o significado de tudo isso?

Pilar disse:

– Alguém tentou me matar!

Ela anuiu com a cabeça diversas vezes.

O superintendente olhou de relance para a porta.

– Uma armadilha – disse ele. – Uma armadilha à moda antiga, e sua finalidade era assassinato! É o segundo assassinato planejado nesta casa. Mas desta vez não deu certo!

Stephen Farr disse vigorosamente:

– Graças a Deus você está bem.

Pilar jogou as mãos para cima em um gesto de súplica.

– *Madre de Dios* – ela exclamou. – Por que alguém iria querer *me* matar? O que foi que eu fiz?

Hercule Poirot disse lentamente:

– Seria melhor, mademoiselle, que a senhorita mudasse a pergunta para: *o que eu sei?*

Ela o encarou.

– Sei? Eu não sei de nada.

Hercule Poirot disse:

– É aí que a senhorita está equivocada. Diga-me, mademoiselle Pilar, onde a senhorita estava no momento do crime? A senhorita não estava neste quarto.

– Eu estava. Eu já disse isso para o senhor!

O superintendente Sugden disse com uma falsa brandura:

– Sim, mas você sabe que não estava falando a verdade quando disse isso. Você nos disse que ouviu o seu avô gritar, mas você não poderia tê-lo ouvido se estivesse neste quarto... O sr. Poirot e eu testamos isso ontem.

– Ah! – arfou Pilar.

Poirot disse:

– A senhorita estava em um lugar muito próximo deste quarto. Vou lhe dizer onde eu acho que a senhorita estava, mademoiselle. A senhorita estava no nicho junto às estátuas bem próximo da porta do seu avô.

Pilar disse, sobressaltada:

– Como o senhor sabe?

Poirot respondeu com um ligeiro sorriso:

– O sr. Farr a viu ali.

Stephen disse de maneira brusca:

– Eu não a vi. Isso é mentira!

Poirot disse:

– Peço que me perdoe, sr. Farr, mas o senhor a *viu*. Lembra a sua impressão de que havia três estátuas naquele recesso, não *duas*? Apenas uma pessoa usava um vestido branco aquela noite: mademoiselle Estravados. *Ela* era a terceira figura que o senhor viu. Estou falando a verdade, não estou, mademoiselle?

Pilar respondeu após um momento de hesitação:

– Sim, é verdade.

Poirot disse delicadamente:

– Agora nos conte toda a verdade, mademoiselle. Por que a senhorita estava ali?

Pilar disse:

– Eu deixei a sala de estar depois do jantar e pensei em ir ver meu avô. Achei que ele ficaria feliz. Mas, quando virei no corredor, vi que havia outra pessoa junto à porta dele. Eu não queria ser vista porque sabia que meu avô havia dito que não queria falar com ninguém aquela noite. Então me escondi caso a pessoa à porta se virasse.

"Em seguida, de repente, ouvi os ruídos mais terríveis, mesas... cadeiras... – ela gesticulou com as mãos – tudo caindo e fazendo um barulho enorme. Eu não me mexi. Não sei por quê. Eu estava assustada. Enfim houve um grito terrível – ela fez o sinal da cruz –, e meu coração parou de bater e eu disse: '*Alguém está morto...*'."

– E depois?

– As pessoas começaram a chegar correndo pelo corredor, e eu saí de onde estava quando o último passou e me juntei a eles.

O superintendente Sugden disse bruscamente:

– Você não falou nada disso quando nós a questionamos pela primeira vez. Por que não?

Pilar balançou a cabeça. Ela disse, com um ar de sabedoria:

– Não é bom contar muita coisa para a polícia. Veja bem, eu achei que, se dissesse que estava próxima do quarto, vocês achariam que *eu* o tinha matado. Então eu disse que estava no meu quarto.

Sugden disse de maneira ríspida:

– Se você conta mentiras deliberadamente, tudo que vai conseguir com isso é que você se torne uma suspeita.

Stephen Farr disse:
– Pilar?
– Sim?
– *Quem você viu parado na porta* quando você virou no corredor? Conte para nós.

Sugden disse:
– Sim, conte para nós.

Por um momento a garota hesitou. Ela arregalou os olhos, então os estreitou. Ela afirmou:
– Não sei quem era. Estava muito mal-iluminado para ver. *Mas era uma mulher...*

V

O superintendente Sugden olhou à sua volta para o círculo de rostos. Ele disse, com algo mais próximo de irritação do que demonstrara até então:
– Isto é muito irregular, sr. Poirot.
– É uma pequena ideia minha. Gostaria de compartilhar com todos o conhecimento que adquiri. Pedirei a cooperação deles, e assim deveremos chegar à verdade.

Sugden murmurou baixinho:
– Como em um circo.

Ele se recostou na cadeira. Poirot disse:
– Para começo de conversa, creio que o senhor tem uma explicação para pedir ao sr. Farr.

Sugden apertou os lábios.
– Eu teria escolhido um momento menos público – disse. – Entretanto, não tenho objeções. – E passou a mensagem da polícia para Stephen Farr. – Agora, sr. Farr, como você chama a si mesmo, talvez possa explicar *isto?*

Stephen Farr pegou a mensagem. Erguendo as sobrancelhas, ele o leu devagar e em voz alta. Então, com uma mesura, ele o passou de volta para o superintendente.

– Sim – disse ele. – É bastante comprometedor, não é?

Sugden disse:

– É tudo que você tem a dizer sobre isso? Você sabe que não tem obrigação de fazer declaração alguma...

Stephen Farr o interrompeu e disse:

– Não preciso de uma advertência, superintendente. Posso ver que o senhor mal pode contê-la! Sim, tenho uma explicação. Não é muito boa, mas é a verdade.

Ele fez uma pausa e começou:

– Eu não sou filho de Ebenezer Farr. Mas eu conhecia bastante bem tanto pai quanto filho. Agora tentem se colocar no meu lugar. – Aliás, meu nome é Stephen Grant. – Eu acabei de chegar neste país pela primeira vez na minha vida. Estava desiludido. Tudo e todos pareciam enfadonhos e sem vida. Então eu estava viajando de trem e vi uma garota. Tenho de ser franco aqui: apaixonei-me pela garota! Ela era a garota mais adorável e improvável no mundo! Conversei com ela um pouco no trem e decidi ali mesmo não a perder de vista. Quando estava deixando o compartimento eu vi de relance a etiqueta na mala dela. O nome dela não significava nada para mim, mas o endereço para onde ela estava viajando fazia. Eu já ouvira falar da mansão Gorston, e sabia tudo sobre o proprietário dela. Ele fora sócio de Ebenezer Farr, e o velho Eb sempre falava dele e da sua personalidade incomum.

"Bem, me ocorreu a ideia de ir à mansão Gorston e fingir que eu era filho de Eb. Ele tinha morrido, como diz a mensagem, dois anos atrás, mas lembrei do velho Eb dizendo que não tinha notícias de Simeon Lee havia muitos anos, e julguei que Lee não saberia da morte do filho de Eb. De qualquer maneira, achei que valia a pena tentar."

Sugden disse:

– Você não tentou direto, no entanto. Você se hospedou no King's Arms em Addlesfield por dois dias.

Stephen disse:

– Eu estava pensando a respeito... Se deveria tentar ou não. Por fim decidi tentar. Empolgou-me a ideia de me aventurar um pouco. Bem, funcionou como um feitiço! O velho me recebeu da maneira mais amigável possível e na hora me convidou para ficar na casa. Eu aceitei. Aí está minha explicação, superintendente. Se o senhor não gostou dela, tente se lembrar dos seus dias de galanteio e veja se o senhor não se lembra de alguma bobagem que tenha feito. Quanto ao meu nome real, como disse, é Stephen Grant. O senhor pode mandar uma mensagem para a África do Sul e checar a meu respeito, mas vou lhe dizer uma coisa: o senhor vai descobrir que eu sou um cidadão perfeitamente respeitável. Não sou um vigarista ou um ladrão de joias.

Poirot disse ternamente:

– Nunca acreditei que o senhor fosse.

O superintendente Sugden acariciou o queixo de maneira cautelosa e disse:

– Vou ter de conferir essa história. O que eu gostaria de saber é o seguinte: por que você não abriu o jogo após o assassinato em vez de nos contar um monte de mentiras?

Stephen disse com franqueza:

– Porque fui um tolo! Achei que conseguiria enganá-los! Achei que pareceria suspeito se eu admitisse estar aqui sob um nome falso. Se não tivesse sido um completo idiota, eu teria me dado conta de que vocês certamente mandariam uma mensagem para *Jo'burg*.

Sugden disse:

– Bem, sr. Farr... hum... Grant... Não estou dizendo que não acredito na sua história. Ela será comprovada ou não muito em breve.

Ele olhou de maneira indagativa para Poirot. Este disse:

– Acredito que a srta. Estravados tem algo a dizer.

Pilar ficara absolutamente branca. Ela disse com uma voz sussurrada:

– É verdade. Eu nunca teria contado para o senhor, não fosse por Lydia e o dinheiro. Vir até aqui e fingir, enganar e atuar foi divertido, mas quando Lydia disse que o dinheiro era meu e que isso era apenas uma questão de justiça, a coisa tomou outra dimensão. Não era mais divertido.

Alfred Lee disse com uma expressão estupefata:

– Não entendo, querida, do que você está falando.

Pilar disse:

– O senhor acha que eu sou sua sobrinha, Pilar Estravados? Mas não é o caso! Pilar foi morta quando eu estava viajando com ela em um carro na Espanha. Uma bomba caiu sobre o carro, e ela foi morta, mas eu não fui atingida. Eu não a conhecia muito bem, mas ela havia me contado tudo sobre si mesma e como o avô dela a havia convidado para ir para a Inglaterra e que ele era muito rico. E eu não tinha nenhum dinheiro e não sabia para onde ir ou o que fazer. Então pensei de repente: "Por que não tomar o passaporte de Pilar, ir à Inglaterra e ficar muito rica?". – O rosto dela iluminou-se com um largo sorriso repentino. – Ah, era divertido imaginar se conseguiria passar-me por ela! Nossos rostos na fotografia não eram tão diferentes. Mas, quando pediram meu passaporte aqui, abri a janela e o joguei para fora. Desci correndo para pegá-lo e esfreguei um pouco de terra só sobre o rosto, porque em uma barreira no meio da viagem eles não olham com muito cuidado, mas aqui poderiam.

Alfred disse, irado:

– Você está realmente querendo dizer que você se apresentou para o meu pai como sua neta e brincou com o afeto dele?

Pilar assentiu:

– Sim, eu vi na hora que poderia fazê-lo gostar muito de mim.

George Lee manifestou-se de maneira atabalhoada:

– Grotesco! Criminoso! Tentar conseguir dinheiro por meios ilegais.

Harry Lee disse:

– Ela não tirou nada de *você*, malandro! Pilar, estou do seu lado! Tenho uma profunda admiração por sua coragem. E, graças a Deus, não sou seu tio mais! Isso me deixa muito mais à vontade.

Pilar disse para Poirot:

– O *senhor* sabia? Quando o senhor ficou sabendo?

Poirot sorriu.

– Se a senhorita tivesse estudado as leis de Mendel, mademoiselle, saberia que duas pessoas de olhos azuis têm poucas chances de ter uma filha de olhos castanhos. A sua mãe era, tenho certeza, uma mulher casta e respeitável. Consequentemente, a senhorita não era de forma alguma Pilar Estravados. Quando a senhorita fez o truque com o passaporte, eu tinha bastante certeza disso. Foi engenhoso, mas, veja bem, não engenhoso o suficiente.

O superintendente Sugden disse em tom de desagrado:

– A coisa toda não foi engenhosa o suficiente.

Pilar o encarou e disse:

– Não compreendo...

Sugden disse:

– Você nos contou uma história... mas acho que tem bem mais que você não nos contou.

Stephen disse:

– Deixe-a em paz!

O superintendente Sugden não lhe deu atenção. Ele prosseguiu:

– Você nos contou que foi até o quarto do seu avô após o jantar. Você disse que foi um impulso de sua parte.

Eu vou sugerir algo mais. Foi você que roubou os diamantes. Você já os tivera em mãos. Em determinado momento, talvez, você os pegou e o velho não a viu fazendo isso! Quando ele descobriu que as pedras tinham sumido, ele viu na hora que apenas duas pessoas poderiam tê-los levado. Uma era Horbury, que poderia ter ficado sabendo da combinação e entrado furtivamente no quarto para roubá-los à noite. A outra pessoa era *você*.

"Bem, o sr. Lee tomou providências imediatas. Ele telefonou-me pedindo que eu viesse vê-lo. Então ele a chamou para vê-lo logo após o jantar. Você foi até lá e ele a acusou do roubo. Você negou, e ele insistiu. Não sei o que aconteceu depois, talvez ele tenha concluído que você não era neta dele, mas uma ladrinha profissional muito esperta. De qualquer maneira, o jogo havia acabado, e você estava prestes a ser desmascarada. Por isso atacou-o com uma faca. Houve uma luta, e ele gritou. Você fez o melhor nessa situação: correu para fora do quarto, girou a chave pelo lado de fora e, sabendo que não conseguiria fugir antes que os outros chegassem, *escondeu-se no nicho junto às estátuas.*"

Pilar protestou:

– Não é verdade! Não é verdade! Eu não roubei os diamantes! Eu não matei ele. Juro pela Virgem Maria.

Sugden replicou:

– *Então quem o matou?* Você disse que viu uma figura parada do lado de fora da porta do sr. Lee. De acordo com a sua história, *essa pessoa deve ter sido a assassina. Ninguém mais* passou pelo recesso! Mas nós temos apenas a *sua* palavra *de que havia mesmo uma figura ali.* Em outras palavras, *você inventou essa história* para se justificar!

George Lee disse de maneira ríspida:

– É claro que ela é culpada! Não há dúvida quanto a isso! Eu sempre *disse* que foi uma pessoa de fora que matou meu pai! Que bobagem grotesca alegar que alguém da família faria uma coisa dessas! Isso... isso não seria natural!

Poirot se mexeu na cadeira e disse:

– Discordo do senhor. Levando em consideração o caráter de Simeon Lee, seria uma coisa muito natural.

– Como? – O queixo de George caiu. Ele encarou Poirot.

Poirot prosseguiu:

– E, na minha opinião, foi exatamente isso que *aconteceu*. Simeon Lee foi morto por alguém do mesmo sangue, pelo que parecia para o assassino uma razão muito boa e suficiente.

George exclamou:

– Um de nós? Eu nego...

A voz de Poirot interveio dura como aço.

– Há um caso contra todas as pessoas aqui. Nós vamos começar, sr. George Lee, com o caso contra o *senhor*. O *senhor* não amava o seu pai! O senhor mantinha uma relação amistosa com ele pelo dinheiro. No dia da morte de Simeon Lee, *ele ameaçou reduzir a sua mesada*. O senhor sabia que, com a morte dele, o senhor provavelmente herdaria uma soma muito substancial. Aí está o motivo.

"Após o jantar, de acordo com o seu depoimento o senhor foi telefonar. O senhor *fez* uma ligação, mas ela durou apenas *cinco minutos*. Depois disso o senhor poderia ter ido ao quarto do seu pai, conversado com ele e o atacado e assassinado. O senhor deixou o quarto, trancou a porta pelo lado de fora, pois o senhor esperava que o caso fosse atribuído a um ladrão. O senhor esqueceu, em meio ao pânico, de verificar que a janela estivesse completamente aberta de maneira a apoiar a teoria do ladrão. Isso foi uma estupidez, mas o senhor é, com o perdão da palavra, um homem bastante estúpido!

"Entretanto – disse Poirot, após uma breve pausa durante a qual George tentou falar e não conseguiu –, muitos homens estúpidos foram criminosos!"

Ele voltou os olhos para Magdalene.

– Madame também tinha um motivo. Acredito que ela tenha dívidas, e o tom de determinadas declarações do seu pai podem ter lhe deixado apreensiva. Ela também não tem álibi algum. Magdalene foi telefonar, mas isto não ocorreu, e temos *apenas a palavra dela* quanto ao que ela fez...

"Enfim – ele fez uma pausa –, temos o sr. David Lee. Nós ouvimos falar, não uma vez, mas várias vezes, da índole vingativa e da capacidade de guardar recordações antigas que acompanham o sangue Lee. O sr. David Lee não se esqueceu ou perdoou a maneira com que seu pai havia tratado a sua mãe. Uma zombaria final dirigida à falecida senhora pode ter sido a gota d'água. David Lee supostamente estava tocando piano no momento do assassinato. Por coincidência, ele estava tocando a *Marcha dos mortos*. Mas suponhamos que outra pessoa estivesse tocando essa *Marcha dos mortos*, alguém que sabia o que ele iria fazer, e que aprovava a sua ação?"

Hilda Lee disse com calma:

– O que o senhor está sugerindo é vergonhoso.

Poirot se virou para ela.

– Vou lhe sugerir outra coisa, madame. Foi a *sua* mão que cometeu o crime. Foi a senhora que subiu furtivamente as escadas para executar o julgamento sobre um homem que a senhora considerava estar além do perdão humano. A senhora é daquelas pessoas que podem ser terríveis quando iradas, madame...

Hilda disse:

– Eu não o matei.

O superintendente Sugden disse de maneira ríspida:

– O sr. Poirot está certo. É possível se apresentar um caso contra todos com exceção do sr. Alfred Lee, do sr. Harry Lee e da sra. Alfred Lee.

Poirot disse delicadamente:

– Eu não tiraria fora nem mesmo esses três...

O superintendente protestou:

– Ora, por favor, sr. Poirot!

Lydia Lee disse:

– E qual é o caso contra mim, monsieur Poirot?

Ela sorriu um pouco enquanto falava, as sobrancelhas arqueadas com ironia.

Poirot fez uma mesura e disse:

– Dispenso seu motivo, madame. Ele é óbvio o suficiente. Quanto ao resto, a senhora trajava naquela noite um vestido de tafetá com uma estampa floral bastante peculiar e uma capa. Devo lembrá-la que Tressilian, o mordomo, enxerga mal. Objetos à distância são obscuros e vagos para ele. Observarei, também, que a sua sala de estar é grande e as luminárias ali produzem uma luz bastante difusa. Naquela noite, um minuto ou dois antes dos gritos serem ouvidos, Tressilian entrou na sala de estar para recolher as xícaras de café. *Ele acreditou* tê-la visto em atitude familiar, junto à janela mais distante, meio escondida pelas cortinas pesadas.

Lydia Lee disse:

– Ele me viu.

Poirot prosseguiu:

– Sugiro ser possível *que Tressilian tenha visto sua capa*, arranjada para aparecer pela cortina da janela, como se a senhora mesma estivesse parada ali.

Lydia disse:

– Eu estava parada ali...

Alfred disse:

– Como o senhor ousa sugerir...

Harry o interrompeu:

– Deixe-o continuar, Alfred. Depois chegará sua vez. Como o senhor sugere que o querido Alfred tenha matado seu amado pai, já que estávamos os dois juntos na sala de jantar no momento do crime?

Poirot olhou radiante para ele.

– Isso – disse ele – é muito simples. Um álibi cresce em força na medida em que seja dado de má vontade. O senhor e seu irmão não se toleram. Todos o sabem. O *senhor* zomba *dele* em público. *Ele* não tem nada de bom a dizer sobre o *senhor*! Mas *suponhamos que tudo fosse parte de uma trama muito inteligente*. Suponhamos que Alfred Lee estivesse cansado de fazer todas as vontades de um capataz exigente. Suponhamos que você e ele se tenham reconciliado há algum tempo.

"Sua trama está urdida. Você volta para casa. Alfred parece ressentir-se de sua presença. Ele demonstra inveja e antipatia pelo senhor. O senhor demonstra desprezo por ele. Até que chegue a noite do assassinato que vocês planejaram juntos com tanto engenho. Um de vocês permanece na sala de jantar, conversando e talvez brigando em voz alta, como se duas pessoas estivessem lá. *O outro vai ao andar de cima e comete o crime...*"

Alfred pôs-se de pé com um salto.

– O diabo que o carregue! – disse ele. Sua voz era desarticulada.

Sugden estava encarando Poirot e disse:

– O senhor acha mesmo...

Poirot disse com um súbito tom de autoridade na voz:

– Eu tinha de demonstrar-lhes as *possibilidades*! Essas coisas *poderiam* ter acontecido! Quais delas *aconteceram*, somente poderemos dizer passando da aparência exterior para a realidade interna...

Ele fez uma pausa e então disse lentamente:

– Nós temos de voltar, como já disse antes, ao caráter do próprio Simeon Lee...

VI

Houve uma pausa momentânea. De maneira bastante estranha, toda a indignação e todo o rancor haviam desaparecido. Hercule Poirot mantinha seu público sob o encanto da sua personalidade. Eles o observavam, fascinados, quando começou a falar devagar.

– Vejam bem, está tudo ali. O morto é o foco e o centro do mistério! Devemos sondar as profundezas do coração e da mente de Simeon Lee para ver o que encontramos ali. Pois um homem não vive e morre apenas para ele mesmo. Tudo o que tem entrega àqueles que vêm depois dele...

"O que Simeon Lee legou para seus filhos e filha? Orgulho, para começo de conversa... um orgulho que, no velho, era frustrado na sua decepção com seus filhos. Havia também a qualidade da paciência. Foi-nos contado que Simeon Lee esperou pacientemente por anos para se vingar de alguém que o havia prejudicado. Nós vemos que esse aspecto do seu temperamento foi herdado pelo filho que menos lembrava ele de rosto. David Lee também se lembrava e continuava a nutrir um ressentimento através de longos anos.

"De *rosto*, Harry Lee era o único dos seus filhos que se parecia proximamente com ele. Essa semelhança é bastante impressionante quando examinamos o retrato de Simeon Lee quando jovem. Ali está o mesmo nariz adunco aquilino, a longa linha dura do queixo, a postura da cabeça para trás. Acho também que Harry herdou muitos dos maneirismos do seu pai... aquele hábito, por exemplo, de jogar a cabeça para trás rindo, e outro hábito de acariciar o queixo com o dedo.

"Levando todas essas questões em consideração e estando convencido de que o assassinato foi cometido por uma pessoa bastante ligada ao homem morto, eu estudei a família a partir de um ponto de vista psicológico. Isto é, eu tentei decidir quais deles eram *psicologicamente criminosos em potencial*. E, na minha opinião, apenas duas pessoas se qualificavam nesse sentido. Elas eram Alfred Lee e Hilda Lee, esposa de David. O próprio David eu rejeitei como um possível assassino. Não acredito que uma pessoa das suas suscetibilidades delicadas poderia ter enfrentado a sangria real de uma garganta cortada.

"George Lee e a sua esposa eu rejeitei da mesma forma. Quaisquer que tenham sido seus desejos, não achei que eles tivessem a índole para assumir um *risco*. Eles eram ambos cautelosos em essência. Tive a convicção de que a sra. Alfred Lee era incapaz de um ato de violência. Ela tem ironia demais em sua natureza. Quanto ao sr. Harry Lee, eu hesitei. Ele tinha um certo ar de grosseria truculenta, mas eu tinha quase certeza de que Harry Lee, apesar dos seus blefes e bazófias, era essencialmente um covarde. Agora sei que essa era também a opinião do seu pai. Harry, disse ele, não valia mais do que o resto.

"Isso me deixou com as duas pessoas que já mencionei. Alfred Lee era uma pessoa capaz de um alto grau de devoção altruísta. Ele era um homem que havia se deixado subordinar e dominar por outro homem por muitos anos. Era sempre possível sob essas condições que algo saísse do controle. Além disso, é possível que ele tenha nutrido um ressentimento secreto contra o seu pai que pode ter crescido de modo gradual em força, apesar de nunca ter sido expressado de forma alguma. As pessoas mais caladas e submissas são muitas vezes capazes da violência mais repentina e inesperada, pois quando perdem o controle, elas o perdem por inteiro!

"A outra pessoa que eu considerei capaz de ter cometido o crime foi Hilda Lee. Ela é o tipo de indivíduo capaz, em determinadas ocasiões, de fazer justiça com as próprias mãos, apesar de que nunca por motivos egoístas. Essas pessoas julgam e também executam. Muitos personagens do Velho Testamento são desse tipo. Jael e Judite, por exemplo.

"E agora, tendo chegado até este ponto, eu examinei as circunstâncias do próprio crime. E a primeira coisa que surge, ou melhor, que é jogada na sua cara, são as extraordinárias condições sob as quais esse crime ocorreu! Voltem para o quarto onde Simeon Lee foi encontrado morto. Se vocês se lembram, havia uma mesa e uma cadeira viradas, ambas pesadas, uma luminária, potes de cerâmica, copos etc. Mas a cadeira e a mesa eram especialmente surpreendentes. Elas eram de mogno sólido.

"Era difícil imaginar como uma luta entre aquele velho frágil e o seu oponente pudesse resultar em tantos móveis sólidos virados e derrubados. A coisa toda parecia *irreal*. E, no entanto, com certeza ninguém em sã consciência simularia esse efeito se ele não tivesse de fato ocorrido... a não ser possivelmente que Simeon Lee tivesse sido morto por um homem forte e a ideia era sugerir que o agressor fosse uma mulher ou alguém com um físico fraco.

"Mas uma ideia dessa natureza era inconvincente ao extremo, tendo em vista que o ruído dos móveis teria dado o alarme e o assassino teria, portanto, muito pouco tempo para fugir. Com certeza seria vantajoso para *qualquer pessoa* cortar a garganta de Simeon Lee da maneira *mais silenciosa* possível.

"Outro ponto extraordinário foi a porta ter sido trancada pelo lado de fora. Mais uma vez, parecia não haver razão alguma para um procedimento dessa ordem. Isso não sugeriria suicídio, já que nada na morte em si estava de acordo com um suicídio. Não foi para sugerir uma fuga pelas janelas, pois as janelas estavam dispostas de tal forma que uma fuga por ali seria impossível! Além disso, novamente, isso envolveria *tempo*. Tempo que *tem* de ser precioso para o assassino!

"Havia uma outra questão incompreensível: um pedaço de borracha cortado do estojo de toalete de Simeon Lee e um pino de madeira pequeno mostrados para mim pelo superintendente Sugden. Estes haviam sido pegos do chão por uma das primeiras pessoas a entrarem no quarto. *Mais uma vez, esses objetos não faziam sentido!* Eles significavam rigorosamente nada! No entanto, eles estavam lá.

"O crime, vocês percebem, estava se tornando cada vez mais incompreensível. Ele não tem ordem, não tem método... *enfin*, ele não é *razoável*.

"E agora nós chegamos a mais uma dificuldade. O superintendente Sugden havia sido chamado pelo homem morto; um roubo foi relatado a ele, e foi pedido que ele retornasse uma hora e meia mais tarde. *Por quê?* Se era porque Simeon Lee suspeitava da sua neta ou de algum outro membro da família, por que ele não pediu para o superintendente esperar no andar de baixo enquanto ele conversava direto com o grupo suspeito? Com o superintendente realmente na casa, o seu poder sobre a pessoa culpada teria sido muito mais forte.

"Agora nós chegamos ao ponto em que não apenas o comportamento do assassino é extraordinário, como o de Simeon Lee também é extraordinário! E penso comigo mesmo: 'Está tudo errado!' Por quê? Porque nós estamos olhando para o caso *a partir do ângulo errado*. Nós estamos olhando para ele *a partir do ângulo que o assassino quer que olhemos*...

"Nós temos três fatos que não fazem sentido: a luta, a porta trancada à chave e o pedaço de borracha. Mas *tem* de haver alguma maneira de olhar para esses três fatos que *faria* sentido! Então esvaziei completamente minha cabeça e procurei esquecer as circunstâncias do crime e passei a olhar para essas questões *por seus próprios méritos*. Eu disse... uma *luta*. O que *isso* sugere? Violência, coisas quebradas, ruído... A chave? *Por que* alguém trancaria a porta com uma chave? Para que ninguém entrasse? Mas a chave não evitou isso, já que a porta foi arrombada quase que de imediato. Para manter alguém do lado de *dentro*? Para manter alguém do lado de *fora*? Um pedaço de borracha? Eu digo para mim mesmo: 'Um pedacinho de um estojo de toalete é um pedacinho de um estojo de toalete, e só isso!'. Vocês diriam que não há nada aí... e no entanto, isto não é estritamente verdade, pois três impressões permanecem: ruído, isolamento, mistério...

"Elas se encaixam com alguma das minhas duas possibilidades? Não, não se encaixam. Para ambos Alfred Lee e Hilda Lee, um assassinato *silencioso* teria sido infinitamente preferível. Ter perdido tempo trancando a porta pelo lado de fora é absurdo, e o pequeno pedaço do estojo de toalete significa mais uma vez absolutamente nada!

"E, no entanto, eu tenho o forte sentimento de que não há nada de absurdo a respeito desse crime, que ele é, ao contrário, um crime muito bem planejado e executado de maneira admirável. Que ele, na realidade, foi *bem-sucedido*! Portanto, tudo que aconteceu foi *proposital*... E então, repassando-o, vi o primeiro lampejo de luz...

"Sangue... *tanto sangue*... sangue por toda parte... Uma insistência no sangue... Sangue fresco, encharcado, fulgente... Tanto sangue, *sangue demais*... E um segundo pensamento vem com este. *É o próprio sangue de Simeon Lee que se ergue contra ele...*"

Hercule Poirot se inclinou para frente.

– As duas pistas mais valiosas neste caso foram pronunciadas um tanto inconscientemente por duas pessoas diferentes. A primeira foi quando a sra. Alfred Lee citou uma linha de *Macbeth*: "Quem poderia adivinhar que o velho tinha tanto sangue dentro das veias?". A outra foi uma frase pronunciada por Tressilian, o mordomo. Ele descreveu como se sentia confuso e que as coisas pareciam estar acontecendo como se já tivessem acontecido antes. Foi uma ocorrência muito simples que lhe causou esta estranha sensação. Ele ouvira o toque da campainha e foi abrir a porta para Harry Lee, e no dia seguinte ele fez a mesma coisa para Stephen Farr.

"Agora por que ele teve esta sensação? Olhem para Harry Lee e Stephen Farr *e verão a razão*. Eles são incrivelmente parecidos! Foi *por isso que abrir a porta para Stephen Farr era o mesmo que abrir a porta para Harry Lee*. Poderia quase ter sido o mesmo homem parado ali. E apenas hoje Tressilian mencionou que estava sempre se confundindo entre as pessoas. Não é de se espantar! Stephen Farr tem um nariz adunco, o hábito de jogar a cabeça para trás quando ri, e o gesto de acariciar o queixo com seu dedo indicador. Olhem com atenção por um bom tempo para o retrato de Simeon Lee quando jovem e verão *não apenas Harry Lee, mas Stephen Farr também...*"

Stephen se mexeu. Sua cadeira rangeu. Poirot disse:

– Lembrem-se daquele desabafo de Simeon Lee, sua longa diatribe contra sua família. Vocês se lembram do seu pai dizendo que seria capaz de jurar ter filhos melhores *fora do casamento*. Nós voltamos mais uma vez ao caráter dele. Simeon Lee, que fazia sucesso com as mulheres e que partiu o coração da sua esposa! Simeon Lee que se jactava para Pilar de que poderia ter uma escolta de filhos quase da mesma idade dela! Enfim eu cheguei a esta conclusão: Simeon Lee não tinha somente sua família legítima em casa, *mas um filho desconhecido e não reconhecido do seu próprio sangue.*

Stephen se pôs de pé. Poirot disse:

– Esse foi o seu motivo verdadeiro, não é? Não aquele belo romance da garota que o senhor encontrou no trem! O senhor estava vindo para cá *antes de conhecê-la*. Vindo para ver *que tipo de homem era o seu pai...*

Stephen ficara lividamente branco. Ele falou, e sua voz saiu atrapalhada e rouca:

– Sim, eu sempre ficava imaginando... A minha mãe falava nele às vezes. Tornou-se uma espécie de obsessão para mim... ver como ele era! Eu ganhei um pouco de dinheiro e vim para a Inglaterra. Eu não iria deixá-lo saber quem eu era. Fingi ser o filho do velho Eb. Eu vim aqui por uma razão somente: para ver o homem que era meu pai...

O superintendente Sugden disse quase com um sussurro:

— Meu Deus, eu estava cego... Agora consigo ver. Por duas vezes o tomei pelo sr. Harry Lee e então vi o meu erro, mas nunca imaginei!

Ele se virou para Pilar.

— Foi isso, não foi? Foi Stephen Farr que você viu parado do lado de fora daquela porta, não é? Você hesitou, eu lembro, e olhou para ele antes de dizer que tinha sido uma mulher. Foi Farr que você viu, *e você não ia entregá-lo.*

Houve um ligeiro burburinho. A voz grave de Hilda Lee falou:

— Não – disse ela. – O senhor está errado. Fui eu que Pilar viu...

Poirot disse:

— A senhora, madame? Sim, achei que era...

Hilda disse, calma:

— A autopreservação é uma coisa interessante. Eu não acreditaria que seria capaz de ser tão covarde. Manter silêncio só porque estava com medo!

Poirot disse:

— A senhora vai nos contar agora?

Ela anuiu.

— Eu estava com David na sala de música. Ele estava tocando. David estava com um humor estranhíssimo. Eu estava um pouco assustada e senti intensamente minha responsabilidade por ter sido eu que insistira para que ele viesse aqui. David começou a tocar a *Marcha dos mortos*, e de súbito tomei uma decisão. Por mais estranho que parecesse, decidi que nós dois partiríamos naquela noite mesmo. Eu saí da sala de música sem chamar a atenção e subi as escadas. Minha ideia era ir até o velho sr. Lee e dizer a ele com bastante franqueza por que nós estávamos indo. Eu segui pelo corredor até o quarto dele e bati à porta. Não houve resposta. Bati de novo um pouco mais alto. Ainda assim não houve resposta. Resolvi tentar a maçaneta. A porta estava trancada. E então, enquanto eu hesitava ali parada, *ouvi um ruído dentro do quarto...*

Ela parou.

– Vocês não vão acreditar em mim, mas é verdade! *Alguém estava lá dentro*, atacando o sr. Lee. Eu ouvi mesas e cadeiras sendo derrubadas e o ruído de vidro e porcelana quebrando, e depois escutei um último grito terrível que sumiu em seguida... e então silêncio.

"Eu fiquei ali, paralisada! Não conseguia me mexer! O sr. Farr chegou correndo com Magdalene e todos os outros e o sr. Farr e Harry começaram a golpear a porta. Ela caiu e nós vimos o quarto, e não havia ninguém nele... exceto o sr. Lee caído morto em meio àquele sangue todo."

Ela elevou sua voz tranquila. Hilda exclamou:

– *Não havia mais ninguém ali...* ninguém, vocês compreendem! E *ninguém havia saído do quarto...*

VII

O superintendente Sugden respirou fundo e disse:
– Ou estou ficando maluco, ou todo mundo está! O que a senhora acabou de dizer, sra. Lee, é absolutamente impossível. É loucura!

Hilda Lee exclamou:
– Eu estou lhes dizendo que os ouvi lutando lá dentro e ouvi o velho gritar quando sua garganta foi cortada, e ninguém saiu e ninguém estava dentro do quarto!

Hercule Poirot disse:
– E todo esse tempo a senhora não nos disse nada.

O rosto de Hilda Lee estava branco, mas ela disse com firmeza:

— Não, porque se eu lhes dissesse o que tinha acontecido, haveria apenas uma coisa que os senhores poderiam dizer ou pensar: que fui *eu* que o matei...

Poirot balançou a cabeça.

— Não – disse ele. – A senhora não o matou. O filho dele o matou.

Stephen Farr disse:

— Eu juro por Deus que nunca toquei nele!

— Não você – disse Poirot. – Ele tinha outros filhos!

Harry disse:

— Que diabos...

George o encarou. David tapou os olhos com uma mão. Alfred piscou duas vezes.

Poirot disse:

— Na primeira noite mesmo em que estive aqui, a noite do assassinato, eu vi um fantasma. *Era o fantasma do homem morto.* Quando vi Harry Lee pela primeira vez, fiquei confuso. Eu senti como se já o tivesse visto antes. Então observei seus traços com cuidado e me dei conta de como ele era parecido com o pai, e disse a mim mesmo que fora isto que causara a sensação de familiaridade.

"Mas ontem um homem sentado à minha frente jogou a cabeça para trás e riu, *e eu soube quem era que Harry Lee me fazia lembrar.* E encontrei de novo, em outro rosto, os traços do homem morto. Não é de se espantar que o pobre velho Tressilian sentira-se confuso quando atendera a porta não para dois, mas para três homens que se pareciam proximamente um com o outro. Não é de se espantar que ele confessou confundir as pessoas quando havia três homens na casa que, a uma curta distância, podiam passar um pelo outro. A mesma constituição física, os mesmos gestos (um em particular, o cacoete de acariciar o queixo), o mesmo hábito de rir com a cabeça jogada para trás, o mesmo nariz adunco característico. Entretanto, a similaridade não era sempre fácil de se ver, *pois o terceiro homem tinha um bigode.*"

Ele se inclinou para frente.

– Nós nos esquecemos às vezes de que policiais são homens, que eles têm esposas e filhos, mães – ele fez uma pausa – e *pais*... Lembrem-se da reputação local de Simeon Lee: um homem que partiu o coração da sua esposa devido aos seus casos com mulheres. Um filho nascido fora do casamento pode herdar muitas coisas. Ele pode herdar os traços do seu pai e mesmo seus gestos. Ele pode herdar seu orgulho, sua paciência e seu espírito vingativo!

Poirot elevou o tom de voz:

– Toda a sua vida, superintendente Sugden, o senhor se ressentiu da injustiça que seu pai lhe causou. Acho que o senhor tomou a decisão de matá-lo há muito tempo. O senhor é do condado vizinho, não muito distante daqui. Sem dúvida sua mãe, com o dinheiro que Simeon Lee tão generosamente deu a ela, foi capaz de encontrar um marido que assumisse o filho dela. Foi fácil entrar para a polícia de Middleshire e esperar uma oportunidade. Um superintendente de polícia tem uma possibilidade extraordinária de cometer um crime e sair impune dele.

O rosto de Sugden ficou branco como um papel.

Ele disse:

– O senhor está louco! Eu estava fora da casa quando ele foi assassinado.

Poirot balançou a cabeça:

– Não, o senhor o matou antes de deixar a casa pela primeira vez. Ninguém o viu vivo depois que o senhor foi embora. Foi muito fácil para o senhor. Simeon Lee o esperava, sim, *mas nunca lhe mandou chamar.* Foi o *senhor* que telefonou para ele e falou vagamente a respeito de uma tentativa de roubo. O senhor disse que viria um pouco antes das oito horas daquela noite e fingiria estar arrecadando doações para uma caridade da polícia.

"Simeon Lee não suspeitava de nada. Ele não sabia que o senhor era filho dele. O senhor veio e contou a história dos diamantes trocados. Ele abriu o cofre para mostrar-lhe que os verdadeiros diamantes estavam seguros com ele. O senhor desculpou-se, voltou com ele à lareira e, atacando-o de surpresa, cortou-lhe a garganta, tapando-lhe a boca com a mão para que ele não gritasse. Brincadeira de criança para um homem com seu físico poderoso.

"Então o senhor montou a cena. O senhor pegou os diamantes, empilhou mesas e cadeiras, luminárias e copos, e passou por todos os objetos uma corda fina ou um fio, que o senhor havia trazido enrolado em torno do corpo. O senhor tinha consigo uma garrafa de sangue de um animal recém-abatido, ao qual havia acrescentado uma boa quantidade de citrato de sódio. O senhor borrifou esse sangue por toda parte e adicionou mais citrato de sódio à poça de sangue que fluía do ferimento de Simeon Lee.

"O senhor colocou mais lenha no fogo para que o corpo mantivesse calor. Depois passou as duas extremidades da corda pela brecha estreita na parte de baixo da janela e deixou-as penduradas na parede do lado de fora. O senhor saiu do quarto e trancou a porta pelo lado de fora. O que era vital, *pois ninguém deveria entrar no quarto, em hipótese alguma.*

"O senhor saiu e escondeu os diamantes em um vaso de pedra no jardim. Se, mais cedo ou mais tarde, eles fossem descobertos ali, apenas fariam com que mais suspeitas recaíssem sobre quem o senhor desejava: os membros da família legítima de Simeon Lee. Um pouco antes das nove e quinze o senhor voltou e, indo até a parede embaixo da janela, puxou a corda, derrubando a estrutura empilhada que o senhor havia arranjado com cuidado. Móveis e porcelanas caíram com grande ruído. O senhor puxou uma extremidade da corda e a enrolou de novo em torno do seu corpo, por baixo do terno e do colete.

"O senhor tinha ainda outro recurso!"

Ele voltou-se para os outros.

– Vocês lembram, todos vocês, como cada um descreveu o grito de morte do sr. Lee de maneira diferente? O senhor, sr. Lee, descreveu-o como o lamento de um homem em agonia mortal. Sua esposa e David Lee ambos usaram a expressão: uma alma no inferno. A sra. David Lee, ao contrário, disse que foi o grito de alguém *sem* alma. Ela disse que não era humano, como uma fera. Foi Harry Lee quem chegou mais perto da verdade. Ele disse que soava como um porco sendo abatido.

"Vocês conhecem aquelas bexigas longas e cor-de-rosa que se vendem em feiras, com rostos pintados nelas, chamadas de 'porcos moribundos'? Quando o ar sai delas em alta pressão, elas emitem o ruído de um lamento desumano. Esse, Sugden, foi seu toque final. O senhor colocou uma dessas no quarto. A boca foi presa com um pino, mas este pino estava amarrado à corda. Quando o senhor puxou a corda, o pino soltou e a bexiga começou a esvaziar. Além dos móveis caindo, houve o grito do 'porco moribundo'."

Ele voltou-se mais uma vez para os outros.

– Vocês sabem agora o que Pilar Estravados apanhou no chão? O superintendente esperava chegar lá a tempo de recuperar aquele pedaço de borracha retorcida antes que alguém o notasse. Entretanto, ele tomou-o de Pilar com muita rapidez e com todo o caráter oficial. Mas lembrem-se de que *ele nunca mencionou o incidente a ninguém*. Apenas esse fato já era muito suspeito. Ouvi-o de Magdalene Lee e interpelei Sugden. Ele estava preparado para a eventualidade. Havia cortado um pedaço do estojo de toalete do sr. Lee, que era feito de borracha, e mostrou-o a mim, junto com um pino de madeira.

"Em aparência, os objetos respondiam à mesma descrição: um fragmento de borracha e um pedaço de madeira. Percebi naquele momento que não significavam nada em absoluto! Mas fui tolo por não dizer de pronto: 'Isto não significa nada, *e assim não poderia estar ali, e o superintendente Sugden está mentindo...*'. Não, em minha tolice, continuei tentando encontrar uma explicação para eles. Somente descobri a verdade quando mademoiselle Estravados, ao brincar com um balão que estourou, exclamou que deveria ter sido um balão estourado o que ela apanhou no quarto de Simeon Lee.

"Vocês veem agora como tudo se encaixa? A luta improvável, *necessária para estabelecer uma hora falsa para a morte*; a porta trancada, de maneira que ninguém descobrisse o corpo cedo demais; o grito do moribundo. O crime agora se tornou lógico e razoável.

"Mas, a partir do momento em que Pilar Estravados gritou sua descoberta a respeito do balão, ela era uma fonte de perigo para o assassino. E, se aquela observação fosse ouvida por ele de dentro da casa (o que era bem possível, pois a voz dela era alta e clara e as janelas estavam abertas), ela mesma estaria em considerável perigo. Ela já havia causado ao assassino um tremendo susto.

"Ela havia dito, falando do sr. Lee: 'Ele devia ter sido muito bonito quando era jovem'. E havia acrescentado, dirigindo-se a Sugden: *'Como o senhor'*. Ela estava sendo literal, e Sugden sabia. Não espanta que o rosto de Sugden tenha arroxeado e ele quase se tenha engasgado. Aquilo era inesperado, e um perigo mortal. A partir de então ele tentou colocar a culpa nela, o que apresentou dificuldades inesperadas, já que, tendo sido privada da herança do velho, ela por certo não tinha motivo para o crime. Mais tarde, quando ele ouviu de dentro da casa a voz clara e alta dela fazendo aquela observação sobre o balão, ele decidiu tomar medidas extremas. Preparou a armadilha enquanto almoçávamos. Felizmente, quase por milagre, ela falhou..."

Houve um silêncio mortal. Sugden disse calmamente:

– Quando o senhor teve certeza?

Poirot disse:

– Não tinha muita certeza até trazer para cá um bigode falso, que coloquei sobre o retrato de Simeon Lee. Então, o rosto que olhava para mim era o seu.

Sugden disse:

– Que Deus apodreça a alma dele no inferno! Estou feliz por tê-lo matado!

Parte 7

28 de dezembro

I

Lydia Lee disse:

– Pilar, acho que é melhor você ficar conosco até conseguirmos algo em definitivo para você.

Pilar disse humildemente:

– Você é muito boa, Lydia. Você é gentil. Você perdoa as pessoas com bastante facilidade sem fazer um estardalhaço a respeito.

Lydia disse, sorrindo:

– Eu ainda a chamo de Pilar, embora imagine que seu nome seja outro.

– Sim, na verdade sou Conchita Lopez.

– Conchita é um belo nome também.

– Você é mesmo boa demais, Lydia. Mas não precisa se preocupar comigo. Eu vou me casar com Stephen, e estamos indo para a África do Sul.

Lydia disse, sorrindo:

– Bem, aí está um belo desfecho.

Pilar disse com timidez:

– Já que você tem sido tão gentil, Lydia, você acha que nós poderíamos voltar e ficar com vocês, quem sabe no Natal, e então nós faríamos uma festa com direito a biscoitos, passas flambadas, aqueles enfeites reluzentes na árvore e bonequinhos de neve?

– Sem dúvida, você pode vir e teremos um Natal inglês de verdade.

– Isso seria adorável. Sabe, Lydia, este ano o Natal não foi nem um pouco feliz.

Lydia teve um ligeiro sobressalto. Ela disse:
– Não, não foi um Natal feliz...

II

Harry disse:
– Bem, adeus, Alfred. Não se preocupe, você não terá de me aturar por muito mais tempo. Estou indo para o Havaí. Sempre quis viver lá se tivesse um pouco de dinheiro.

Alfred disse:
– Adeus, Harry. Espero que você aproveite. Espero mesmo.

Harry disse sem jeito:
– Desculpe por tê-lo irritado tanto, meu velho. É esse meu senso de humor desgraçado. Não resisto a uma brincadeira.

Alfred disse com esforço:
– Acho que preciso não levar as coisas tão a sério.

Harry disse, aliviado:
– Bem... até mais.

III

Alfred disse:
– David, Lydia e eu decidimos vender este lugar. Achei que talvez você quisesse ficar com algumas coisas da nossa mãe... a cadeira e o banquinho. Você sempre foi o favorito dela.

David hesitou um minuto e agradeceu:
– Obrigado pela lembrança, Alfred, mas, sabe, acho que não ficarei com elas. Não quero nada desta casa. Acho que é melhor romper completamente com o passado.

Alfred disse:
– Sim, compreendo. Talvez você esteja certo.

IV

George disse:
– Bem, adeus, Alfred. Adeus, Lydia. Que momento terrível nós passamos. Tem o julgamento vindo aí, também. Imagino que toda a história infame virá a público... de que Sugden é... hum... filho do meu pai. Será que alguém poderia convencê-lo de que seria melhor se ele alegasse ser um comunista fervoroso e que detestava meu pai como capitalista... algo do gênero?

Lydia disse:
– Meu caro George, você realmente imagina que um homem como Sugden contaria mentiras para preservar *nossos* sentimentos?

George disse:
– Hum... talvez não. Entendi o que você quis dizer. Ainda assim, o homem deve ser maluco. Bem, adeus mais uma vez.

Magdalene disse:
– Boa viagem. Ano que vem vamos todos para a Riviera ou algum lugar para passar o Natal e nos divertirmos de verdade.

George disse:
– Depende da bolsa de valores.

Magdalene disse:
– Querido, não seja *sovina*.

V

Alfred apareceu no terraço. Lydia estava trabalhando em um vaso de pedra. Ela se endireitou quando o viu.

Ele disse com um suspiro:

– Bem, todos já se foram.
Lydia disse:
– Sim... que bênção.
– É mesmo.
Alfred disse:
– Você vai gostar de ir embora daqui.
Ela perguntou:
– Você vai se importar muito?
– Não, vai ser bom. Existem tantas coisas interessantes que nós podemos fazer juntos. Viver aqui significaria ser constantemente lembrado daquele pesadelo. Graças a Deus isso tudo já passou!
Lydia disse:
– Graças a Hercule Poirot.
– Sim. Sabe, foi realmente incrível a maneira como tudo fez sentido quando ele nos explicou.
– Eu sei. Como quando você termina um quebra-cabeça e todas aquelas peças de formatos estranhos que você jurou que nunca se encaixariam em lugar nenhum encontram seus lugares.
Alfred disse:
– Tem um detalhe que nunca se encaixou. O que George estava fazendo *depois* de dar o telefonema? Por que ele não disse?
– Você não sabe? Eu sempre soube. Ele estava espiando os seus papéis na sua escrivaninha.
– Ah! Não, Lydia, ninguém faria uma coisa dessas!
– George faria. Ele é bastante curioso a respeito de questões que envolvem dinheiro. Mas é claro que ele não diria isso. Ele teria de estar no banco dos réus para confessar uma coisa dessas.
Alfred disse:
– Você está fazendo outro jardim?
– Sim.
– O que é desta vez?

– Acho – disse Lydia – que é uma tentativa do Jardim do Éden. Uma nova versão, sem serpente alguma, e Adão e Eva são definitivamente pessoas de meia-idade.

Alfred disse com carinho:

– Querida Lydia, como você foi paciente comigo todos esses anos. Você tem sido muito boa para mim.

Lydia disse:

– Mas, Alfred, eu amo você...

VI

O coronel Johnson exclamou:

– Deus me livre! Palavra de honra! – E por fim, mais uma vez: – Deus me livre!

Ele se recostou na cadeira e encarou Poirot. Disse com tristeza:

– Meu melhor homem! O que está acontecendo com a polícia?

Poirot disse:

– Mesmo policiais têm vidas particulares! Sugden era um homem muito orgulhoso.

O coronel Johnson balançou a cabeça, então cutucou as toras na lareira para se acalmar. Ele disse abruptamente:

– É o que sempre digo: nada como um fogo de lenha.

Hercule Poirot, sentindo as correntes de ar em torno do seu pescoço, pensou consigo mesmo:

"*Pour moi*, mil vezes o aquecimento central...".

Série Agatha Christie na Coleção **L&PM** POCKET

O mistério dos sete relógios
O misterioso sr. Quin
O mistério Sittaford
O cão da morte
Por que não pediram a Evans?
O detetive Parker Pyne
É fácil matar
Hora Zero
E no final a morte
Um brinde de cianureto
Testemunha da acusação e outras histórias
A Casa Torta
Aventura em Bagdá
Um destino ignorado
A teia da aranha (com Charles Osborne)
Punição para a inocência
O Cavalo Amarelo
Noite sem fim
Passageiro para Frankfurt
A mina de ouro e outras histórias

Mistérios de Hercule Poirot

Os Quatro Grandes
O mistério do Trem Azul
A Casa do Penhasco
Treze à mesa
Assassinato no Expresso Oriente
Tragédia em três atos
Morte nas nuvens
Os crimes ABC
Morte na Mesopotâmia
Cartas na mesa
Assassinato no beco
Poirot perde uma cliente
Morte no Nilo
Encontro com a morte
O Natal de Poirot
Cipreste triste
Uma dose mortal
Morte na praia
A Mansão Hollow
Os trabalhos de Hércules
Seguindo a correnteza
A morte da sra. McGinty
Depois do funeral
Morte na rua Hickory
A extravagância do morto

Um gato entre os pombos
A aventura do pudim de Natal
A terceira moça
A noite das bruxas
Os elefantes não esquecem
Os primeiros casos de Poirot
Cai o pano
*Poirot e o mistério da arca espanhola e
    outras histórias*
Poirot sempre espera e outras histórias

Mistérios de Miss Marple

Assassinato na casa do pastor
Os treze problemas
Um corpo na biblioteca
A mão misteriosa
Convite para um homicídio
Um passe de mágica
Um punhado de centeio
Testemunha ocular do crime
A maldição do espelho
Mistério no Caribe
Nêmesis
Um crime adormecido
Os últimos casos de Miss Marple

Mistérios de Tommy & Tuppence

Sócios no crime
M ou N?
Um pressentimento funesto
Portal do destino

Romances de Mary Westmacott

Entre dois amores
Retrato inacabado
Ausência na primavera
O conflito
Filha é filha
O fardo

Teatro

Akhenaton
Testemunha da acusação e outras peças
E não sobrou nenhum e outras peças

Memórias

Autobiografia

Coleção L&PM POCKET (Lançamentos mais recentes)

1058. **Pintou sujeira!** – Mauricio de Sousa
1059. **Contos de Mamãe Gansa** – Charles Perrault
1060. **A interpretação dos sonhos: vol. 1** – Freud
1061. **A interpretação dos sonhos: vol. 2** – Freud
1062. **Frufru Rataplã Dolores** – Dalton Trevisan
1063. **As melhores histórias da mitologia egípcia** – Carmem Seganfredo e A.S. Franchini
1064. **Infância. Adolescência. Juventude** – Tolstói
1065. **As consolações da filosofia** – Alain de Botton
1066. **Diários de Jack Kerouac – 1947-1954**
1067. **Revolução Francesa – vol. 1** – Max Gallo
1068. **Revolução Francesa – vol. 2** – Max Gallo
1069. **O detetive Parker Pyne** – Agatha Christie
1070. **Memórias do esquecimento** – Flávio Tavares
1071. **Drogas** – Leslie Iversen
1072. **Manual de ecologia (vol.2)** – J. Lutzenberger
1073. **Como andar no labirinto** – Affonso Romano de Sant'Anna
1074. **A orquídea e o serial killer** – Juremir Machado da Silva
1075. **Amor nos tempos de fúria** – Lawrence Ferlinghetti
1076. **A aventura do pudim de Natal** – Agatha Christie
1078. **Amores que matam** – Patricia Faur
1079. **Histórias de pescador** – Mauricio de Sousa
1080. **Pedaços de um caderno manchado de vinho** – Bukowski
1081. **A ferro e fogo: tempo de solidão (vol.1)** – Josué Guimarães
1082. **A ferro e fogo: tempo de guerra (vol.2)** – Josué Guimarães
1084.(17).**Desembarcando o Alzheimer** – Dr. Fernando Lucchese e Dra. Ana Hartmann
1085. **A maldição do espelho** – Agatha Christie
1086. **Uma breve história da filosofia** – Nigel Warburton
1088. **Heróis da História** – Will Durant
1089. **Concerto campestre** – L. A. de Assis Brasil
1090. **Morte nas nuvens** – Agatha Christie
1092. **Aventura em Bagdá** – Agatha Christie
1093. **O cavalo amarelo** – Agatha Christie
1094. **O método de interpretação dos sonhos** – Freud
1095. **Sonetos de amor e desamor** – Vários
1096. **120 tirinhas do Dilbert** – Scott Adams
1097. **200 fábulas de Esopo**
1098. **O curioso caso de Benjamin Button** – F. Scott Fitzgerald
1099. **Piadas para sempre: uma antologia para morrer de rir** – Visconde da Casa Verde
1100. **Hamlet (Mangá)** – Shakespeare
1101. **A arte da guerra (Mangá)** – Sun Tzu
1104. **As melhores histórias da Bíblia (vol.1)** – A. S. Franchini e Carmen Seganfredo
1105. **As melhores histórias da Bíblia (vol.2)** – A. S. Franchini e Carmen Seganfredo
1106. **Psicologia das massas e análise do eu** – Freud
1107. **Guerra Civil Espanhola** – Helen Graham
1108. **A autoestrada do sul e outras histórias** – Julio Cortázar
1109. **O mistério dos sete relógios** – Agatha Christie
1110. **Peanuts: Ninguém gosta de mim... (amor)** – Charles Schulz
1111. **Cadê o bolo?** – Mauricio de Sousa
1112. **O filósofo ignorante** – Voltaire
1113. **Totem e tabu** – Freud
1114. **Filosofia pré-socrática** – Catherine Osborne
1115. **Desejo de status** – Alain de Botton
1118. **Passageiro para Frankfurt** – Agatha Christie
1120. **Kill All Enemies** – Melvin Burgess
1121. **A morte da sra. McGinty** – Agatha Christie
1122. **Revolução Russa** – S. A. Smith
1123. **Até você, Capitu?** – Dalton Trevisan
1124. **O grande Gatsby (Mangá)** – F. S. Fitzgerald
1125. **Assim falou Zaratustra (Mangá)** – Nietzsche
1126. **Peanuts: É para isso que servem os amigos (amizade)** – Charles Schulz
1127.(27).**Nietzsche** – Dorian Astor
1128. **Bidu: Hora do banho** – Mauricio de Sousa
1129. **O melhor do Macanudo Taurino** – Santiago
1130. **Radicci 30 anos** – Iotti
1131. **Show de sabores** – J.A. Pinheiro Machado
1132. **O prazer das palavras** – vol. 3 – Cláudio Moreno
1133. **Morte na praia** – Agatha Christie
1134. **O fardo** – Agatha Christie
1135. **Manifesto do Partido Comunista (Mangá)** – Marx & Engels
1136. **A metamorfose (Mangá)** – Franz Kafka
1137. **Por que você não se casou... ainda** – Tracy McMillan
1138. **Textos autobiográficos** – Bukowski
1139. **A importância de ser prudente** – Oscar Wilde
1140. **Sobre a vontade na natureza** – Arthur Schopenhauer
1141. **Dilbert (8)** – Scott Adams
1142. **Entre dois amores** – Agatha Christie
1143. **Cipreste triste** – Agatha Christie
1144. **Alguém viu uma assombração?** – Mauricio de Sousa
1145. **Mandela** – Elleke Boehmer
1146. **Retrato do artista quando jovem** – James Joyce
1147. **Zadig ou o destino** – Voltaire
1148. **O contrato social (Mangá)** – J.-J. Rousseau
1149. **Garfield fenomenal** – Jim Davis
1150. **A queda da América** – Allen Ginsberg
1151. **Música na noite & outros ensaios** – Aldous Huxley
1152. **Poesias inéditas & Poemas dramáticos** – Fernando Pessoa
1153. **Peanuts: Felicidade é...** – Charles M. Schulz
1154. **Mate-me por favor** – Legs McNeil e Gillian McCain
1155. **Assassinato no Expresso Oriente** – Agatha Christie

1156. **Um punhado de centeio** – Agatha Christie
1157. **A interpretação dos sonhos (Mangá)** – Freud
1158. **Peanuts: Você não entende o sentido da vida** – Charles M. Schulz
1159. **A dinastia Rothschild** – Herbert R. Lottman
1160. **A Mansão Hollow** – Agatha Christie
1161. **Nas montanhas da loucura** – H.P. Lovecraft
1162.(28).**Napoleão Bonaparte** – Pascale Fautrier
1163. **Um corpo na biblioteca** – Agatha Christie
1164. **Inovação** – Mark Dodgson e David Gann
1165. **O que toda mulher deve saber sobre os homens: a afetividade masculina** – Walter Riso
1166. **O amor está no ar** – Mauricio de Sousa
1167. **Testemunha de acusação & outras histórias** – Agatha Christie
1168. **Etiqueta de bolso** – Celia Ribeiro
1169. **Poesia reunida (volume 3)** – Affonso Romano de Sant'Anna
1170. **Emma** – Jane Austen
1171. **Que seja em segredo** – Ana Miranda
1172. **Garfield sem apetite** – Jim Davis
1173. **Garfield: Foi mal...** – Jim Davis
1174. **Os irmãos Karamázov (Mangá)** – Dostoiévski
1175. **O Pequeno Príncipe** – Antoine de Saint-Exupéry
1176. **Peanuts: Ninguém mais tem o espírito aventureiro** – Charles M. Schulz
1177. **Assim falou Zaratustra** – Nietzsche
1178. **Morte no Nilo** – Agatha Christie
1179. **Ê, soneca boa** – Mauricio de Sousa
1180. **Garfield a todo o vapor** – Jim Davis
1181. **Em busca do tempo perdido (Mangá)** – Proust
1182. **Cai o pano: o último caso de Poirot** – Agatha Christie
1183. **Livro para colorir e relaxar** – Livro 1
1184. **Para colorir sem parar**
1185. **Os elefantes não esquecem** – Agatha Christie
1186. **Teoria da relatividade** – Albert Einstein
1187. **Compêndio da psicanálise** – Freud
1188. **Visões de Gerard** – Jack Kerouac
1189. **Fim de verão** – Mohiro Kitoh
1190. **Procurando diversão** – Mauricio de Sousa
1191. **E não sobrou nenhum e outras peças** – Agatha Christie
1192. **Ansiedade** – Daniel Freeman & Jason Freeman
1193. **Garfield: pausa para o almoço** – Jim Davis
1194. **Contos do dia e da noite** – Guy de Maupassant
1195. **O melhor de Hagar 7** – Dik Browne
1196.(29).**Lou Andreas-Salomé** – Dorian Astor
1197.(30).**Pasolini** – René de Ceccatty
1198. **O caso do Hotel Bertram** – Agatha Christie
1199. **Crônicas de motel** – Sam Shepard
1200. **Pequena filosofia da paz interior** – Catherine Rambert
1201. **Os sertões** – Euclides da Cunha
1202. **Treze à mesa** – Agatha Christie
1203. **Bíblia** – John Riches
1204. **Anjos** – David Albert Jones
1205. **As tirinhas do Guri de Uruguaiana 1** – Jair Kobe
1206. **Entre aspas (vol.1)** – Fernando Eichenberg
1207. **Escrita** – Andrew Robinson
1208. **O spleen de Paris: pequenos poemas em prosa** – Charles Baudelaire
1209. **Satíricon** – Petrônio
1210. **O avarento** – Molière
1211. **Queimando na água, afogando-se na chama** – Bukowski
1212. **Miscelânea septuagenária: contos e poemas** – Bukowski
1213. **Que filosofar é aprender a morrer e outros ensaios** – Montaigne
1214. **Da amizade e outros ensaios** – Montaigne
1215. **O medo à espreita e outras histórias** – H.P. Lovecraft
1216. **A obra de arte na era de sua reprodutibilidade técnica** – Walter Benjamin
1217. **Sobre a liberdade** – John Stuart Mill
1218. **O segredo de Chimneys** – Agatha Christie
1219. **Morte na rua Hickory** – Agatha Christie
1220. **Ulisses (Mangá)** – James Joyce
1221. **Ateísmo** – Julian Baggini
1222. **Os melhores contos de Katherine Mansfield** – Katherine Mansfied
1223.(31).**Martin Luther King** – Alain Foix
1224. **Millôr Definitivo: uma antologia de *A Bíblia do Caos*** – Millôr Fernandes
1225. **O Clube das Terças-Feiras e outras histórias** – Agatha Christie
1226. **Por que sou tão sábio** – Nietzsche
1227. **Sobre a mentira** – Platão
1228. **Sobre a leitura *seguido do* Depoimento de Céleste Albaret** – Proust
1229. **O homem do terno marrom** – Agatha Christie
1230.(32).**Jimi Hendrix** – Franck Médioni
1231. **Amor e amizade e outras histórias** – Jane Austen
1232. **Lady Susan, Os Watson e Sanditon** – Jane Austen
1233. **Uma breve história da ciência** – William Bynum
1234. **Macunaíma: o herói sem nenhum caráter** – Mário de Andrade
1235. **A máquina do tempo** – H.G. Wells
1236. **O homem invisível** – H.G. Wells
1237. **Os 36 estratagemas: manual secreto da arte da guerra** – Anônimo
1238. **A mina de ouro e outras histórias** – Agatha Christie
1239. **Pic** – Jack Kerouac
1240. **O habitante da escuridão e outros contos** – H.P. Lovecraft
1241. **O chamado de Cthulhu e outros contos** – H.P. Lovecraft
1242. **O melhor de Meu reino por um cavalo!** – Edição de Ivan Pinheiro Machado
1243. **A guerra dos mundos** – H.G. Wells
1244. **O caso da criada perfeita e outras histórias** – Agatha Christie
1245. **Morte por afogamento e outras histórias** – Agatha Christie

1246. **Assassinato no Comitê Central** – Manuel Vázquez Montalbán
1247. **O papai é pop** – Marcos Piangers
1248. **O papai é pop 2** – Marcos Piangers
1249. **A mamãe é rock** – Ana Cardoso
1250. **Paris boêmia** – Dan Franck
1251. **Paris libertária** – Dan Franck
1252. **Paris ocupada** – Dan Franck
1253. **Uma anedota infame** – Dostoiévski
1254. **O último dia de um condenado** – Victor Hugo
1255. **Nem só de caviar vive o homem** – J.M. Simmel
1256. **Amanhã é outro dia** – J.M. Simmel
1257. **Mulherzinhas** – Louisa May Alcott
1258. **Reforma Protestante** – Peter Marshall
1259. **História econômica global** – Robert C. Allen
1260. (33).**Che Guevara** – Alain Foix
1261. **Câncer** – Nicholas James
1262. **Akhenaton** – Agatha Christie
1263. **Aforismos para a sabedoria de vida** – Arthur Schopenhauer
1264. **Uma história do mundo** – David Coimbra
1265. **Ame e não sofra** – Walter Riso
1266. **Desapegue-se!** – Walter Riso
1267. **Os Sousa: Uma famíla do barulho** – Mauricio de Sousa
1268. **Nico Demo: O rei da travessura** – Mauricio de Sousa
1269. **Testemunha de acusação e outras peças** – Agatha Christie
1270. (34).**Dostoiévski** – Virgil Tanase
1271. **O melhor de Hagar 8** – Dik Browne
1272. **O melhor de Hagar 9** – Dik Browne
1273. **O melhor de Hagar 10** – Dik e Chris Browne
1274. **Considerações sobre o governo representativo** – John Stuart Mill
1275. **O homem Moisés e a religião monoteísta** – Freud
1276. **Inibição, sintoma e medo** – Freud
1277. **Além do princípio de prazer** – Freud
1278. **O direito de dizer não!** – Walter Riso
1279. **A arte de ser flexível** – Walter Riso
1280. **Casados e descasados** – August Strindberg
1281. **Da Terra à Lua** – Júlio Verne
1282. **Minhas galerias e meus pintores** – Kahnweiler
1283. **A arte do romance** – Virginia Woolf
1284. **Teatro completo v. 1: As aves da noite** *seguido de* **O visitante** – Hilda Hilst
1285. **Teatro completo v. 2: O verdugo** *seguido de* **A morte do patriarca** – Hilda Hilst
1286. **Teatro completo v. 3: O rato no muro** *seguido de* **Auto da barca de Camiri** – Hilda Hilst
1287. **Teatro completo v. 4: A empresa** *seguido de* **O novo sistema** – Hilda Hilst
1288. **Fora de mim** – Martha Medeiros
1289. (sic)
1290. **Divã** – Martha Medeiros
1291. **Sobre a genealogia da moral: um escrito polêmico** – Nietzsche
1292. **A consciência de Zeno** – Italo Svevo
1293. **Células-tronco** – Jonathan Slack
1294. **O fim do ciúme e outros contos** – Proust
1295. **A jangada** – Júlio Verne
1296. **A ilha do dr. Moreau** – H.G. Wells
1297. **Ninho de fidalgos** – Ivan Turguêniev
1298. **Jane Eyre** – Charlotte Brontë
1299. **Sobre gatos** – Bukowski
1300. **Sobre o amor** – Bukowski
1301. **Escrever para não enlouquecer** – Bukowski
1302. **222 receitas** – J. A. Pinheiro Machado
1303. **Reinações de Narizinho** – Monteiro Lobato
1304. **O Saci** – Monteiro Lobato
1305. **Memórias da Emília** – Monteiro Lobato
1306. **O Picapau Amarelo** – Monteiro Lobato
1307. **A reforma da Natureza** – Monteiro Lobato
1308. **Fábulas** *seguido de* **Histórias diversas** – Monteiro Lobato
1309. **Aventuras de Hans Staden** – Monteiro Lobato
1310. **Peter Pan** – Monteiro Lobato
1311. **Dom Quixote das crianças** – Monteiro Lobato
1312. **O Minotauro** – Monteiro Lobato
1313. **Um quarto só seu** – Virginia Woolf
1314. **Sonetos** – Shakespeare
1315. (35).**Thoreau** – Marie Berthoumieu e Laura El Makki
1316. **Teoria da arte** – Cynthia Freeland
1317. **A arte da prudência** – Baltasar Gracián
1318. **O louco** *seguido de* **Areia e espuma** – Khalil Gibran
1319. **O profeta** *seguido de* **O jardim do profeta** – Khalil Gibran
1320. **Jesus, o Filho do Homem** – Khalil Gibran
1321. **A luta** – Norman Mailer
1322. **Sobre o sofrimento do mundo e outros ensaios** – Schopenhauer
1323. **Epidemiologia** – Rodolfo Saracci
1324. **Japão moderno** – Christopher Goto-Jones
1325. **A arte da meditação** – Matthieu Ricard
1326. **O adversário secreto** – Agatha Christie
1327. **Pollyanna** – Eleanor H. Porter
1328. **Espelhos** – Eduardo Galeano
1329. **A Vênus das peles** – Sacher-Masoch
1330. **O 18 de brumário de Luís Bonaparte** – Karl Marx
1331. **Um jogo para os vivos** – Patricia Highsmith
1332. **A tristeza pode esperar** – J.J. Camargo
1333. **Vinte poemas de amor e uma canção desesperada** – Pablo Neruda
1334. **Judaísmo** – Norman Solomon
1335. **Esquizofrenia** – Christopher Frith & Eve Johnstone
1336. **Seis personagens em busca de um autor** – Luigi Pirandello
1337. **A Fazenda dos Animais** – George Orwell
1338. **1984** – George Orwell
1339. **Ubu Rei** – Alfred Jarry
1340. **Sobre bêbados e bebidas** – Bukowski
1341. **Tempestade para os vivos e para os mortos** – Bukowski
1342. **Complicado** – Natsume Ono
1343. **Sobre o livre-arbítrio** – Schopenhauer
1344. **Uma breve história da literatura** – John Sutherland
1345. **Você fica tão sozinho às vezes que até faz sentido** – Bukowski

lepmeditores
www.lpm.com.br
o site que conta tudo

IMPRESSÃO:

PALLOTTI
GRÁFICA

Santa Maria - RS | Fone: (55) 3220.4500
www.graficapallotti.com.br